五南圖書出版公司 印行

大學寫作課

精進書寫能力2

——思辨與論說文寫作篇

李智平——著

書　序

從消弭對論說文寫作的誤解開始

　　本書銜續在《精進書寫能力1——遣詞用句掌握文氣篇》之後，將指引論說文寫作的方法。一般人對論說文有很多誤解，不外乎是八股制式、起承轉合、箝制思想、樣板文章的負面批評；卻忽略論說文寫作是以理性的、思辨的、邏輯的思考，將個人觀點、論點形諸於文字表達，以此介入社會、世界的一種表達方式。生活中，無論是與人說明討論、明辨道理、事理的是非真假，都用得到論說文，豈會不重要？

　　在《十二年國民基本教育課程綱要》有關「國語文課綱」的部分，強調以議題融入國語文教學的重要性，茲羅列相關說明如下：

　　「議題」係基於社會發展需要、普遍受到關注，且期待學生應有所理解與行動的一些課題，其攸關現代生活、人類發展與社會價值，具時代性與前瞻性，且常具高度討論性與跨學門性質。十二年國民基本教育本乎總綱「自發」、「互動」及「共好」之基本理念，為與社會脈動、生活情境緊密連結，以議題教育培養學生批判思考及解決問題的能力，提升學生面對議題的責任感與行動力，並能追求尊重多元、同理關懷、公平正義與永續發展等核心價值。

　　議題融入國語文之內容涵蓋議題之知識、情意與行動，重視對議題認知與敏感度之提升、價值觀與責任感之培養，以及生活實踐之履行。進行議題教育時，透過本領域之學習重點與議題實質內涵之連結、延伸、統整與轉化，培養學生對議題探究、思辨與實踐的能力。

有鑒於性別平等、人權、環境、海洋教育議題為延續九年一貫課程綱要，已具完整之內涵架構，有利延伸規劃各領域／科目課程之適切融入，並能豐富與落實核心素養之內涵，故以性別平等、人權、環境、海洋教育議題為例，呈現其學習主題與實質內涵，以作為課程設計、教材編審與教學實施之參考。①

「議題」是跨學門、跨領域從各種不同角度切入討論，具有多元討論性的社會課題，此課綱設計理念已然超越既往對國語文教學的認知，然而，該如何將議題導入國語文教學，才是重點所在。

議題教育強調培養批判思考、解決問題的能力，希望走出「我喜歡」、「我不喜歡」的主觀價值批判，以理性的態度思考這些議題對社會、生活的影響，提升「責任感與行動力，並能追求尊重多元、同理關懷、公平正義與永續發展等核心價值」。且當群眾力量與公民意識崛起，人們開始思考自身的社經地位、社會權利與責任之種種問題，在多元價值的並立與觀念、立場不一的情況下，唯有透過理性的對話、溝通、民主的表決機制，謀求最大公約數的認同，方能化解彼此間的矛盾。而論說文作為理性說明、溝通、議論論辯的溝通載體之一，正是當前社會、語文教育迫切需要者。

因此，論說文不該再被斥為八股、教條，而應思考如何將這些議題融滲至學習者的生活中，指引學習者觀察、思考、廣博閱讀吸收各類知識作為寫作的內涵，再以井然有序的寫作結構、層次，強而有力的說明或詮釋個人的觀點、論點，並透過嚴密嚴謹的解說或論證過程、舉列具有客觀且說服力的例證或論據，以與他人對話。

故本書從認識論說文，再到說明文、議論文的組織架構，以及舉例原則、常見的邏輯謬誤等，完整說明一篇論說文應具備的形式條件，並以此為基礎，作為進入學術、職場各種專業寫作前的準備。

---

① 參見教育部發布：《十二年國民基本教育課程綱要：國民中小學暨普通型高級中等學校：語文領域——國語文》，2018年1月25日，頁32、43、22。

修正寫作的態度，寫作目的是爲了溝通

寫作的目的在於「溝通」，而非炫弄寫作技巧。我經常跟學習者說：「不要妄自菲薄，你不是不會寫作，只是沒有寫在點上，致使我們的溝通產生障礙，只要把障礙排除、找到交集點就好了。」大多數時候，真的不是不會寫作，只是所寫是否爲讀者或閱卷者想要看到內容，這就牽涉到寫作者對文體觀念、遣詞用句的認知、與人溝通的知識儲備是否足夠等諸多的問題。只要認清問題成因，多加練習，逐次修訂，這回先釐清某些疑義，下回再釐清哪些疑難，一步步檢討修正，慢慢就會寫出自信，還能理解遣詞用句的奧妙。

溝通可以感性也可以理性，從這個角度來看，論說文的「教」與「學」不該只是膠柱鼓瑟，只知形式而缺乏思想內涵，而應以形式規範思想內涵，讓原本天馬行空的想法或觀點，以具有邏輯的、理性的、條理的方式展現，並更進一步掌握與他人溝通的技巧與圓融處世之道，這才是學習論說文的目的，亦是本書最想傳遞的教學目標。

開啓寫作教學的路，精進書寫教學的試金石

「如何精進書寫能力」是各個語文教學階段的共通問題，而問題癥結在於寫作向來附屬在國語文課程中，未曾獨立，在以文章選讀爲主要教學範式下，寫作是最常被忽視的一塊。因此，當我在大學問學生：「你們『最後一次』有系統學寫作是在哪個學習階段？」答案從小學到高中都有，但更多是回應道：「從沒好好學習過」，甚或支吾其言，不知如何回應，而這也確實反映在他們參差不齊的寫作表現上。遺憾的是，即便到大學階段，還是很少有專門的中文寫作課程，教導如何寫作的方法。

相較於歐美的大學針對大學新生，乃至於研究生、博士生從如何遣詞用句的訓練，再到一整篇文章、報告、學術論文的撰寫，透過形式化的寫作規範進一步梳理學習者的思維，而當前我國對於大學專業寫作教育的教學，的確仍處於摸索階段。又如市面上有關商業的寫作、邏輯思考的書總是非常暢銷，若細究其中的文章關鍵，多是教導

如何能吸引目光，掌握精準表達傳意的經驗法則，而這些正是「思辨與論說文寫作」的延伸應用與變化。若現在便能立下基礎，將來又何患面對更專業且高深的學術寫作、職場應用？

有時遇到一些在學術界或事業表現卓然有成的人士，當問及他們的寫作或其他語文表達能力是如何養成時，經常得到的答案是國外求學時或是步入職場後的磨練，甚少是在國內大學以前培養出的能力。然而，這樣的回應總讓我感到遺憾，爲何我們不能在求學階段就培訓好未來須要的寫作能力？

因此，從《精進書寫能力1——遣詞用句掌握文氣篇》再到《精進書寫能力2——思辨與論說文寫作篇》，我試圖針對當前對非文學中的論說文寫作的需求，融會中西方、傳統與現代的寫作觀念，提出整套的教學策略。也如同第一本書所言，將秉持著實事求是、追根究柢的研究精神，探尋各種寫作問題的成因，以知其「所以然」；並於每講前後設計出「教學目標」、「摘要」、「本講重點回顧」，利於讀者迅速掌握重點。

最後，如何在前人基礎上，發掘前人所未見，開創出實用的寫作教學方法，是我多年來教導寫作的一貫態度，也是研究語文教學的興趣所在。作爲一本「試金石」的書，開疆闢土之餘，實難面面俱到，也有許多可精進之處，尚祈各界專家學者、讀者們不吝誨正指教。

李智平
謹識於臺灣警察專科學校萬芳樓110室
中華民國一零九年九月三十日

目　錄

○　○　○

第七講

認識論說文

教學目標

1. 理解不同文體有不同的表述方式。
2. 能分辨說明文、議論文間的異同。
3. 能明辨傳統與現代論說文的異同。
4. 能掌握說明文、議論文體的特點。

摘要

　　自本講開始，將從寫作基礎概念，正式進入論說文寫作。先從認知什麼是「文體」為開端，進而理解論說文係由「說明文」、「議論文」等兩種個別文體組合而成。以下將分成五節，說明如下。

　　第一節，何謂說明文。定義說明文的「意涵」、「性質」、「內容與對象」。

　　第二節，何謂議論文。簡明扼要定義議論文的意涵，並從「議論方式」、「議論類型」細分議論文的類型。

　　第三節，從《文心雕龍》溯論說文之源。本節將從《文心雕龍》對於傳統論說文的界說，追溯傳統文體對現代論說文的影響，一共討論三種傳統文體，分別是：「論體」、「議體」、「說體」。

　　第四節，說明、議論，與其他文體之異同。說明與議論有別，且書寫論說文時，或多或少會運用到敘事或言情輔助說明或議論，若不能分隔文體差異，說明或議論主線容易偏離，故需分辨其中的異同。

　　第五節，為何要學「論說方法」與「論說文寫作」。說明學習論說方法、論說文寫作之於現實生活的重要性。

引言

　　文學體裁簡稱「文體」，指文學表現的形式。當情感蘊為文字，不同情感的展現，與文字用途的別異，便會產生不同文體，因此，不同的文體有不同的寫作方法。

　　如《文心雕龍・體性》提及：「夫情動而言形，理發而文見；蓋言隱以至顯，因內而符外者也。」又如〈定勢〉云：「夫情致異區，文變殊術，莫不因情立體，即體成勢也。勢者，乘利而為制也。如機

發矢直，澗曲湍回，自然之趣也。圓者規體，其勢也自轉；方者矩形，其勢也自安；文章體勢，如斯而已。」簡單來說，將內心情感而形諸於文章，而文章會因思想、情感不同產生不同的文體，這是自然呈現的結果。既然文體會因為情感表達而有殊異，表達內在思想、情感的詞句也會因文體而異。

再者，我們對於現代基本文體的認知，不外乎是記敘文、抒情文、描寫文、論說文、應用文，儘管這樣的分法並未成為通則，分類的名稱、方法、類型是否得當也還有討論的空間。像是有以文類、文體分層界定者，如稱：「記敘文類」、「抒情文類」……。而各文類所下轄者則稱為文體，如：記敘文類下的「遊記體」、「傳記體」等。但本書重點為「論說文」，而未及於細部文體，故徑以常見「文體」稱之，而不採文類、文體分層區隔，特此說明。

至於文體與文體之間也非全然獨立的，若從「形式」、「內容」區分，有些文章形式屬於某一種文體，內容又偏向另一種文體，譬如：書信形式上為應用文，但內容是記敘，或抒情，或論說，甚至兼有兩種以上的文體。又如：為了便於向他人說明某事物，或論辯某議題，論說文亦雜有記敘、抒情等。但這樣是否表示文體的分類不夠確切？不是。文體分類是讓寫作者理解各種文體的特性與用途，如實傳遞自己的想法、情感，縱使文體之間具有可融通性，但仍要先確立寫作目的。換言之，寫作者應先確認想透過文章傳遞、表達哪些訊息，再運用相對應的文體、寫作方法書寫，才不至於會錯了意、表錯了情。

辨明文體說來容易，但能掌握文體特徵且能從容書寫卻大不易。如：在上某課文之前，學習者大多可以從篇名、部分內容猜得該文章的文體屬性，若再追問「為何這篇文章屬於某文體？」「此類型文體的特性是什麼？」「這篇文章如何表現出某文體的特性？」「你如何講述這篇文章的特點或評議其優劣」時，卻多支吾難言。

若此一來，又怎能期待他們能運用適合的文體表達出自己的寫作目的？認知不足較輕微者，或許尚能寫出一篇符合文體規範的文章，

但易因缺乏相對應的表達技巧，索然無味；認知嚴重不足者是不辨文體，遇到任何題目通通用同一種方式表達，又怎能達成溝通的目的？

「論說文」應嚴格區分為「說明文」、「議論文」，前者用於說明，後者用於議論。但兩種文體在遣詞用句、寫作技巧多有可通之處，所以多合併稱為論說文。

本講作為認識論說文的開端，共分成五節：第一、二節分別說明什麼是說明文、論說文；第三節從現代文體往上追溯，根據《文心雕龍》溯論說文之源；第四節則將辨明說明、議論，與其他文體之異同；第五節則提出為何要學論說方法與論說文的實質理由。

第一節　何謂說明文

說明文又可稱為「解釋文」、「解說文」。根據葉晗等人的解釋，寫作者透過「簡單明白的語言，對於事物的性質、形狀、用途、成因、結構、功能、特徵、關係、意義等，或人物的一般情況，或事理的概念規律、應用範圍進行客觀的介紹和解釋」，即為說明文。[①]然而，除了客觀的「介紹」（introduction）、「解釋」（explanation），對於人事物的「定義」（definition）亦是說明文的方法之一。

在中國傳統文體中，早在上古時期的《尚書・禹貢》即是說明性質的文章[②]，只是當時不以「說」為名，漢代以後此類的「說體」才被賦予說明或申說事理之用。唐宋以後，說體在性質上屬於重理論性質的文章，但更偏重說明性、解說性，如：韓愈（768-824）的〈師說〉、〈進學解〉。[③]但南朝宋劉勰（465-522）《文心雕龍・論說》

---

① 葉晗主編：《大學寫作》（浙江：浙江大學出版社，2014年8月），頁64。
② 朱艷英主編：《文章寫作學 —— 文體理論知識部分》（高雄：麗文文化，1994年11月），頁191。
③ 褚斌杰：《中國古代文體概論（增訂本）》（北京：北京大學出版社，2003年8月），頁347-355。

中的「說」卻不是指說明文，而是指古代策士們縱橫遊說之言語，屬於論辯一類。至於現代的說明文除了著重事物不同層面的說明之外，其衍生出的文體形式、運用範疇更加多元。

　　針對說明文的特性，羅列以下三種分類模式。

　　首先，以性質作區分。如二十世紀初期的作家兼語文學者章衣萍於其《作文講話》引用Clippinger的《Composition and Rhetoric》將說明文的性質分成以下六類：

（一）進行的性質（The nature of a process）的文字。這一類的文字是說事物的製造的或行為的活動的，例如教人如何做菜弄飯的烹飪教科書、體操遊戲的說明書，都歸這一類。

（二）一類事物的性質（The nature of a class of things）的文字。這一類的文字，例如心理學、倫理學、植物學、化學、解剖學等教科書等等文字，均歸這一類。

（三）一般抽象性的性質（The nature of an abstract quality）的文字。例如：說仁、說義、說情、說意的文字均歸入這一類。

（四）字、句、論文的意義（The meaning of a word, sentence, or discourse）的文字。例如：字義學、文法學、文學概論一類的文字。

（五）主義法則的應用（The application of a law or principle）的文字。例如談好政府主義……、人權與約法的文字。

（六）一切事物的功用、效能、結果、原因（The use or uses；effect or effects；etc；of a thing or class of things）的文字。例如解說電氣（Electricity）的功用、效能、結果、原因的文字。④

以上實已大抵掌握了說明文的各種的性質。時至今日，舉凡各類型的表冊、憑證、廣告、告示、說釋（如：說明書、文摘、注釋……）、規章、雜類（教案、講義、各類報告……）也都可納入說明文的範疇中，其下衍生出的小文體更達百餘種，在生活中隨處可見，已然成為最廣泛被使用的文體。⑤

其次，從說明的內容、對象作區分。可分成「科學的說明文」、「說理的說明文」二類。「科學的說明文」又可稱為「客觀的說明文」，係因被解說對象已被限定，故寫作者不能任加己見，如：說明書，或說明科學原理一類的文章屬之。至於「說理的說明文」另可稱為「主觀的說明文」，偏重於寫作者的詮釋，寫作者可根據蒐集到的材料、訊息知識、詮釋方法……對事物的定義加以詮釋，以彰顯出個人的見解、觀點。故如「下定義」一類性質的說明文，便可稱為說理的說明文。⑥

又次，從說明的方法來區分。如章衣萍、譚正璧（1901-1991）以「單純的說明文」（Scientific Exposition）、「複雜的說明文」（Informal Exposition）來區分。⑦其中差別是：直接說明者，便是「單純的說明文」；若透過描寫、敘事、舉例輔助說明者，就是「複

---

④ 章衣萍：《作文講話》（北京：北京教育出版社，2014年3月），頁126。
⑤ 金振邦：《文章體裁辭典》（高雄：麗文文化，1995年9月），「分辭類目表」頁8-12。
⑥ 以上分類酌參章衣萍：《作文講話》，頁127-144、譚正璧：《文章體例》（北京：北京教育出版社，2014年3月），頁48-52。
⑦ 譚正璧：《文章體例》，頁52-58。

雜的說明文」。

　　單純、複雜的分類觀點正切中了「該如何說明」的問題。簡單來說，說明是透過解說，讓人清楚認知、明白某事理，實際書寫時，免不了會運用到其他的寫作方法作輔助，誠如王萬儀引C.Hung Holman所述：

> 　　「說明」雖然可以獨立於其他寫類單獨存在，但在一般的情況下，還是會與其他三種寫類作不同程度的結合，譬如，「描寫」通常可以支援到「說明」的系統裡；「敘述」變成「舉例」的策略，可以強化「說明」的力量；而「說明」本身又常支援到「議論」裡面，加強議論的可信度。[8]

無論是事物的描寫，或透過舉例敘述以佐證說明，又或是議論任何論題之前，都必須藉由說明來定義、詮釋論題，這都使得「說明」不再只是單純的解說，還牽涉到文體界線是否分明的問題。

　　最簡單的分殊方法，就是寫作者要先認清寫作目的是「說明」某概念或事物，而非描寫、敘述，或在議論中反客為主。這似是容易，但對於缺乏文體概念的寫作者而言，一不留神很容易跑題，本末倒置，把描寫、敘述當成主軸貫穿全文，卻未真正定義、解釋題目。所以，除了理解何謂說明文，還要懂得如何說明的方法，這將留待第八講「說明文的組成結構」再說。

第二節　何謂議論文

　　論說文的另一成分為「議論」，其名源自於古代「議體」、「論體」，而議論文功用在「辨正是非然否」，透過不同立場的論

---

[8] 王萬儀：《現代白話文寫作類型研究》（新竹：國立清華大學中國文學研究所博士論文，2010年7月），頁311。

辯，以說服他人相信自己的主張、觀點的一種文體。

如同說明文，議論文的使用場合也非常廣泛，舉凡各類型的評論都可納入其中，早在《文心・論說》便指出論體範疇的包羅萬象，有言：

> 詳觀論體，條流多品：陳政，則與「議說」合契；釋經，則與「傳注」參體；辨史，則與「贊評」齊行；銓文，則與「敘引」共紀。故「議」者宜言；「說」者說語；「傳」者轉師；「注」者主解；「贊」者明意；「評」者平理；「序」者次事，「引」者胤辭；八名區分，一揆宗論。⑨

易言之，「論體」擺放在不同位置，便會衍生出各種不同的樣態，計有：議論政治者的「議、說」；有詮釋經典的「傳、注」；有辯證歷史史實的「贊、評」；也有銓衡文章的「敘、引」。但萬變不離其宗，這些文體都源自於「論體」。

而今日在不同的標準下，議論文的分法也很多元。⑩在此僅從「議論方式」、「議論類型」等兩類略加說明。

首先，就議論方式來看，可分成「立論」、「駁論」二種。二者的區別是：「立論」是寫作者自行提出一個論斷，而「駁論」則是對

---

⑨ 劉勰著、王更生注譯：《文心雕龍讀本》（臺北：文史哲出版社，1997年10月），頁332-333。

⑩ 朱艷英等人提到：「以議論方式來分，可分為立論文，駁論文；以議論的對象來分，可分為政論、思想評論、文藝評論、學術論文、國際評論、書評等；以作者來分，有社論、編輯部文章、評論員文章、特約評論員文章、重要講話稿、記者述評、編者按和讀者評論等；以篇幅來分，有短論、短評、小評論、小言論、專論、論文等；以應用的場合分，有序、跋、開幕詞、閉幕詞、演講稿等。還有形式靈活自由的雜文、雜談等。」參見氏主編：《文章寫作學——文體理論知識部分》，頁116-117。

別人論述加以駁斥者。但無論是立論或駁論，都會有站在不同立場的敵論對象。居間差異是：「立論」的敵論對象廣泛而不固定，因當寫作者提出立論時，自然要接受來自各方的挑戰。但「駁論」有特定對象，這是寫作者因不同意敵論的論點所展開的論辯，自然得針對敵論所述，提出反駁。[11]

其次，就議論類型以觀，梁啓超（1873-1929）分成「說喻」、「倡導」、「考證」、「批評」、「對辨」等五類。

一、「說喻」之文是寫作者針對特定的對象，勸服他服從某道理、觀點。

二、「倡導」之文則是寫作者標舉一種政策或學術，對普羅大眾（無特定針對對象）發表個人意見，如：先秦諸子立說等。

三、「考證」是議論的基礎，也是其他四種類型的基本要求，任何的議論，都要經過嚴謹考證，方能以理服人。但亦有將考證單獨成文者，以提供自己或他人作為「倡導」批評的資料。

四、「批評」之文則與「說喻」、「倡導」從寫作者角度議論不同。批評可分成三類。一是站在第二人的立場，針對別人的「說喻」、「倡導」作批判者，也就是前述的「駁論」。二是站在第三人的超然立場，對於兩方爭辨或某一被評議對象，不先預設反對立場，客觀評議其優缺短長者。三是純粹以歷史眼光來觀察，意即無關第二人或第三人，既非附和，也不是贊同，而是透過對比，以探其異同處、價值所在者。

五、「對辨」之文，則是回答人家的批評，或不待人家批評我，就先算到可能會有哪些非難，然後一一加以駁斥者。譬如：透過主客問答的論辯。[12]

---

[11] 酌參夏丏尊、葉聖陶：《七十二堂寫作課》（北京：中國友誼出版公司，2019年7月），頁178。對駁論的詳細說明，可參見本書第十講第六節「駁論寫作概念」。

[12] 梁啓超：《作文法》（北京：北京教育出版社，2014年3月），頁35-49。

此外，議論文也如同說明文會在不同程度上與其他文體相結合。如章衣萍說：

> 在實際上，我們發表一種議論，也有「議論的解說」（argumentative-expository）、「議論的敘事」（argumentative-narrative）、「議論的記事」（argumentative-descriptive）等等混用……各種文體常常互相為用。這是我們應該注意的。⑬

議論過程中，常會藉由說明，或透過記敘事物作為論據，輔助我們的議論，故文體相互為用很正常。相對的，有沒有可能顛倒過來，形成「解說的議論」、「記事的議論」、「抒情的議論」，甚至是「記事兼抒情兼議論」？確有可能，譬如常見的遊記中的感懷議論即是一例。但不表示文體沒有區隔，寫作者仍需認清自己的寫作目的，區分文體的主客立場，方能不偏離主線。

■ 第三節　從《文心雕龍》溯論說文之源

若追本溯源中國傳統文論是如何定義論說文時，《文心》的〈論說〉、〈議對〉二篇有深刻的定義與解說，亦可補充說明前兩節專就體裁區分的不足。以下分別從《文心》對論體、議體、說體的不同界定，再配合現代對於議論文寫作的要求、彰顯時代更迭下，傳統文體對現代論說文的影響。

一、論體

劉勰《文心・論說》談「論體」云：

> 論也者，彌綸羣言，而研精一理者也。……原夫論之為

---

⑬ 章衣萍：《作文講話》，頁154-155。

體，所以辨正然否；窮於有數，追於無形，鑽堅求通，鉤深取極，乃百慮之筌蹄，萬事之權衡也。故其義貴圓通，辭忌枝碎，必使心與理合，彌縫莫見其隙；辭共心密，敵人不知所乘；斯其要也。是以論如析薪，貴能破理。斤利者，越理而橫斷；辭辨者，反義而取通；覽文雖巧，而檢跡知妄。唯君子能通天下之志，安可以曲論哉。[14]

這段文字提及書寫論體的幾個基本條件，以下分四點說明。

其一，以定義來看，論體是先綜合各家說法，再提出作者判斷，以辨證問題是非對錯，故劉勰說：「論也者，彌綸羣言，而研精一理者也……原夫論之為體，所以辨正然否。」正是如此。又可從具體及抽象兩面觀之，具體探討者，以推就事情原委本末，譬如：蘇軾〈留侯論〉透過張良（？-186B.C.）事跡說明「天下有大勇者，卒然臨之而不驚，無故加之而不怒」的忍一時之怒而成就大業之道。若論題抽象時，則是要追求真理至道，如「論公與私」一題，如何是公，何者為私？需先界定而後方可延伸內容，舉證說明，這就是「窮於有數，追於無形」。

其二，以內容來看，論體用來辨正是非，內容需深刻而正確，故劉勰說：「鑽堅求通，鉤深取極」，而「深刻」需靠平時積累，像：時事的掌握，基本常識的認知，廣博的閱讀，甚至旅行增廣見聞。「正確」則是具備基礎知識及清晰思路的判斷，比如：「自由」指不侵犯他人權利的有限自由，若認為「只要我喜歡，有什麼不可以」才是自由，就是誤判，內容當然不可能正確。因此，「乃百慮之筌蹄，萬事之權衡」是表達思想之工具與衡量準則，思慮要正確，審題要清楚。

---

[14] 劉勰著、王更生注譯：《文心雕龍讀本》，頁333-334。

其三，以修辭技巧而論，論體需論理明白，條理清晰，文字忌浮誇不實、子虛烏有，一如劉勰說：「義貴圓通，辭忌枝碎。」即正反論述要首尾一貫，立場堅定，貴能辨通，勿因說理不清而「以子之矛攻子之盾」，通暢表意爲首務。

又論體以清楚表意爲先，而不同於抒情、記敘偏重主觀情感，追求文字音韻美感的修辭技巧。凡艱難晦澀，偏僻少用的文字；又或文白間雜，拖泥帶水之文句，皆應避免。「必使心與理合，彌縫莫見其隙；辭共心密，敵人不知所乘」，將心中主觀意念、客觀事理、筆下之文相融通，讓論敵者不知且無法趁隙而入。

其四，以論者修爲而論，應有公正不阿的態度，不能未經查證而扭曲事實，方能順通天下人的情志，明辨道理，故劉勰說：「唯君子能通天下之志，安可曲論哉。」緣於每個人的觀點、環境背景、知識不同，故議論再精巧，舉證再充足，似能塞人言，卻未見得服人心，故論理時必以德、以理服人，而非以氣塞人。

總的來說，論體即辨別正誤，明白道出個人觀點。觀點不是主觀妄摻，得透過客觀知識與個人觀點共擬出的論述。其作用是釐清事理，故心術需端正，語詞不虛妄，使心、理、文貫通一氣。

二、議體

劉勰《文心·議對》言「議體」而云：

> 周爰咨謀，是謂爲議。議之言宜，審事宜也。《易》之〈節卦〉：「君子以制度數，議德行」。《周書》曰：「議事以制，政乃弗迷」。議貴節制，經典之體也。昔管仲（725B.C.-645B.C.）稱：「軒轅有明臺之議」，則其來遠矣。……迄至有漢，始立駁議。駁者，雜也，雜議不純，故曰駁也。……夫動先擬議，明用稽疑，所以敬慎羣務，弛張治術。故其大體所資，必樞紐經典，採故實於前代，觀通變於當今；理不謬搖其枝，字不妄舒其藻。……

然後標以顯義，約以正辭，文以辨潔爲能，不以繁縟爲巧；事以明覈爲美，不以環隱爲奇，此綱領之大要也。若不達政體，而舞筆弄文，支離構辭，穿鑿會巧，空騁其華，固爲事實所擯，設得其理，亦爲遊辭所埋矣。……夫「駁議」偏辨，各執異見；……⑮

以上有關議體的說明，可歸納出以下四點。

其一，以定義來看，議者，有「宜」之意。議體最早用來論述政事，故劉勰說：「周爰咨謀，是謂爲議。議之言宜，審事宜也。《易》之〈節卦〉：『君子以制度數，議德行』。《周書》曰：『議事以制，政乃弗迷』。議貴節制，經典之體也。」以上援引《詩經》、《易經》、《尚書》說明議體是古代帝王與群臣間的周遍諮詢，商議謀策，目的在行仁政。所以，議論非妄言，貴在節制，這也是經典所本的原則。

其二，以類型來看，分成議、駁議兩種。駁議：「夫『駁議』偏辨，各執異見。」「迄至有漢，始立駁議。駁者，雜也，雜議不純，故曰駁也。」議即議論，也就是今日的立論；而駁議則是因所持的意見、角度不一，故就他人意見作辯駁，也就是今日的駁論。

其三，以寫作例證來看，當用歷史爲證，方能守經通權，達變於今時所用，故劉勰說：「夫動先擬議，明用稽疑，所以敬愼羣務，弛張治術。故其大體所資，必樞紐經典，採故實於前代，觀通變於當今。」前幾句話係援引《易經》、《尚書》，旨在說明作任何事情之前要先擬定謀略，此即「動先擬議」；若有疑慮不決之事，可參考卜筮結果，此即「明用稽疑」；然後需以恭敬謹愼的態度處理事物，務必寬嚴並濟。這說明什麼呢？也就是後文所述，當書寫議體時，要以經典、前代聖王的典故事實爲例證。

---

⑮ 劉勰著、王更生注譯：《文心雕龍讀本》，頁441-444。

今天的「議」已不再專為論述政事，舉凡一切的事物、事理，皆可拿來議論，而例證也不限於歷史典故，其他如時事議題、專業學理、個人見聞等，皆可作為議論依據。至於議論需有所資，例證需有憑有據，不應妄言，則是古今一如的不變之理。

其四，以修辭技巧而論，說理時不要執著於枝微末節；使用文字、文句要確切、簡潔、合理為尚；不崇尚誇飾的、繁縟的、支離的、穿鑿的、華麗的文詞。故劉勰說：「理不謬搖其枝，字不妄舒其藻」、「然後標以顯義，約以正辭，文以辨潔為能，不以繁縟為巧；事以明覈為美，不以環隱為奇，此綱領之大要也。若不達政體，而舞筆弄文，支離構辭，穿鑿會巧，空騁其華，固為事實所擯，設得其理，亦為遊辭所埋矣。」此與他談論體時的修辭技巧相同。過於舞文弄墨，一方面已然背離事實，一方面縱使合乎事理，也會被虛浮放蕩的「遊辭」遮掩實理。這與劉勰指明論體應「義貴圓通，辭忌枝碎」是異曲同工的。

從現代修辭學來說，論體、議體所需的修辭方法為「消極修辭」，也就是不強求用修辭潤飾文章，而偏重如何精準傳達意見、想法或觀點、論點即可。

三、說體

劉勰《文心·論說》明「說體」有云：

> 說者，悅也；兌為口舌，故言資悅懌；過悅必偽，故舜驚讒說。……夫說貴撫會，弛張相隨，不專緩頰，亦在刀筆。……至於鄒陽（206B.C.-129B.C.）之說吳、梁，喻巧而理至，故雖危而無咎矣。敬通之說鮑、鄧，事緩而文繁，所以歷騁而罕遇也。凡說之樞要：必使時利而義貞，進有契於成務，退無阻於榮身；自非譎敵，則唯忠與信。[16]

---

[16] 劉勰著、王更生注譯：《文心雕龍讀本》，頁335-336。

上述關於傳統說體的特點，可歸納出以下三點。

其一，以寫作目的來看，說體透過言語，能使人感到愉悅，但過度討好則成虛僞，故劉勰說：「說者，悅也；兌爲口舌，故言資悅懌；過悅必僞，故舜驚讒說。」說體宛如兩面刃，用之得當可安國；反之，恐自釀災禍。其後引文透過歷史例證說明一切。據其觀察，到了戰國時期，策士巧辭可決斷家國外交大事，可知說體使用的氾濫。不過，仍需宗於道德，不能任意騁言。

其二，以時機、方法來說，「說」要符合時機，順勢作出判斷，且不能停留在口說，還要表現在書面文字，故劉勰說：「以夫說貴撫會，弛張相隨，不專緩頰，亦在刀筆。」說體使用的語詞不拘一格，要能動之以情，說之以理，甚而威之以嚇，誘之以利，期能達到目的。需注意的是，諸如：「鄒陽之說吳、梁」、「敬通之說鮑、鄧」，又如「伊尹以論味隆殷，太公以辨釣興周」等，都是「喻巧而理至」之證，凸顯譬喻在說體中的重要性。如此也顯見數個疑問，即：譬喻與舉例間有何關係？而說之目的在說服他人，故譬喻用之無妨，然則譬喻是否適用於論體中的論證？譬喻與寓言又有何關係？這將關涉到廣義論說文寫作過程中，論據、論證的有效與否的問題。有關寓言是否可作爲論說文的例證，可參見本書第十一講第二節「例證的類型與使用限制」。

其三，要掌握時機，「說」的成敗關鍵，在於是否能掌握時機，且堅定自己的立場，故劉勰說：「凡說之樞要：必使時利而義貞，進有契於成務，退無阻於榮身；自非譎敵，則唯忠與信。」最後，則強調對所遊說、效忠的對象，務必要恪守忠誠、信實的態度。

綜言之，縱使古代的說體與今日的說明文不同，但說作爲「遊說」、「說服」使他人聽從己見，則與議、論相近。但不同的是，遊說之士爲達目的，可以用各種方式說服他人，所以其人其言宛如兩面刃，可以安國亦可毀國，有別於論體、議體強調文句、內容以徵實爲要。

■ 第四節　說明、議論，與其他文體之異同

　　以上三節已闡述「說明文」、「議論文」的名義、分類，由於二者在文句、章法上有互通之處，故今日常併稱爲「論說文」，但二者仍有別異。此外，說明、議論時而兼記敘、抒情，則又該如何區分這些文體間的差異？以下從「說明文與議論文的異同」、「說明、議論與其他文體的差別」說起。

一、說明文與議論文的異同

　　關於說明文、議論文間的異同，包括：譚正璧、孫俍工（1894-1962）、夏丏尊與葉聖陶等幾位學者分別提出以下的分殊：

> 　　它和說明文有著密切的關係：說明文以使人理解某種事物爲目的，議論文以改變他人對於某種事物的意向爲目的，也非使人對於作者的主張詳細理解不可，這是兩者的旨趣完全相同的地方。至於在議論文裡，關於解釋題目的含義及說明問題的起源和歷史等應用說明文的地方也很多，所以這兩種體裁粗略地看來往往不易辨別。但是說明文的本身是客觀的知識，議論文的本身是主觀的意見，這是它們態度上的不同；說明文的方法爲類名、分類、例證、對稱等，議論文的方法爲說明、證明、斷案等，這是它們結構上的不同；說明文的內容是已決的定案，議論文是未決的問題，所以說明文的題目往往是名詞或單語，議論文則爲命題，這是它們內容上的不同；所以它們的分別也不是模糊不清的。[⑰]

> 　　說明文與辯論文的區別，有三點可以提出來說的。第一從效用上說，說明文是單以解釋事物、事端、意象等，使人

---

⑰ 譚正璧：《文章體例》，頁157-158。

理解爲止，辯論文則使人理解之外還要進一步使人信服的，所以效用範圍便不同了。第二從題目上說，說明文是以單語爲題的，如：「書籍」、「社會主義」之類，不能議論；辯論文的題目是有斷定語的，如「書籍是傳播文化的利器」「社會主義是救濟中國現況的好方法」是可以辯論的。第三從態度上說，說明文是不預計敵論者，只如實地把整理說明出來；論辯文的作者，心目中須假定一個敵論者在前面，所發的議論不是反駁他人，就是引起他人的反對或發表自己的主張的。這三點實在是說明文與辯論文最大的區別呵。[18]

說明文表示作者的理解。所謂理解，乃是說天地間本來有這麼些道理，給作者悟了出來，明白地懂了。議論文卻表示作者的主張。所謂主張，乃是說某一些事情必須這樣幹才行，某一些道理必須這樣理解才不錯，如果那樣幹、那樣理解就不對了。不經過理解階段，一個人很難作什麼主張。所以，議論文實在是從說明文發展而成的。因爲一是表示理解，一是表示主張，在表示態度上，二者就不一樣了。僅僅表示理解，態度常常是平靜的。對甲說是這樣，對乙說也是這樣，說了就完事，甲或者乙聽不聽、相信不相信，那是不問的。即使他們不聽、不相信，也無礙於作者的理解。進一步表示主張可不然了，態度常常是激動的。非把讀者說服不可，非使讀者相信不可；預料讀者將有怎樣的懷疑和反駁，逐一把它消釋掉，好比軍事家設伏一般，唯恐疏忽了一著，不能取得最後的勝利。[19]

---

[18] 孫俍工：《論說文作法講義》（北京：北京教育出版社，2014年3月），頁68。

[19] 夏丏尊、葉聖陶：《七十二堂寫作課》，頁121-122。

綜觀上述，說明文、議論文相同點在於都是要他人「理解」某事物。至於相異處則有五點。

一是態度上，有「客觀知識」與「主觀意見」之分。說明文是客觀向他人解釋某事物，只是單純說明，故無預想或假設之論敵者。議論文是表現寫作者的觀點、主張，爲主觀的表述，故論述前會預想或假設論敵者，以與之論辯。至於論辯效力高低與否，則端賴寫作者能否言之成理，言之有據以說服對方而定。所以，議論文的主觀屬於「主體的客觀化」，而與記敘、抒情揚發主觀情感不同。

二是結構上，有「說明順序」與「邏輯順序」之別。說明文只要說明解釋清楚某事物的特質，可以結合不同的說明方法，說明解釋清楚某事物的特質。至於「議論文」是將「論點」、「論據」、「論證過程」按照邏輯順序排列，展現寫作者的思考邏輯。

三是內容上，有「已決定案」與「未決問題」之判。說明文是已經知道，客觀的解釋事物、事端、意象者，故多爲「單題」，如：「說閱讀」、「談文學」。議論文內容則是屬於未決，可資論辯的問題，題目是具有判斷性的「命題」，如：「大量閱讀有助於寫作」、「吃素有助於身體健康」，便是可論辯者。

四是情緒上，有「平靜理解」與「激動主張」之異。說明文只是作者對某事物的體認、理解，然後平靜的講述與他人聽，閱讀者可自行選擇接受或不接受，無礙於寫作者的理解。論說文則是作者要想盡辦法說服他人自己對某事物的主張，而作者會預設與預料閱讀對象及其反應，再予以申說、辯駁，因此態度往往是激動的。

五是順序上，有「說明在前」與「議論在後」之殊。進行任何議論前，都要清楚定義、說明論題；一旦定義、說明不清，立場就不穩固，難與他人論辯，所以「說明」是「議論」的前哨，議論文一定要先說明而後議論，但說明文則毋需論辯。

二、說明、議論與其他文體的差別

由於說明、議論多由「事」而生「理」，往往不可避免對於事

物的記敘與描摹，因此會有「論說兼記敘」、「論說兼抒情」，或是「記敘兼論說」、「抒情兼論說」的各種可能，不理解箇中分別者，經常會混淆文體。如何區隔說明、議論與其他文體間的差別，朱艷英等人從「表達方式」、「篇章結構」、「語言風格」、「表達中心」等四點對比如下：

> 從表達方式來看，記敘文以記敘作為自己的主要表達方式，描寫、議論、說明和抒情是輔助表達方式；議論文是以議論作為主要表達方式，記敘、描寫、說明和抒情是輔助表達方式；說明文以說明為主要表達方式，記敘、描寫、議論、抒情是輔助表達方式。從篇章結構來看，記敘文主要是按照人物、事件、時間、地點來安排層次段落；議論文主要是按照論述的邏輯順序，即提出問題、分析問題、解決問題的順序來組織結構。世界上的事物千變萬化，反映在記敘文、議論文的結構上也是複雜的。相對而言，說明文的結構則比較簡單，只需按說明事物的分類或說明的要點來安排結構。從語言風格來看，記敘文語言的主要特徵是形象、生動，議論文語言的主要特徵是嚴密、有力，說明文語言的主要特徵是準確、明白。從表達中心來看，記敘文通過人物、事件間接表達作者的思想感情，議論文通過邏輯推理直接表達作者的思想觀點，說明文不需要間接表達主觀的思想，也不需要直接闡述作者主觀的見解，主要是對事物作客觀的介紹說明。[20]

其一，以「表達方式」來看。文體要主輔分明，無論是說明文或議論文，必須根據其表達方式來進行，其他摻入部分只能為輔，不能奪去

---

[20] 朱艷英主編：《文章寫作學——文體理論知識部分》，頁193。

主位。㉑

　　其二，以「篇章結構」來看。記敘是按敘事要件，如：人、事、時、地、原因、結果來鋪排；說明、議論是各按其說明順序、邏輯順序排列。

　　其三，以「語言風格」來看。記敘、抒情宜以形象、生動為主；至於上述區分議論文是「嚴密」、「有力」，說明文是「準確」、「明白」，實際上，二種文體都兼有嚴密等四種特質，也就是文詞簡練易懂，文句通順、不求詞采華美，以徵實為要。

　　其四，以「表達中心」來看。記敘、議論偏向主觀，但仍有不同。記敘、抒情等表達的是「主觀情感」；但議論是闡述「主觀見解」。前者的主觀是個人對宇宙萬物的體會與感懷；後者的主觀則是立基於個人「論點／觀點」、「論據／例證」、「論證過程」下的見解闡述。至於說明文則是客觀的介紹說明，此前已經說過。最後將說明文、議論文的異同，彙整如下表：

相同處		
1.「寫作目的」都是要求對方「理解」某事物。		
2.「語言風格」都追求簡練易懂、文句通順、不求詞采華美。		
相異處		
差異點	說明文	議論文
態度	客觀向他人說明	主觀表達個人意見
結構	按說明順序排列	按邏輯順序排列
內容	為已決定案之事	未決可論辯之事
情緒	平靜講述使他人理解	激動主張以說服他人
順序	說明不需要議論	議論以說明為先

㉑ 除非是說明過程中，略「陳述」不同角度、意見的觀察，否則「說明」基本上不應再摻雜議論。

● 第五節　爲何要學「論說方法」與「論說文寫作」

一、日常生活的理性溝通

　　生活中，除了與他人之間的情感交流，還有理性溝通。人際之間互動過程中的「講道理」，便是訴諸於理性的溝通。但我們真的懂得如何與人「講道理」嗎？「講道理」只是不帶情感的論辯嗎？真的能將理性與感性一分爲二嗎？一當溝通有了阻礙，便會產生爭執。而達成彼此相互認可的溝通並不容易，譬如：我們想與他人溝通哪些事物？爲何要如此溝通？想具體解決哪些問題？面對不同的人、事、物、時間、地點等，都會有不同的溝通方法，此非三言兩語所能道盡。

　　懂得論說的好處在於能活絡、清晰我們的思路，能井理有條、有邏輯的與他人溝通，縱使遇到難以溝通的窘境時，也會懂得如何側身閃避或正面迎對。

二、專業知識的說明論辯

　　專業知識的表述主要經由說明、論辯表意，進入愈高深的學習階段時，論說文的使用更形重要，篇幅小如一般論說寫作、課堂報告、小論文、單篇論文，大如學位論文、專書、教科書，皆是論說文寫作的延伸。

　　尤其進入大學以後，專業知識之於論說文等非文學寫作的重要性更甚於文學創作，而外界對於正視語文教育的呼聲從未停止過，如李家同教授曾指出：

> ……在以前述的理工科研究生爲例，如果口述傳達自己的研究論文都會有困難，那麼在需要更細緻說理和推論的論文寫作上，可能也有問題，如果他們有很好的研究成果，卻不曉得怎麼用文字適當的表達出來，或是寫得讓人理

解，就等於失去了研究的意義，非常的可惜。㉒

文中所述說理與推論的論文寫作，正是在論說文基礎上的延伸，而如
何清楚且有條不紊的將專業知識講述或筆述出來，這是大學生、研究
生非常需要的表述能力。

　　不僅大學以上需要，國外對於非文學的語文表達教學，更是往下
扎根，如吳媛媛以瑞典的高中瑞典文課（國文課）為例，將可發現當
我們認為大學生才應該有的能力，瑞典在高中時就已開始訓練，她觀
察道：

　　　　瑞典高中的「國文課」，也就是瑞典文課，總共有三門，
　　　　一年上一門。這三門課分別以非文學類、文學類和學術類
　　　　三種文題為主，每一門的學習目標和教學宗旨都大異其
　　　　趣。

　　　　第一門國文課專注於非文學類（non-literary text）文章的
　　　　閱讀寫作，內容包括新聞評論、社會學、歷史、科技等當
　　　　代科普文章，旨在訓練學生能理解文章意涵，並且能彙
　　　　整、引用、分析、批判，並且有條理地提出自己的看法。
　　　　瑞典課綱把語文視作「通往其他知識的基礎工具」，十分
　　　　強調語文在學習所有其他科目的過程中，其理解、思辨和
　　　　表達自我的關鍵角色，為了達到這個教學宗旨，瑞典文老
　　　　師常和其他科目的老師合作……

　　　　第三門課國文課，是學術閱讀寫作，每一個想上大學的學
　　　　生都必須修完這門課。這個階段的閱讀材料來自各個學術

㉒ 李家同：《大量閱讀的重要性》（臺北：五南出版社，2016年5月），頁
　 59。

領域，寫作訓練非常嚴謹，每一句話都要有憑有據，行文不帶個人情感和意識形態，必須符合國際標準的學術寫作架構，旨在適當的理論框架下生產新的知識，在高一的時候學生們還可以使用「我認為……（I think that…）」，當作段落開頭，自由抒發己見，到了高三，就絕對不行了。[23]

這樣的國文課已超越了我們對國文課程內容的界定。從第一年對非文學類文章閱讀與寫作的訓練，很清楚指出如何透過閱讀科普文章，到理解、彙整、引用、分析、批判，再到有條理提出「自己的」看法；第三年想進入大學的人要續修的「學術閱讀寫作」，當中如何讓話語有憑有據，行文不摻雜個人情感、意識形態，以及寫出一個符合國際標準學術框架下的學術文章。這是否都是本講對於論說文應有的界定？

孫有蓉則是在法國教高中生哲學，觀察到法國是從國中開始教導論說文寫作的規則與方法，並落實在許多學科的考試中，不能夠只有答案，還要透過論說文等方式來證明為何得到答案的理由，到了高中的最後一年，哲學教育則成為必修課。孫氏提到論說文寫作的意義，指出：

> 論說文本來設計的意義是要訓練學生獨立思考的能力，在面對一個從來沒思考過的問題時，有能力針對問題開始發想，提出自己的見解，甚至要批判自己的見解，進而提出更全面的論點。[24]

---

[23] 吳媛媛：《思辨是我們的義務》（新北市：木馬文化，2019年7月），頁18-25。

[24] 孫有蓉：《笛卡兒的思辨健身房》（臺北：平安文化，2020年7月），頁31。

換言之，論說文是培養學生獨立思考、提出見解、甚至批判見解的重要能力。

　　當環顧國內與對岸，對大學生的論述、溝通表達能力也有一樣的訴求，如中山大學生科系的顏聖紘副教授在〈大學生寫作與論述能力低落的根本原因是什麼？〉一文中，特別說到：

> 語文教育除了教欣賞、背解釋、認詞彙以外，應該要有非常多的邏輯力養成的部份。而不同學科所需要的語言能力也應該要與國文、鄉土語言與外國語教育互相溝通，才不會弄到最後，好好的語言專業變成油嘴滑舌的本事，而在需要展現精準語言能力的場域，卻因爲長期缺乏鑑賞能力與訓練，完全無法從零到有。[5]

而早在2006年臺灣清華大學就將傳統的國文課更名爲「大學中文」，定調道：「語言文字是工具，應確保學生有能力使用國語文工具。」推動課程改革的中文系劉承慧教授從語文的工具性、專業需求爲課程定位：

> 國語文是思辨與表達的工具，就工具性而言，國語文好比數學；正如同數學是學習自然科學的基礎技能，國語文是學習人文社會知性的基礎技能。若就專業發展需求而言，即便是自然領域的人才也不能不具備國語文技能。……國語文能力也是現代社會公民所必備。現代公民有權利、也有義務參與公共政策的制定與推行，各行各業人士都應具備充分的表達力，以利參與公眾事務的討論。

---

[5] 顏聖紘：〈大學生寫作與論述能力低落的根本原因是什麼？〉，「鳴人堂網頁」，https://opinion.udn.com/opinion/story/7492/1204690，引用日期：2020年7月10日。

如果大學生學習專業知識的同時，也能意識到文體形式乃至事理邏輯、文法修辭模式、語詞選擇等表達的細節，可望更切實地掌握知識的精髓。[26]

無獨有偶，北京清華大學於2018年開始，大一新生必修「寫作與溝通」課程，負責計畫之一的彭剛提到：「『寫作與溝通』課程定位為非文學寫作，偏向於邏輯性寫作或說理寫作，以期通過高挑戰度的小班訓練，提升學生的寫作表達能力、溝通交流能力、邏輯思維和批判性思維能力。」又云：「寫作水平在很大程度上是思維水平的體現，寫作訓練首先是思維訓練。希望經過持續不斷努力，開好這門課，讓它在今後所有清華學生成長過程中留下深刻印記。」同時，他們也已關注到世界一流學府都很重視學生表達力、溝通力的培訓，也早已是哈佛、普林斯頓等一流學府新生的必修課程。[27]

其他如以通識教育聞名的香港中文大學，則要求大一新生必修「與人文對話」、「與自然對話」的兩門課程，節選中外古代、近現代經典篇章為教材，並以撰寫「摘要報告」、「論說文式的期末報告」為考核。[28]

之所以不憚其煩的大量引述，係欲指出論說文之於專業知識的重要性。這些觀點透露出幾項共同的目標：即作為溝通工具的語言，是人際溝通的基礎。精準的溝通需經過閱讀，尤其是以各種專業領域的「知識性閱讀」為根柢，然後透過非文學如論說文寫作培養邏輯思辨、精準遣詞用句的能力。而藉由精準的語言能力，方足以有鑽研高

---

[26] 劉承慧：〈何以「大學國文」是一門獨立的課程〉，《通識在線》第75期，2018年3月，頁34。

[27] 樊攀、魏夢佳：〈「寫作與溝通」將成清華本科生必修課〉，「新華網」，2018年5月22日，http://big5.xinhuanet.com/gate/big5/www.xinhuanet.com/2018-05/21/c_1122865388.htm，引用日期：2018年8月22日。

[28] 參見Lynn：〈大學生讀什麼經典？香港中文大學的經典閱讀課程〉，https://philomedium.com/report/79590，引用日期：2018年8月23日。

深知識，以及充分參與公眾事務之討論的能力。

三、職場工作的應對進退

職場上常見的契約、合約書、法律文書、企劃書（案）、公文、書信、報告、工作簡報、說明書……等，形式屬於「應用文」的範疇；但就內容而言，則以「說明文」、「議論文」為多，譬如：向他人介紹、行銷時，就得仰賴「說明文」；當申訴、談判、辯駁是非正誤時，就需要「議論文」。因此，要懂得基本的論說方法，才能以確實、精準的言語與他人溝通。

四、結合敘事論說的應用

在說明、議論過程中，有時會兼雜記敘、抒情的成分；相對的，記敘文、抒情文也可以視需要，兼有說明、議論的成分。誠如古代遊記，寫作者遊歷之餘，常因眼前此情此景而心生感懷或萌生議論，如蘇東坡〈前赤壁賦〉中，當朋友因人生有限而感懷時，蘇東坡曠達的以「蓋將自其變者而觀之，則天地曾不能以一瞬；自其不變者而觀之，則物與我皆無盡也，而又何羨乎！」以回應不同的角度看問題，自然會有不同的結果。若從有限生命去看，自會陷於宇宙無盡之慨歎，因為人不能脫離變化的循環；但若單從某一個時間節點來看，則人與萬物皆存在於當下，不受變化的影響，生命就是無盡的，故不需感慨，也不需羨慕。這就是「記敘兼議論」的寫作。

此外，把專業知識、職場應對融入敘事能力，是新興、流行的結合敘事、論說表述的模式。

以專業知識來說，如何將艱澀的知識或理論透過敘事方式呈現，譬如：撰寫科普讀物、漫畫化專業知識。又如：結合跨領域跨學門知識，透過不同敘事方式，如：多媒體、行銷、田野調查、口述歷史……等，建構出新型態的教學模式，如自2014年開始，由教育部、靜宜大學推廣的「專業知能融入敘事力之新創群組課程計畫」即是一

例。⑳

　而「如何說一個好的故事」也是職場很重要的表達方式，由於說明、議論時而過於嚴肅，不易讓人接受，透過「故事」能使閱聽者感同深受，產生共鳴，反而更能達成效果，譬如：透過講述品牌故事吸引消費者的注意力而興生購買欲等。⑳但這種「有目的」的說故事，最終還是要藉由故事背後的「說明」或「議論」，以達成工作目的。只是居間是以記敘或抒情為主，抑或是以說明或議論為主，則要視不同情況而定。

　然而，單純敘事能力不會直接變成論說能力；反之，論說能力要轉成敘事能力，亦需要各種條件的配合。故無論是把說明、議論作為敘事目的；或是把說明、議論當作是敘事的基礎，定要懂得論說的方法與學習論說文的寫作。

---

⑳ 陳明柔：〈淺談以「敘事力」為載體的跨領域教學實踐及知識產出〉，《通識在線》第79期，2018年11月，頁32-35。

⑳ 詳可參見經理人月刊編輯部採訪：〈磨練故事力專號〉，《經理人月刊》第141期，2016年8月，頁62-111。

本講重點回顧

❧ 論說文可分成「說明文」、「議論文」二種。

❧ 說明文又可稱為「解釋文」、「解說文」。根據葉晗等人的解釋，即寫作者透過「簡單明白的語言，對於事物的性質、形狀、用途、成因、結構、功能、特徵、關係、意義等，或人物的一般情況，或事理的概念規律、應用範圍進行客觀的介紹和解釋」，此即為說明文。然而，除了客觀的「介紹」（Introduction）、「解釋」（explanation），對於人事物的「定義」（definition）亦是說明文的方法之一。

❧ 說明文按性質區分，可分成六類，包括：「進行的性質」、「一類事物的性質」、「一般抽象的性質」、「字、句、論文的意義」、「主義法則的應用」、「一切事物的功用、效能、結果、原因」。

❧ 說明文按說明的內容、對象區分，可分成：「科學的說明文」、「說理的說明文」。

❧ 說明文按方法區分，可分成：「單純的說明文」、「複雜的說明文」。

❧ 議論文功用在「辨正是非然否」，透過不同立場的論辯，以說服他人相信自己的主張、觀點的一種文體。

❧ 就議論方式來看，可分成「立論」、「駁論」二種。「立論」是寫作者自行提出一個論斷，而「駁論」則是對別人論述加以駁斥者。

❧ 就議論類型來看，梁啓超分成「說喻」、「倡導」、「考證」、「批評」、「對辨」等五類。

❧ 根據《文心・論說》所述古代「論體」，有以下四個書寫的基本條件：其一，以定義來看，論體是先綜合各家說法，次提出作者判斷，用以辨正問題是非對錯。又可從具體及抽象兩面觀之，具體探討者，用以推就事情原委本末；若論題抽象時，則

是得追求眞理至道。其二，以內容來看，論體用以辨正是非，內容需深刻而正確。而論體是表達思想之工具與衡量準則，思慮要正確，審題要清楚。其三，以修辭技巧而論，即論體需論理明白，條理清晰，文字忌浮誇不實、子虛烏有。正反論述要首尾一貫，立場堅定，貴能辨通，勿因說理不清而「以子之矛攻子之盾」，通暢表意爲首要之務。其四，以論者修爲而論，應有公正不阿的態度，不能未經查證而扭曲事實，方能順通天下人的情志，明辨道理。

- 根據《文心・議對》所述古代「議體」，有以下四個書寫的基本條件：其一，以定義來看，最早的議體用來論述政事，「議」是古代帝王與群臣間的周遍諮詢，商議謀策，目的在行仁政，所以，議論非妄言，而貴在節制。其二，以類型來看，分成議、駁議兩種。議即議論；而駁論則是因所持的意見、角度不一，故就他人意見作辯駁，此乃駁議。其三，以寫作例證來看，當書寫議體時，要以經典、前代聖王的典故事實爲例證，也就是今日的「歷史例」。今日的「議」已不再專爲論述政事，而例證自然不限於歷史典故，其他如時事議題、專業學理、個人見聞等，皆可爲議論之依據。其四，以修辭技巧而論，說理時不要執著於枝微末節；使用文字、文句要確切、簡潔、合理爲尚；不崇尚誇飾的、繁縟的、支離的、穿鑿的、華麗的文詞。
- 根據《文心・論說》所述古代「說體」，有以下三個書寫的基本條件：其一，以寫作目的來看，即透過言語，能使人感到愉悅，但過度討好則成虛僞。故說體宛如兩面刃，用之得當可安國；反之，恐自釀災禍。其二，以時機、方法來說，「說」要符合時機，順勢作出判斷，且不能停留在口說，還要表現在書面文字。因而說體使用的語詞不拘一格，要能動之以情，說之以理，甚而威之以嚇，誘之以利，期能達到目的。其三，要掌握時機，說明立說的成敗關鍵，在於是否能掌握時機，且堅定

自己的立場。最後，則強調對所遊說、效忠的對象，務必要恪守忠誠、信實的態度。綜言之，縱使古代的說體與今日的說明文不同，但說作為「遊說」、「說服」使他人聽從己見，則與議、論相近。

✂ 說明文與議論文的異同有五點：一是態度上，有「客觀知識」與「主觀意見」之分。二是結構上，有「說明順序」與「邏輯順序」之別。三是內容上，有「已決定案」與「未決問題」之判。四是情緒上，有「平靜理解」與「激動主張」之異。五是順序上，有「說明在前」與「議論在後」之殊。

✂ 說明、議論與其他文體的差別有四點：其一，以「表達方式」來看。無論是說明文或議論文，必須根據其表達方式來進行，其他摻入部分只能為輔，不能奪去主位。其二，以「篇章結構」來看。記敘是按敘事要件，如：人、事、時、地、原因、結果來鋪排；說明、議論則各按其說明順序、邏輯順序排列。其三，以「語言風格」來看。記敘、抒情宜以形象、生動為主；至於上述區分議論文、說明文則兼有嚴密、有力、準確、明白四種特質，以「徵實」為要。其四，以「表達中心」來看。記敘、抒情等表達的是「主觀情感」；但議論是闡述「主觀見解」，說明文則是客觀的介紹說明。

✂ 為何要學「論說方法」與「論說文寫作」，共有四點理由：一、日常生活的理性溝通；二、專業知識的說明論辯；三、職場工作的應對進退；四、結合敘事論說的應用。

第八講

說明文的組成結構

教學目標

1. 理解「結構概念」對於論說文寫作的重要性。
2. 通曉不同類型的說明、解釋方法，以及限制。
3. 知曉說明文寫作原則與結構排序，並條理表述。

摘要

「說明文」的目的是解釋某事物，但應解釋哪些內容？該如何解釋？往往是寫作者最困擾之處。其次，議論起首時，亦不免要先說明、界定命題，「說明文」對於事物的定義、解釋，也可以成為解釋議論命題的方法，有助於寫作者站穩立場，認清命題。因此，如何為「說明」的內容下定義、詮釋？本講將把相近似的說明方法分成一節，共分成五節，說明如下。

第一節，定義法、解釋法、溯源法。

第二節，比較法（含「對稱法」、「類似語或同義語」、「特色法」）、分類法。

第三節，引用法、舉例法、比喻法。

第四節，數字法、圖表法、介紹法。

第五節，說明文寫作原則與結構排序。最後一節將綜合上述諸法，說明書寫說明文應注意的原則、如何透過組織結構布局書寫說明文。

引言

論說文是結構性極強的文體，無論是說明文、議論文皆然，且需在一定的結構規範下與他人對話，方能達成溝通的目的，而愈專業的論說文寫作，如「學術論文」對於結構嚴謹度有更嚴格的規範。

但寫作者的「構思」與文章的「組織結構」有何關聯？組織結構是條理化寫作者的構思，還是束縛了寫作者的思想表達？又思考、結構的學習，哪一個更為重要？這些問題都有待解決，才能更進一步進入組織結構篇的學習，也才知道其重要性。以下先舉列朱光潛、美國對於讀寫教育的研究、沐紹良（1912-1969）與方鑑明等人的觀點反思此一問題，並作為後續談寫作結構的依據。

首先，朱光潛認為寫文章有一定的「理」，但沒有一定的

「法」，他舉出結構安排有兩個要件，此觀點不僅適用於分析，亦可作為寫作的自我要求，他指出：

> 第一是層次清楚。……層次清楚，纔有上文所說的頭尾和中段，文章起頭最難，以後層出不窮的意思都由這出發點順次生發出來，如幼芽發出根幹枝葉。……文章的「不通」有多種，最屬害的是上氣不接下氣，上段上句的意思沒有交代清楚就擱起，下段下句的意思沒有伏根就突然出現。……雜亂有兩種：一是應該在前一段說的話遺漏著不說，到後來一段很不相稱的地方勉強插進去。一是在上文已經說過到下文再重複說一遍。這些毛病的根由都在思想疏懈。思想如果謹嚴，條理自然縝密。

> 第二是輕重分明。文章不僅要分層次，尤其要分輕重。輕重猶如圖畫的光影，一則可以避免單調，起抑揚頓挫之致；二則輕重相形，重者愈顯得重，可以產生強烈的效果。……文章無論長短，一篇須有一篇的主旨，一段須有一段的主旨。主旨是綱，由主旨生發出來的意思是目。綱必須能領目，目必須附麗於綱，尊卑就序，然後全體自能整一。……在文章中顯出輕重通常不外兩種辦法：第一是層次上顯出。同是一個意思，擺的位置不同，所生的效果也就不同，不過我們不能指定某一個地位是天然的著重點。……其次是輕重可以在篇幅分量上顯出。就普遍情形說，意思重要，篇幅應佔多；意思不重要，篇幅應佔少。①

寫作之「理」有二層意思：一是「層次清楚」，一是「輕重分明」。

---

① 朱光潛：〈選擇與安排〉，《談文學》（臺北：智揚出版社，1986年），頁92-95。

前者的層次分明與否，與思想是否嚴謹有關；後者的輕重分明，則與如何掌握主旨、安排寫作材料有關。若想清楚掌握這兩個「理」並不容易，甚至得對一篇文章的構思內容、文句段落安排到了錙銖必較的地步。但仔細思考，寫作一旦掌握其理，寫作章法便也自在其中了。

其次，美國讀寫教育也對寫作是否應強調如：拼字、造句、文法形式等，有過正反不同意見論辯。其中的提問點在於：形式上的正確性與否，能否提升學生寫作能力？亦即「熟悉文法就能良好的使用語言」是否是正確的？

曾多聞先後在其兩本著作觀察美國現當代閱讀與寫作教育發展歷史，從早期重視寫作形式、文法結構，到了1985年美國國家教育學院的一份研究報告《成為閱讀者的國家》指出這是錯誤的假設，有道：

> 這也許就是為什麼，過去十五年來的經驗顯示，儘管我們一直致力於文法教學，學生的寫作能力幾乎沒有進步。研究指出，唯有讓學生寫得更多、且針對特定讀者、從事更多有具體溝通目標的寫作，他們才能夠更進一步學習到一些寫作細節——例如標點符號或動詞與主詞的一致等文法規則。[2]

這是在社會認知發展理論的研究前提下，從人們寫作時心智會產生哪些活動的研究得到的結論，即認為文法、寫作結構模板無法提升學習寫作能力，而應從建構學生思考批判能力、查找資料等能力，以建立自己的見解與批判式的反思為先。[3]

其後，另有一批學者如朱迪斯‧赫斯曼（Judith C. Hochman）於紐約創辦的「寫作革命」的私人讀寫機構，卻支持回歸基本句型結構

---

[2] 曾多聞：《美國讀寫教育改革教我們的六件事》（臺北：字畝文化，2018年8月），頁70。

[3] 曾多聞：《美國讀寫教育改革教我們的六件事》，頁70-73。

等寫作形式的練習。他們觀察到網路影響青少年用語口語化、簡短而缺乏使用複雜長句的能力；且可能因家庭因素，未必每個人都能接觸到圖書、大量閱讀，回到基本寫作形式的練習更是重要。④

　　而早在上世紀中，沐紹良、方健明便觀察當時寫作教學的兩種偏向：一是因襲古人，認為「文無定法」，寫文章全憑各人天才；一是醉心當時歐美強調「文有定法」，寫作需從文法開始。他們認為前者過度強調寫作應有天分，漠視了更廣大的學習者；後者拘泥固執於文法理論，文章還沒寫，腦中先塞了一堆理論。這都是過猶不及，所以，他們強調基本的「寫作的方法與原則」很重要，而不是在教什麼祕訣。⑤

　　總歸而論，談「組織結構」非欲規範、侷限組織結構，而是指引論說文寫作的基本方法與原則概念。能清楚掌握這些方法與原則概念，再遇到任何變化，自能守經而通權於變。

　　接下來的幾個講次中：第八講「說明文的組成結構」將廣蒐各種說明的方法，以表明如何應用、組織對不同事物的解釋之道。第九講「議論文寫作的前哨——題型、開頭、結尾」介紹議論文論題的題型、開頭、結尾的寫作模式。第十講「議論文的基本結構」則講解基本的議論寫作結構概念，因為議論非常著重邏輯思考的縝密，如同前引朱光潛：「思想如果謹嚴，條理自然縝密」，又美國讀寫教育改革中，也希望學生學習到「發展高階思維，包括分析、綜合、評估、解釋等能力」，如何透過基本結構，具體而微闡述己見、與他人議論之法，是該講的學習要點。第十一講「如何進行有效論證與例證的類型、邏輯謬誤」說明了幾種常見的論證方法，介紹例證的種類與使用原則，還有推理、論證過程常犯的邏輯謬誤。

---

④ 曾多聞：《美國讀寫教育6個學習現場，6場震撼》（臺北：字畝文化，2020年6月），頁152-157。

⑤ 沐紹良、方健明：《寫作指引》（上海：大成出版社，1949年8月），序頁1-4。

最後，回歸本講，該如何「說明」？二十世紀初期的學者陳望道（1891-1977）提出說明文界說的七項條件，亦即七種方法，分別是「類名」、「特色」、「分類」、「例證」、「對稱」、「類似語或同義語」、「語意底變遷」等。⑥同時期如：譚正璧也據此分成七法⑦，而孫俍工則補入了「圖表法」，成為八法。⑧到了今天，已有擴增到十種方法者，如：朱艷英等人的《文章寫作學》。⑨本講則綜合各家觀點，提出常見的十四種方法，並依據類似性質分四節說明。

■ 第一節　定義法、解釋法、溯源法

一、定義法

（一）釋義

定義法是最根本的說明方法，根據事物的屬性來下定義。如：「人是屬於哺乳類的動物」、「論說文是現代文體之一」、「家庭教育是教育的一環」等。此外，定義法也是對於被解釋事物最權威、正規的解釋。⑩

根據定義的目的作區分，曾漢唐、陳張培倫區隔出五種定義的目的類型。

一是規準性定義。即對一個新事物下定義，如：「『獅虎』意指獅子爸爸與老虎媽媽所生的小獸。」

二是字典式定義。用來說明日常慣用字詞的定義，如：字典中對於字詞的解釋。與規準性定義的差別在於第一種是對未曾有過的新事物下定義，故無法定義此字詞的真假，但字典式定義的對象是日常用

---

⑥ 陳望道：《作文法講義》（上海：民智書局，1922年），頁75-81。

⑦ 譚正璧：《文章體例》，頁95-101。

⑧ 孫俍工：《論說文作法講義》，頁8-23、31-36。

⑨ 朱艷英主編：《文章寫作學——文體理論知識部分》，頁197-205。

⑩ 部分解說參考朱艷英主編：《文章寫作學——文體理論知識部分》，頁198。

詞，可分得出眞假。而字典式的定義則要避免含混、消除字詞使用上的歧異。

　　三是精確化定義。爲避免定義含混而給予更精準的定義，經常被應用在不同的學科領域中，譬如：醫界定義死亡是「『死亡』意指腦電波偵測機器不再顯示任何腦部活動的跡象」，遠比一般生活中對於死亡的定義要來得更專業且精確。

　　四是理論性定義。引介一個理論來說明某字詞的意義，也就是將一個字詞的解釋放在某一理論系統中作說明，如：「『光』意指電磁放射的一種形式」。

　　五是說服性定義。企圖影響他人對於被定義項的觀感好惡者，如：「徵稅意指對一般百姓無理的財務剝削」；再對比「徵稅意指維持社會福利的必要程序。」前者就是說服性定義，後者則屬於字典式定義。[11]

（二）舉例說明

▶ 例證1

　　詮釋指的是確立某項行爲、某個事件、某個符號或是某件作品的意義，預設了直接給定的意義背後，還有一種或多種隱含的意義。[12]

本例是界定「詮釋」這個詞的定義。和簡單的「A是B」定義不同，這裡透過連續的定指，即針對「某行爲，或某事件，或某符號，或某作品」，預設了第一層的「直接意義」，以及第二層背後的「多種隱

---

[11] 以上五種定義、例證參見曾漢唐、陳張培倫：《邏輯與生活》（新北市：國立空中大學出版社，2013年1月），頁139-145。

[12] 侯貝等著，梁家瑜、蔡士瑋等譯：《法國高中生哲學讀本5：人認識到的實在是否受限於自身？探索眞實的哲學之路》（新北市：大家出版社，2019年11月），頁59。

藏意義」。此定義方式解決單一定義的問題，且經由多層次的定指，更確切、周延定義詞彙的意義。就其目的來看，則偏向字典式的定義。

▶▶ 例證2

　　科學知識是種抽象的知識。它是由理論所構成，是嚴格的知識，可透過論證與實驗來證實。[13]

本例定義什麼是「科學知識」，除了直接定義爲「抽象的知識」，後續又用「理論所構成」、「嚴格的知識」、「可透過論證與實驗來證實」等連續定義其屬性。就其目的來看，則偏向精確化的定義。

（三）注意事項

1. 定義要周延、精確。如陳望道提出兩點原則：一是需標舉切近本名的類名：如「人是屬於哺乳類的動物」便好過於「人是動物」。二是需標舉適合本文的類名，即不同專業中，對於同一物的解釋會有不同[14]，譬如：『「家」是人居住的地方』；但房仲業者賣房，便會說「『房子』是人居住的地方」，而不會說我是來賣家的。誠如朱艷英等人所述：「定義要周延、準確，必須本質地概括出事物、現象的特點和規律，要有嚴密的科學性。」[15]

2. 定義只是最基本、概括的說明，寫作者無法從簡單的「A是B」充分得到完整的定義說明，還必須配合其他方法才能完整說明。

---

[13] 侯貝等著，梁家瑜、蔡士瑋等譯：《法國高中生哲學讀本5：人認識到的實在是否受限於自身？探索真實的哲學之路》，頁27。

[14] 陳望道：《作文法講義》（上海：民智書局，1924年10月），75-76。

[15] 朱艷英主編：《文章寫作學——文體理論知識部分》，頁199。

二、解釋法

（一）釋義

針對概念或被說明對象作進一步闡述的方法，通常會結合「定義法」一起使用。即在定義之後，對於未能充分解釋之內容作更深刻或更廣泛的解釋。

（二）舉例說明

▶ 例證1

> 有機體是互相依賴的機能整體。所以生命具有真實的統一性，但是這統一體不是絕對的，因為生命有時會為了免於自身陷入危險，而切除這整體的某部分。[16]

本例屬於「客觀的／科學的」解說，先指出「有機體是……」屬於定義法，而後再解釋有機體的內涵。簡單來說，任何活著的生物，含動植物都是有機體。而有機體、無機體的差別在於有機體是由各部分組合而成，無機體是整體的。如：人的手、腳既是不同部位，也是各自獨立的有機體。一旦落入危難時，捨其一仍可存活。

▶ 例證2

> 「多元」，在社會科學中，指不同種族、民族、宗教或社會全體在一個共同社會的框架下，持續並自主地參與及發展固有傳統文化或利益。而「社會」，則是一群人因有共通目的或特色而群居的現象。而多元社會的形成，包含歷史變遷因素所導致之社會多元特定面貌，以及現代演進進程中，全球化所衍生的人文薈萃，使得社會具有容

---

[16] 侯貝等著，梁家瑜、蔡士瑋等譯：《人認識到的實在是否受限於自身？探索真實的哲學之路》，頁79。

納多種文化異質性的現象，不同族群相互間展示尊重與容納，從而使他們可以安樂共存。〈多元社會的省思〉

本例是屬於「主觀的／說理的」解說。寫作者先定義何謂「多元」、「社會」，再合併解釋「多元社會的形成」。而後，寫作者加入個人理解之延伸應用，納入全球化對於多元社會的影響。

（三）注意事項
1. 落實在生活、語文中的「解釋法」，按思考、寫作順序可分成四個步驟：依序是先「理解」，而理解是屬於定義前的認知狀態；既而「定義」，即定義法；再是「解釋（含翻譯）」；最後「應用」於當前的狀態，詳可參見本點的例證1。
2. 如果是「客觀的／科學的說明文」，寫作對象已被限定，寫作者不能妄加主見，只需「理解」、「定義」、「解釋」即可。
3. 如果是「主觀的／說理的說明文」，因偏重寫作者的詮釋，故四個步驟都應存在，詳可參見本點的例證2。
4. 掌握解釋的原則：「抽象題目具體化，具體題目抽象化」，可更深刻解釋。愈抽象的題目因含意愈多元，涵括性廣泛，必須「向下」定義，從殊性來說明。愈具體的題目含意已被限定，就必須「向上」追溯其源頭，凸顯題目的共性。如：「說自由」，自由是抽象的題目，解釋時，便可將自由落實在個人、家庭、群體、社會、國家……等具體層面的應用。又如「談環境保護」，這是一個具體的題目，便可從環境保護回歸到人性欲望、公私義利、知與行等抽象層面的深度思考。

三、溯源法

（一）釋義
從被解釋事物的歷史脈絡，追本溯源且觀其流變。

（二）舉例說明

▶ 例證1

　　19世紀末，日本人將英文的philosophy翻譯成「哲學」，於東京大學創立哲學系，並將世界哲學分成西洋、中國、印度三大領域。20世紀初，王國維（1877-1927）等人大倡哲學的重要性，並強調此為中國固有之學，而開啓中國人談中國哲學的開端。然而，直到1916年謝無量（1884-1964）的《中國哲學史》，中國才真正有了第一本中國哲學史的研究書籍。而陳黻宸（1859-1917）亦於北京大學講授「中國哲學史」的課程。時至二三零年代，最重要的兩本相關著作，即是胡適（1891-1962）的《中國哲學史大綱》與馮友蘭（1895-1990）的《中國哲學史》，二書「以西釋中」的詮釋模式則豎立了中國哲學史研究的兩種典範。[17]

上例是追本溯源「哲學」一詞的翻譯源起，並溯源《中國哲學史》這門專業知識書寫成冊的過程。從20世紀初王國維提倡哲學的重要性，再到1916年謝無量、陳黻宸同一時間，各自撰寫《中國哲學史》，再到上世紀20-30年代，由胡適、馮友蘭以西方哲學方法詮釋中國哲學史的路數，成為後世研究中國哲學史的典範。又如：

▶ 例證2

　　這些西學與中學的交會，呈現在天文、曆算、地理、宗教、醫學、博物、工藝，甚至思想價值等方面。從

───────────

[17] 內容酌刪裁於李智平：〈是「義理」？還是「哲學」？──以現代新儒家馬一浮與熊十力學術思想為進路的討論〉，《宗教哲學季刊》第87期，2019年3月，頁2-4。

17世紀康熙欽天監所任用的洋官、洋學，到18、19世紀中國士大夫高倡「西學中源說」，再到晚清知識界如梁啓超所言「無揀擇的」引介西學、翻譯西書，兼從東、西洋，終至1905年科舉廢除，新學制建立，五四新文化運動興起。其後在20世紀50年代，中國大陸與臺灣又各自進行了大規模的學制改革，建立今日同中有異的學術知識體系，在專業教育上，這一點體現得尤其顯著。[18]

以上講述自17世紀至今，近現代中國學術面對西方學術挑戰下，不同時代有不同的應對之道。從中可見中國如何從認識西學，到提升自我改革意識，再到大量吸收，最終於1949年兩岸分治後，各自建立出今日同中有異的學術知識體系的過程。

第二節　比較法（含對稱法、類似語或同義語、特色法）、分類法

一、比較法（含對稱法、類似語或同義語、特色法）

（一）**釋義**

1. 透過兩個以上的事物予以對比說明者，即爲比較法。

2. 如按「縱」、「橫」區分，「縱比」是指同一種事物依不同發展階段或先後情況相比較者；「橫比」是同類型相互關聯事物的比較。[19]

3. 如按「同類」與「不同類」區分，則有四型：一是同類型事物相比，二是不同事物相比，三是同一事物本身先後情況相比，四是對比，把對立事物或事物不同方面作比較，目的在於突出不同事

---

[18] 張壽安：〈導言〉，收入氏主編：《晚清民初的知識轉型與知識傳播》，導言頁3。

[19] 縱、橫分類原則參見葉晗主編：《大學寫作》，頁66。

物的差異點，但要留心對比點是否相應。[20]

4. 民初陳望道、孫俍工等人將「比較法」中「同類事物」相比法則係分成以下三類[21]，而此三類實屬於「同類型事物相比」，分述如後：

(1)對稱法。以同一類中相對或相反的事物以對正面定義者，如：獨裁的相反是民主。能夠自行調節體溫的是溫體動物；沒有體內調溫系統的是冷體（血）動物。

(2)類似語或同義語。根據孫俍工的定義：「類似語，即語意相似而實際不同的一種語詞。同義語便是完全相同的語詞。」[22]如：慷慨解囊不等於浪費。宗教不等於信仰，「宗教」是一種社會意識形態，是相信現實世界之外，還存在超自然、超人文的力量；「信仰」則是對某種主張、主義、宗教、某人極度相信和尊敬，用以作為自己行動的指南或榜樣。

(3)特色法。即指出被解釋事物與同類型其他事物相異的特點。如：中文是一種缺乏如西方語言具有時態變化的語言。斜槓青年是指不專主於一種職業型態，而具有多種職業型態與身分的新興年輕族群。

（二）舉例說明

▶ 例證1

照我的意思看來，新思想是一個態度。這一個態度是向那進化一方面走。抱這個態度的人，視吾國向來的生活是不滿足的。向來的思想，是不能得知識上充分的愉快

---

[20] 同類、不同類分類原則參見朱艷英主編：《文章寫作學──文體理論知識部分》，頁204-205。

[21] 陳望道：《作文法講義》，頁76、79-80、孫俍工：《論說文作法講義》，頁11、17-23。

[22] 孫俍工：《論說文作法講義》，頁17。

的。所以他們要時時改造思想，希望得滿足的生活，充分愉快的知識活動。他們既視現在的生活為不滿足，現在的知識活動為不能得充分的愉快，所以把固有的生活狀況、固有知識就批評起來。這就惹起舊思想的反抗。舊思想的人說，你們天天講什麼新思想，迎合青年厭舊喜新的心理，把我國的國粹都拋棄了，把我國的道德都破壞了。[23]

這段話出自於民初學者蔣夢麟（1886-1964）1919年於《晨報》發表的有關新舊思想對比的文章。屬於同一事物——「思想」先後／新舊情況的相比，偏縱向比較。新的思想是對現況的不滿足，轉而批判舊的思想；而舊的思想則是批判新的思想拋棄了固有文化。

▶ 例證2

　　在科學家看來，這絕對是呈現科學的最佳方式——純粹，完全不帶入個人觀點，直接拿出資料讓聽眾判斷，反正事實應該能自己說話。這種「歸納法」似乎既直白又好用，問題是科學不是這樣做的，而且使出這招可能相當危險——當你用剝去脈絡的方式呈現資訊，你不只拋給聽眾沉重負擔，也得冒上讓他們誤解你的研究的風險。另一條路是由科學家負起有效溝通的責任。這代表科學家得花上大筆時間思考、梳理、檢察、打磨、整理資料，最後還得設計出柔順光滑閃閃動人的呈現方式，不動聲色地一舉擄獲聽眾大腦中的知識受體。[24]

---

[23] 蔣夢麟：〈新舊與調和〉，收入陳平原、季劍青主編：《五四讀本》（臺北：大塊文化，2019年5月），頁315。（原刊載於《晨報》，1919年10月13、14日）

[24] 蘭迪・歐爾森著、朱怡康譯：《怎樣談科學》（臺北：遠足文化，2020年1月），頁126。

以上是比較如何表現「科學」的方式，意即科學家如何向聽眾陳述與表達自己的研究或觀點。屬於同一事物——「科學的表達方式」下的不同表述方法，偏橫向比較，即：一種表達方式就是純粹不帶個人觀點的客觀表達，讓事實自己證明其結果，但危險在於聽眾可能會誤解。另一種表達方式是科學家主動參與溝通，自行設計吸引聽眾理解自己的研究或觀點的表達方式。

二、分類法

（一）**釋義**

　　按照一定標準，將被解釋的事物以分類的方式解釋其中意涵。

（二）**舉例說明**

▶ 例證1

　　　　生之享受包括許多東西：我們本身的享受、家庭生活的享受、樹木、花朵、雲霞、溪流、瀑布，以及大自然的形形色色，都足以稱為享受，此外又有詩歌、藝術、沉思、友情、談天、讀書等的享受，後者的這些都是心靈交流的不同表現。這許多享受中，有些享受是易見的，如食物的享受，社交宴會或家庭團聚的歡樂，風和日暖時春天的野遊；另外一些較不明顯的，則為詩歌、藝術和沉思等享受。㉕

這是林語堂談「生命的享受」時，對生之享受的各種界定。除了有個人的、家庭生活的、自然世界的享受，還有心靈上的享受。其次，他以易見、隱見類分出有些是容易見到與不容易見到，屬於內在層次的享受。

㉕ 林語堂：《生活的藝術》（臺北：遠景出版社，1979年3月），頁133。

例證2

　　我個人認為不論任何年齡、性別、種族的大學教
授，都應該具有四種功能：第一，他是一個知識的創造者
（研究），這是一個好的大學教授應該具有的一項重要功
能。第二，大學教授的另一任務是知識的傳播（教學），
他要把大學所創造、建構、發展的知識、觀念及思想加
以整合，再有效的傳遞給學生。第三，大學教師除了從
事研究與教學以外，他還應將知識傳播到校園以外的社
會。……第四個要求更廣更高，就是要成為一個「先天下
之憂而憂，後天下之樂而樂」的知識分子。㉖

這是楊國樞透過「功能」的區分，認為大學教授應具備的四種功能的
說明，依序是：身為研究者、教學者、社會知識傳播者、以天下憂樂
為己任者。

（三）注意事項㉗

1. 分類標準要一致，不能用不同的標準來分類同一事物，若不一致
　 會導致相互關係交錯、混亂。
2. 列舉種類不能有遺漏，需有層次性，不能相互交錯。

㉖ 楊國樞：〈四十年一覺學術夢 —— 臺灣大學我的學思歷程系列講座〉，收入
　 立緒文化選編：《百年大學演講精華》（臺北：立緒文化，2003年10月），
　 頁57。
㉗ 以下注意事項酌參朱艷英主編：《文章寫作學 —— 文體理論知識部分》，頁
　 200。

■ 第三節　引用法、舉例法、比喻法

一、引用法

（一）釋義

「引用」作爲一種修辭法，亦是說明方法之一。係透過別人的話語或著作，用來印證、補充寫作者的觀點，以增強文章或說話者的說服力，如黃慶萱說：「引用是一種訴之於權威或訴之於大眾的修辭法，利用一般人對權威的崇拜及對大眾意見的尊重，以加強自己言論的說服力。」[28]

（二）舉例說明

▶ 例證1

　　唐・吳兢（670-749）曰：「刑賞之本，在乎勸善而懲惡。」刑罰與賞賜的根本，在於勸人爲善及懲罰做壞事者。以法治規範人民之行爲並非以處罰爲目的，其根本爲使人民時時刻刻注意自身行爲，減少犯錯機會。〈論賞罰〉

上述引用唐代吳兢《貞觀政要》中的一段話，說明賞罰的目的。寫作者引述後，先略作一簡短翻譯，而後延伸出「法治」的目的不在處罰，而是透過外在力量約束人的行爲。

▶ 例證2

　　前英特爾執行長歐德寧（Paul Stevens Otellini）說過一句話：「去擁抱困難，打破疆界，創造未來。」代表著一種視野的廣度，在危機時刻要如何處理的心態。要看得

---

[28] 黃慶萱：《修辭學（增訂三版）》，頁125。

遠，還要比人家先看到，最爲關鍵。「見微知著，掌握機先」之意，乃在細微觀察中，引發出機會或知悉機會的去向，以掌握、運用並達到平凡中的不平凡，也就是遠見。而具備遠見的先決條件便是能細微觀察周邊世界。〈見微知著，掌握機先〉

以上是引述當代人物的話語解釋什麼是「見微知著，掌握機先」，主張人要有遠見，當視野寬廣，更能懂得如何處理危機，而遠見則來自於細微觀察周邊世界開始。

（三）注意事項

1. 作爲說明的引用對象，應訴諸於普遍性、客觀性，眾所周知的權威意見，如：「孔子云：……」、「胡適說：……」，而非個人經驗，如：「我媽媽說……」、「我的老師說……」。

2. 黃慶萱提出引用修辭的消極、積極原則，值得參考，引述如下：

   (1) 消極的原則

   　　A. 引用不正確的意見，當加按語。

   　　B. 引用不可失其原意。

   　　C. 不可使用僻典。

   　　D. 引用當據原文，不可輾轉抄襲。

   　　E. 避免艱深賣弄的引證。

   　　F. 引用文字不可破壞全文語調之統一性。

   (2) 積極的原則

   　　A. 必須訴之於合理的權威。

   　　B. 提供一種簡潔而形象化的文字。

   　　C. 儘可能使引用成爲一種委婉含蓄的語言。

   　　D. 儘可能在新舊融會中產生喜悅和滿足。

   　　E. 無妨對所引的話重加思考，以期奪胎換骨，鍊鐵成鋼。

F. 表示引用的詞，要多樣化。[29]

二、舉例法

（一）釋義

透過實際例證方式說明語詞意涵，這也是常見的一種解釋方法。無論是寫作或演講，相較於直接切入定義或說明，透過舉例的方式引導至主題比較容易讓人接受，尤其是面對普羅大眾或是對該領域認知較淺者。

（二）舉例說明

> **例證1**

前幾年新竹市復興高中學生模仿納粹的事件引起了臺灣社會的關注，這讓我想起多年前和各國朋友在曼谷逛夜市，那時泰國年輕人似乎正流行納粹符號，滿街都在賣納粹和希特勒（1889-1945）的T恤，讓歐洲朋友看了哭笑不得。但是同樣的，我曾經去一個主修日文的瑞典同學家參加派對，一進他的房門，迎面就是一大面皇軍旭日旗，其他瑞典同學看了稱讚好酷，亞洲同學則說不出的尷尬。[30]

以上出自吳媛媛〈我們從納粹歷史學到什麼——反歧視和民主教育的絕佳教材〉一文。文章一開始透過例證說明人們對於某議題因為資訊不足、知識匱乏所造成的「不敏感」（insensitive），對於歷史缺乏了解、同情，進而導致結構性的歧視、不平等，由此導入欲討論的「反歧視和民主教育的絕佳教材」之議題，頗能吸引人注意。

---

[29] 黃慶萱：《修辭學（增訂三版）》，頁155-165。
[30] 吳媛媛：《思辨是我們的義務——那些瑞典老師教我的事》，頁133-134。

例證2

　　佛里曼在《世界又熱又平又擠》中指出：「能源」問題是今日亟待解決的。永續再生是新趨勢，但若能避免不必要的浪費更為重要。如製造一瓶可口可樂所需要的水是當地可飲用水的好幾倍，能源稍縱即逝，更何況是加了糖的水，且煉糖過程也需要水，所須能源必然大增。再以臺灣為例，海平面上升致使島型漸變窄長，臺灣人口密度排名世界前端，能源消耗速度亦「不落人後」，儘管總是疾呼環保議題的重要，但確實執行又有幾人？此外，在全球暖化影響之下，吃「暖」飯的行業漸漸興盛，成為全性矚目的議題。如：巴西開發替代能源乙醇取代石油，風力與水力發電的興起，臺灣公務機關於夏季時提倡不打領帶與調高冷氣溫度等，比比皆是。每個國家都正為能源活動開發所留下的後患而煩惱，既已無法挽回，能不再惡化，當為首要之計。〈面對自然的態度〉

　　以上先透過引用法，引述美國專欄作家兼記者湯馬斯‧洛倫‧佛里曼在其著作《世界又熱又平又擠》一書中對當今全球「能源」問題的討論，然後依序使用碳酸飲料影響民生用水，臺灣能源問題，全球暖化下如：巴西、臺灣如何節約能源為例。寫作者緊湊密集且多角度的舉例，充分說明能源問題的重要性。

（三）注意事項[31]
1. 舉例必須真實。
2. 舉例必須具代表性，不能只是某一類事物的特例。
3. 舉例應該要具體。
4. 舉例要能說明該類事物的某些性質、特點、關係、功用。

---

[31] 前四點酌參朱艷英主編：《文章寫作學——文體理論知識部分》，頁202。

5. 該如何掌握舉例方法，可參見本書「第十一講第三節 舉例方法與原則」。

三、比喻法

（一）釋義

　　透過「借彼喻此」的方式，以兩件或兩件以上有類似點之處以作比喻者，而這也是修辭法的一種。黃慶萱解釋譬（比）喻修辭的理論架構有言：「它的理論架構，是建立在心理學『類化作用』（Apperception）的基礎上——利用舊經驗引起新經驗。通常是以易知說明難知；以具體說明抽象。使人在恍然大悟中驚佩作者設喻之巧妙，從而產生滿足與信服的快感。」[32]

（二）舉例說明

▶ 例證1

> 哲學是什麼？我們為什麼需要哲學？……就我個人體認而言，哲學就是，我在綠色的迷宮裡找不到出路的時候，晚上降臨，星星出來了，我從迷宮裡抬頭望上看，可以看到滿天的星斗；哲學，就是對於星斗的認識。如果你認識星座，你就有可能走出迷宮，不為眼前障礙所惑，哲學就是你望著星空所發出來的天問。[33]

這段話是龍應台以綠色迷宮、滿天星斗、星座為喻，解釋什麼是哲學。其中，迷宮就是我們的人生處境，時常會充滿迷惘或找不到出路；滿天星斗則是我們對於人生產生的種種疑問；認識星座則是知道如何解決人生迷惘的方法。但這種方法只能透過類化作用，使聽者有

---

[32] 黃慶萱：《修辭學（增訂三版）》，頁321。

[33] 龍應台：〈在迷宮中仰望星斗——政治人物的人文素養 臺灣大學法學院演講〉，收入立緒文化選編：《百年大學演講精華》，頁107。

所感，大約知道什麼是哲學，而無法眞正定義哲學的內涵。

 例證2

　　宇宙好比一個劇場，美侖美奐，背景華麗。劇場中的
色彩配合線條，線條配合劇情，在在都爲了加強效果，拓
展美感，促使一切栩栩如生，令人頓興神思，產生種種優
雅、莊嚴、或雄奇的情緒。人類好比這劇場裏面高貴的演
員，人性則好比可歌可泣的劇情，透過詩詞一般豐富的感
情，散文一般考究的美姿，或歌唱一般豐富的感情，而得
以淋漓盡緻的表露無遺。換句話説，劇情必須適應舞臺，
而舞臺也必須配合劇情，一齣戲劇若要表演精彩，劇情與
舞臺便必須搭配得當，相互輝映，同樣情形，宇宙與人生
也應如此──不但應該，而且能夠，否則人類將會與他們
的住所扞格不入，備感疏離。㉞

以上是方東美（1899-1977）透過劇場舞臺、演員、劇情爲喻，以解
釋宇宙、人類、人性間的關係，而認爲宇宙與人生應該要相互連結成
一和諧關係。但同樣的，這是否已能確切解釋宇宙與人類、人生的關
係？還是需經由其他方法具體說明，才能充分解釋其中的關係。

（三）注意事項
1. 比喻法適合放在演講或一般性的說明文章中，能使人因「類化作
　　用」而有所感。
2. 「比喻法」雖便於解說，但僅是讓人有所感，未必能清楚且完全
　　的說明、解釋，故比喻法宜搭配其他說明方法，如「定義法」、
　　「解釋法」……一起使用，而不適合單獨作解釋；也不適合使用

㉞ 方東美：《中國人生哲學》（臺北：黎明文化事業公司，1993年8月），頁
　169。

在較爲嚴謹的說明文、學術論文；更不能逕以此作爲被解釋對象的定義、說明。

3. 「比喻」宜創新而不宜落入俗套，常見如：國家、社會比喻成是一臺大機器；而以人比喻成社會的小小螺絲釘或汽車零件云云。

⬛ 第四節　數字法、圖表法、介紹法

一、數字法

（一）釋義

　　數字法是透過實際數字的統計分析，作爲解釋說明的方法。面對較爲渺遠或未能確定實際數字者，可採用概括數字說明，如：「恐龍最早約莫出現在二億三千萬年前的三疊紀」，至於確切是哪一年，就不必再追究下去了。

　　但數字法亦有可能被操控，如玩弄文字遊戲，或混淆不同的計數方式，或刻意忽略某些參數與資訊，導致錯誤的說明或成爲議論文中錯誤的數據資料，因此，尼爾‧布朗、史都華‧基里兩位學者特別提醒使用數據應注意：

> ……若引用得宜，統計數字將是有價值的利器，不僅有助於形容並理解趨勢和模式，也能作爲預測的依據。數據資料可以增加論述的說服力……爲求謹慎，請務必用一些篇幅說明統計數字生成的過程，以及數據資料的含意與限制。如此一來，讀者會更加信任你，因爲你展現的是開誠布公、童叟無欺的態度，而非一手遮天、掩蓋事實；另一方面也能激勵讀者成爲強義批判思考者，有能力獨立思考並決定眼前數字的可信度、提供個人解讀。[35]

---

[35] 尼爾‧布朗、史都華‧基里著，羅耀宗、蔡宏明等譯：《看穿假象、理智發聲——從問對問題開始》（臺北：商業週刊出版社，2019年4月），頁284。

以上誠可作爲使用數字法時的參考。

（二）舉例說明

> **例證1**

　　若總生育率維持現況，2065年出生數將減少一半；
縱使總生育率回升，出生數仍難提升：2018年，出生數
預估爲18萬至19萬人，受15-49歲育齡婦女人口減少之影
響，至2065年，高、中、低推估之出生數將分別再降至
13萬人、9萬人及5萬人，較2018年分別減少5萬人（或
29.1%）、9萬人（或51.5%）及13萬人（或70.4%）。

> **例證2**

　　我國將於未來8年內進入超高齡社會，高齡化速度
超過歐美日等先進國家：我國已於1993年邁入高齡化社
會（老年人口占總人口比率超過7%），並於2018年成爲
高齡社會（超過14%），預計將於2026年成爲超高齡社
會（超過20%）；由高齡社會轉爲超高齡社會之時間僅8
年，預估將較日本（11年）、美國（15年）、法國（29
年）及英國（51年）爲快，而與韓國（7年）及新加坡（7
年）等國之預估時程相當。[36]

以上二例是透過數據分析臺灣少子化、高齡化的問題。例證1確切透
過數字，說明出生率降低而導致少子化的危機。例證2則可看出早在
1993年開始，臺灣便已逐步邁向高齡化社會。以上透過數字清楚呈現
我國當前人口結構不均的問題。

---

[36] 以上二例參見國家發展委員會：《中華民國人口推估2018年至2065年》（臺
北：國家發展委員會編印，2018年8月），頁1-2。

二、圖表法

（一）釋義

透過繪製圖型或表格的方式，簡單明瞭的表現複雜的說明或內容，圖表法多只能呈現說明的「已然」，而非「所以然」，故應配合其他說明方法方能具體說明。而圖表法常結合數字法說明複雜的內容。如：一般簡報（Power Point）常使用數字圖表，再搭配介紹說明。

更廣泛來說，結合單張圖畫或連環圖畫以及文字敘述的「漫畫」、「動畫」等，可作為圖表法的延伸，尤其現在走入圖像化的時代，漫畫也從以往敘寫故事到今日結合說明、敘事，透過圖像來介紹或說明某事物、事理，如：科普型漫畫、說明型漫畫（如：介紹咖啡文化、介紹世界哲學家……）。

（二）舉例說明

例證1

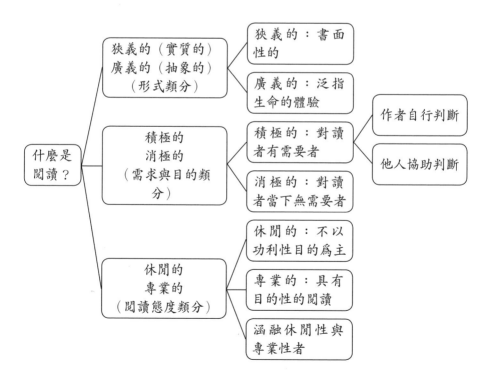

以上透過圖表㊲，對「什麼是閱讀」下定義，並分別從「形式」、「需求與目的」、「閱讀態度」進行逐層的細部劃分，節省了許多文字的敘述，也能清楚俐落傳達「什麼是閱讀」的各種定義。然而，圖表的侷限在於只能知其然，對於為何如此類分或類分原則之以然，仍得仰賴文字說明。

▶▶ 例證2

小說發展階段	文學類型	語文形式	篇幅
魏晉南北朝	志怪與志人小說	文言	短篇
唐代	傳奇小說	文言	短篇
宋代	話本小說	白話	短篇、長篇
明清	章回小說	白話	長篇

以上表格將中國古典小說的發展階段分作四期，然後按照「文學類型」、「語文形式」、「篇幅」，分別說明其特點，但一如前述，表格只能言其然，不能從中知其所以然。

三、介紹法

（一）釋義

　　針對說明事物作一般性質的介紹，此法混合了其他類型的各種功能，屬於綜合性的說明方法，廣泛應用在生活的各種場域中，如：景點介紹、建物介紹、導覽介紹……等。又林麗雯、陸怡琮稱此為「分類式說明法」，其特點是：「每一個分類都是一個獨立的切入面，類別之間不必有絕對的關聯性，而且視角差異愈大，越顯其多元豐富。多元的說明如眾星拱月，圍繞主題充分詮釋，更能彰顯主題，飽滿呈

㊲ 李智平：〈「專業閱讀」教學策略與方法之建構——以臺灣警察專科學校國文課程為例〉，《警察通識叢刊》第9期，2018年8月，頁58。

現，使主題內涵更具立體感，更有說服力。」[38]

（二）舉例說明

▶ 例證1

汲古書屋的主要功能是藏書及讀書，仿明代毛子晉（1599-1659）之汲古閣而命名，汲古書屋外觀是一座三開間並帶軒亭的建築，其後皆設格扇門，以利通風及方便出入。汲古書屋本身部份原爲平頂構造，大約在日治中期才改爲目前所見的兩坡落水形式，作爲一座書屋，其窗格子均採取簡潔大方之形式。屋前之軒亭造型高聳華麗繁複，使用「卷頂」推測是受了南洋外邦建築的影響。[39]

以上分別從功能、命名、外觀、本身構造的演變、構造特點等，依次介紹了板橋林家花園中的汲古書屋。

▶ 例證2

陽明山國家公園因受緯度及海拔之影響，氣候分屬亞熱帶氣候區與暖溫帶氣候區，且季風型氣候極爲明顯。春季2、3月，陽明山上天氣乍暖還寒，冬天的茶花、梅花陸續凋謝，山櫻、杜鵑、華八仙、臺北堇菜、山寶鐸、烏皮九芎等緊接登場，高大的喬木也抽出嫩芽，紅、粉、白、黃、綠……繽紛的色彩一掃隆冬的陰霾、單調，而將大地粧點得分外動人。夏季在西南季風的吹拂下，午後偶

---

[38] 陳美芳主編：《精進大學寫作指引》（臺北：國立臺灣師範大學出版中心，2014年1月），頁147。

[39] 林本源園邸（板橋林家花園）網頁有關「汲古書院」的介紹，https://www.linfamily.ntpc.gov.tw/xmdoc/cont?xsmsid=0G245369121497981164&sid=0G249435341993479581，引用日期：2020年7月5日。

有雷陣雨，霧雨初晴時，山區常可見「虹橋跨立山谷」的景緻，使雨後的陽明山更加亮眼。當秋季來臨的10月份，白背芒形成一片隨風搖曳的花海；稍晚，楓紅點綴枝頭，樹葉片片金黃，交織成一幅盛名遠播的「大屯秋色」。冬季時因受東北季風影響，陽明山區經常寒風細雨，低溫高濕，雲霧瀰漫，別具一番景緻；若遇強烈寒流來襲，七星山、竹子山、大屯山一帶偶可見白雪紛飛，成為瑞雪覆蓋的銀白世界。[40]

以上是介紹陽明山的四季景緻。先從地理位置、氣候說明氣候特色，再依序從春、夏、秋、冬介紹山上的特色植物、景緻。文中善用自然界色彩變化，在不同植物、陽光、雨水、白雪、季風等不同自然環境影響下，除了客觀介紹四季景緻，本文也兼用敘事技巧撰文，構築出一幅色彩濃郁且豐富的圖畫。

第五節　說明文寫作原則與結構排序

接著，將分別說明寫作說明文應注意的原則、如何透過組織結構布局書寫說明文的方法。

一、寫作原則

如何能寫出一篇客觀周延的論說文，有以下幾個原則。

（一）用語精準清晰，配合讀者程度。說明文是客觀說明被解釋的對象，故需以精準、清晰用語作解釋。「客觀」是指不帶有任何個人主觀見解與情感，一切讓觀察、查考到的資料來說話；而「精準、清晰」則是用最適切的，簡單俐落，且能鞭辟入裡的說明作解釋。因

---

[40] 陽明山國家公園網頁對陽明山四季風情的介紹，https://www.ymsnp.gov.tw/main_ch/docDetail.aspx?uid=2083&pid=106&docid=11236&rn=-30541 ，引用日期：2020年7月5日。

此，書寫時不應使用太多修飾性的語詞，如：副詞、形容詞；更不應使用美化性的修辭，如：擬人、誇飾……。愈簡單純粹的用語，愈能清楚解釋。

其次，說明也要配合閱讀者的程度。「說明文」是讓讀者認知某事物，自要配合不同程度使用不同語彙、方式說明。對此，陳望道提出幾點注意事項，頗值得借鏡，其言：

1. 參用讀者常用的詞面——如對高等學生解釋參用外國語，對小學生解釋參用方言之類。這雖違背「純粹」底條件，但爲絕對明晰起見，有時只得從權採用。
2. 估量讀者底理解力——對聰明的讀者解釋需簡單，對蒙昧的讀者解釋須詳明。如果倒用，聰明者必至厭倦不堪，蒙昧者必至模糊不明。
3. 勿因顧忌而含胡（糊）——普通人對於有些事物不敢明白解釋，往往想法含胡（糊）過去，但作解釋文的人決不應有這浪費的羞澀。⑪

因此，說明的用語可因應閱讀者的不同，靈活權用不同的詞彙、表述方法，但用語還是得精準清晰的。

（二）結構條理清楚，句段層次分明。說明文需按順序、條理分明的解釋，才能清楚認識某事物。故無論是句與句，或是段與段之間的條理脈絡，諸如：彼此的正反、前後、內外、分合、上下之關係，都應清楚。⑫

（三）觀察事物異同，解釋突出特點。解釋目的是彰顯被解釋事物與其他事物間的差異，如果只使用一般語彙，就無法確切說明被解釋者的特點，造成模稜兩可之狀，舉例來說：「美國短毛貓是貓科

---

⑪ 陳望道：《作文法講義》，頁85。
⑫ 部分酌參葉晗主編：《大學寫作》，頁64。

動物，美洲豹也是貓科動物。」彷彿美國短毛貓跟美洲豹是差不多的動物，實分不出二者的特點，因而還要加入其他如：體型、屬種等特點，進一步區分二者差異。這就跟能否細緻觀察、比對，以及靈活選用各種說明法，以達確切解釋目的有關。

二、寫作結構

　　說明文只需清楚說明被解釋對象，而議論文則需經過一論證過程，因此，二者的寫作結構不盡相同，如何善用上述一共十四種說明方法鋪排成一篇完整的說明文十分重要，以下提出五種排序方式供參考。

　　（一）依照選用需求排列。一篇說明文該使用哪些說明方法，沒有既定法則，完全按照寫作者依據需求，自行決定該採用哪些原則。一如陳望道所言：「對聰明的讀者解釋需簡單，對蒙昧的讀者解釋需詳明」，故寫作者可自行安排序列。

　　（二）依照邏輯順序排列。根據寫作者思考脈絡而定。說明文排序不應該是雜亂無章的，寫作者可根據思考脈絡的合理性，訂定排序原則。如民初譚正璧根據七分法，擬列出其個人認為的次序脈絡，而舉例如下：

類名（定義法）	琴為雅樂之一
原始（溯源法）	相傳創自虞。
特色（比較法之一）	其聲幽靜，為雅人所喜。
分類（分類法）	有五弦，七弦之分：
例證（舉例法）	舜所做為五弦，周時始增為七弦。
對稱（比較法之一）	古琴與胡琴雅俗不同。
類似（比較法之一）	即與古瑟亦異其制也。[43]

---

[43] 譚正璧：《文章體例》，頁101-102。

這是譚氏自行認定的邏輯次序，一般人亦可根據不同情形，自行擬定排序，其他另可以空間或時間的邏輯排序。

（三）依照主次順序排列。根據重要性程度而定。主要在前，次要在後。其他如：本質與現象，特徵與用途，一般與個別，整體或局部……[44]都可排列組合出各種不同的先後主從之序次。

（四）依照易知難知排列。根據閱讀者程度而定。從易知者著手，易勾起讀者的閱讀興味，也比較容易理解。

（五）依照因果順序排列。先釐清事物內在的因果關係，然後透過「由果而因」，或是「由因而果」的方式解釋說明。

---

[44] 酌引自陳美芳主編：《精進大學寫作指引》，頁148。

本講重點回顧

✤ 談「組織結構」非欲規範、侷限組織結構，而是指引論說文寫作的基本方法與原則概念。能清楚掌握這些方法與原則概念，再遇到任何變化，自能守經而通權於變。

✤ 「定義法」是最根本的說明方法，根據事物屬性來下定義。定義法也是對於被解釋事物最權威、正規的解釋。根據定義的目的作區分，可區隔出五種目的類型：一是規準性定義，二是字典式定義，三是精確化定義，四是理論性定義，五是說服性定義。

✤ 「解釋法」是針對概念或被說明對象作進一步闡述的方法，通常會結合「定義法」一起使用。即在定義之後，對於未能充分解釋之內容作更深刻或更廣泛的解釋。

✤ 「溯源法」是從被解釋事物的歷史脈絡，追本溯源且觀其流變。

✤ 「比較法」是透過兩個以上的事物予以對比說明者。與之屬性相近者還有一、對稱法：以同一類中相對或相反的事物以對正面定義者。二、類似語或同義語：類似語即語意相似而實際不同的一種語詞，而同義語便是完全相同的語詞。三、特色法：即指出被解釋事物與同類型其他事物相異的特點。

✤ 「分類法」是按照一定標準，將被解釋的事物以分類的方式解釋其中意涵。

✤ 「引用法」是透過別人的話語或著作，用來印證、補充寫作者的觀點，以增強文章或說話者的說服力。

✤ 「舉例法」透過實際例證方式說明語詞意涵，相較於直接切入定義或說明，透過舉例的方式引導至主題比較容易讓人接受，尤其是面對普羅大眾或是對該領域認知較淺者。

✤ 「比喻法」透過「借彼喻此」的方式，以兩件或兩件以上有類似點之處以作比喻者，其理論架構是建立在心理學「類化作

用」（Apperception）的基礎上——利用舊經驗引起新經驗，通常是以易知說明難知，以具體說明抽象。

- 「數字法」數字法即透過實際數字的統計分析，作爲解釋說明的方法。面對較爲渺遠或未能確定實際數字者，可採用概括數字說明。但數字法亦有可能被操控，如玩弄文字遊戲，或混淆不同的計數方式，或刻意忽略某些參數與資訊，導致錯誤的說明或成爲議論文中錯誤的數據資料。
- 「圖表法」是透過繪製圖型或表格的方式，簡單明瞭的表現複雜的說明或內容，圖表法多只能呈現說明的「已然」，而非「所以然」，故應配合其他說明方法方能具體說明。
- 「介紹法」是針對說明事物作一般性質的介紹，此法混合了其他類型的各種功能，屬於綜合性的說明方法，廣泛應用在生活的各種場域中。
- 說明文寫作的三個原則：其一，用語精準清晰，配合讀者程度。其二，結構條理清楚，句段層次分明。其三，觀察事物異同，解釋突出特點。
- 說明文寫作的五種結構模式：一、依照選用需求排列。二、依照邏輯順序排列。三、依照主次順序排列。四、依照易知難知排列。五、依照因果順序排列。

第九講

議論文寫作的前哨
——題型、開頭、結尾

教學目標

1. 明辨議論文寫作不同題型種類解釋法。
2. 明白議論文寫作的各種基本開頭方法。
3. 理解議論文寫作的各種基本結尾方法。

摘要

　　本講將講述進入議論文寫作前的一些通用的概念與內容，包括題型、開頭、結尾。相較於說明文題目以單題為多，開頭、結尾按照次序說清楚、講明白被解釋對象即可；議論文題型的定義、說明到如何開頭、結尾的要求相對嚴謹。本講次依序分析議論文的「題型」、「開頭」、「結尾」的寫作方法，共分成以下三節，說明如下。

　　第一節，題型種類——單軌、雙軌、多軌。根據論題的多寡，分成單、雙、多等三種類型，而不同類型各有不同的解釋方法。

　　第二節，開頭寫作法。分成開門見山法、引用法、比喻法、敘事或抒情法（含舉例法）、其他開頭法。

　　第三節，結尾寫作法。分成首尾呼應結尾法、總結式結尾法、延伸式結尾法、其他結尾法。

第一節　題型分類——單軌、雙軌、多軌

　　本節將討論論說文題型的三種類型——單軌、雙軌、多軌。「說明」是「議論」的基礎，而議論之前對題目的定義、解釋，則是後續內容發展之本，如未能清楚定義議論的對象、範圍、其他限制，後文容易失焦。故本節將從外在形式解釋「題型種類」，便於後續討論議論文寫作的結構。此題型分類係按照「子（母）題的數量」分成：單軌題、雙軌題、多軌題。

一、單軌題

　　「單軌題」是僅有單一母題，如「論道德」。其與說明文相類似，差異是說明文只負責客觀說明，議論是加入寫作者的主觀觀點。若以「道德」為題，說明文只要說清楚「何謂道德」，而議論文則隱

含辯證的成分，即「論道德的重要性」。但後續無論如何辨證，寫作者仍需先定義「何謂道德」，這點跟說明文是一樣的。

二、雙軌題

「雙軌題」擁有兩個子題。子題之間會用「和」、「跟」、「同」、「與」或「、（頓號）」，還有「及」、「以及」作連接，表示並列的關係，故兩個子題必然是在意義上的並列方能進行討論，如：「論道德與法律」、「人文與科技」。且雙軌題目的是議論兩個子題間的關係，故其題目定然是英文的"and"（和、與），而非"or"（或）。如為「或」，則「論道德或法律」、「人文與科技」擇一討論即可，也就不成雙軌了。

至於雙軌題兩個子題間的「關係」，共有五種。

（一）並立關係。二者並存不悖，等同重要而無先後、主從之分者，譬如：「自尊與自強」、「正義與包容」。

（二）主從關係。二者有先後、輕重、緩急之別，如：「見利思義」要在義的前提下思考利的可取與否、「人情與法理」以人情為法理的基礎。

（三）對立關係。即兩個子題是背馳互斥者，如：「善與惡」。使用對立關係時要注意現實生活中絕大多數的現象都不是絕對對立，只有上溯到原則層或道德本體時，才會是對立的。

以「善與惡」來說，現實生活的「善」與「非善（惡）」似是對立，實則不然，而善與非善是怎麼來的？是約定俗成而非固定的。如：以前視之為善，但因時空易異而變成非善；亦可能原本是非善，歷經時空更迭成為善的。譬如：傳統封建制度透過君王分封諸侯以安天下，被視為是維繫政權、社會穩定的手段，為善；但以民為主的民主觀念興起後，封建的家天下就為非善了。反之，既往對多元性別認同視為是精神或心理疾病，為惡；今日在性別平等前提下，許多人願意接納並正視其成為配偶或親屬關係，則改惡為善。所以，生活中的「善、惡」是相對相比較下的結果，其可為並立，或可為先後主從，

或可爲涵融等關係。

又好比常見的「公私之辨」。原則上，公私不兩立，而傳統道德也經常要求宜「大公無私」，但如何界定何謂「無私」？《論語‧子路》中葉公與孔子對於若父親偷羊，有段對話：

> 葉公語孔子曰：「吾黨有直躬者，其父攘羊，而子證之。」孔子曰：「吾黨之直者異於是。父爲子隱，子爲父隱，直在其中矣。」

父子之間的親情理分異於與一般人的關係，當葉公認爲的正直是鐵面無私，兒子應糾舉偷羊的父親，孔子卻認爲有違天理倫常，而以親親之間會相互隱瞞，這才是正直。人皆有情，要做到眞正的全然的大公無私，完全不帶任何私心，這不太容易；有可能因「忘情」而「無情」，反而成爲冷漠無情的自私。故生活中的公私若視爲公私並立（並立型）、公主私輔（主從型）是否更符合於人性、人生的現實？一旦誤把現實生活中的關係對立起來，形成「只有A而無B」、「非A即B」，或「A與B絕對互斥」，此無疑是強化了衝突對立，也容易流於教條而不近人情。

至於原則或道德本體的絕對化則多出現在宗教信仰，以及哲學概念、科學現象的研究。如：宗教有天堂、西方極樂之善，對應地獄之惡。又如：哲學中有絕對善、相對善的區別，絕對善就不會有任何缺陷，但有相對善也會有相對惡的存在；再如：科學現象中，磁性同極必然相斥；丟硬幣時，不可能同時出現正反兩面等。

（四）涵融關係。指某一方爲另一方所包含，如：「身教與言教」，即言教是身教的一部分。

（五）承轉關係。即指由A子題導向B子題，如：「化危機爲轉機」、「坐而言不如起而行」、「修己以正人」。承轉關係討論重點在於：後者的B子題比前者的A子題來得更重要，寫作者便需證明爲何B子題比A子題更重要的理由，即若停滯在A子題而未進入子題B，

會產生哪些不良結果，如：只知危機卻不知如何找出轉機，只知坐而言卻不能起而行的不良結果，或只獨善其身而不能影響他人。

以上是雙軌題五種關係，該使用哪一種關係由寫作者自行訂定，而無既定法則，譬如前以「正義與包容」為並立關係，但亦可說要先有正義，才會衍生出包容，此即為「主從關係」，只要寫作者能說服讀者即可。

此外，還有兩種似是雙軌但實非雙軌的關係。一是非並列關係下的「假雙軌關係」。亦即兩個子題在意義上實非並列者，如：「道德與社會」、「人生與服務」、「科學與教育」。以「道德與社會」為例，其目的非欲論辯「道德與社會」究竟是上述五種關係中的哪一種，而是要問「道德對社會的影響」，其他如「服務對於人生的影響」、「科學對教育的影響」等皆然。故可知此「假雙軌關係」是將其中一個範圍較小的子題，放在另一個範圍較大的子題中作論述；而這個大子題的功能則是限定小子題的論述範圍。由此可衍伸出兩個觀察：其一，可否視此為「涵融關係」？不行，涵融關係是並列子題下的涵融。其二，由於二個子題間不具同質性，而是某子題在另一子題範圍下的論述，那麼，這種「假雙軌關係」其實是屬於「單軌題」。

二是「沒有關係」。強把兩種完全不同類型的子題拿來並列者，如：「寫作與打工」、「政治與工作」，因為關聯性太過薄弱，甚至很難扯得上關係，也就不必勉強找出關係來討論。

三、多軌題

但凡具有三個以上並列子題者即為「多軌題」，如：「論情、理、法」、「論政治、經濟、環保」、「論禮、義、廉、恥」等。多軌題議論重點與雙軌題一致，同樣是論「關係」，但當子題超出三種以上時，關係就變得異常複雜。

先以雙軌題來說，雙軌題除了要界定兩個子題，再來就是定位二者是屬於什麼關係。若是變成多軌題，暫以具有A、B、C三個子題的三軌來說，除了各自定義三個子題之外，還要界定：子題A、B的

關係，子題B、C的關係，子題A、C的關係，以及子題A、B、C的關係，一共要解釋七個定義兼關係，才能說清楚這個題目，是否太繁瑣了？這還只是「說明」，還未進入「議論」階段；又若超過三軌時，光是解釋題目、界定關係就治絲益棼，更而況是議論。

因此，欲能輕便闡述多軌題的關係，有以下兩種關係模式。

（一）核心母題關係。即在眾子題中擇一作為核心母題，然後以此母題貫串其他子題的討論。如：「論政治、經濟、環保」時，以「政治力」的介入會影響到經濟、環保的關係，則政治便為經濟、環保之核心。

（二）新立母題關係。在眾子題之外，新立一母題以貫串其他子題。如應在符合「道德」的前提下，以「論政治、經濟、環保」間的關係。

第二節　開頭寫作法

如何開頭與結尾始終困擾許多寫作者，儘管葉聖陶說：「中心（思想）認定了，一件獨立的東西在意想中形成了，怎樣開頭、怎樣結尾原是很自然的事，不用費什麼矯揉造作的功夫了。」[1]但如何表述中心思想？開始撰寫議論文的開頭、結尾時，是否有軌跡、定法可依循？還是有定理而無定法？

以議論文寫作而言，「開頭」是對論題下定義、解釋，以立定寫作者的中心思想，作為後續議論的基礎；要是定義不清，連自己的中心思想都未能釐清，又怎能據此發揮，以達有效議論之目的？因此，學習如何開頭很重要。

而議論文的開頭又與說明文的組成結構密切相關。第八講一共分析了十四種說明文的組成文章的方法，這些方法大多可凝鍊濃縮成為議論文的開頭。唯一不同之處是說明文的目的是「客觀解說」某事物；議論文則是根據作者認知、蒐集到的材料，「主觀定義」某論題

---

[1] 葉聖陶：《作文論》，頁93。

作爲後續議論之本。所以，一個已具備中心思想的寫作者，可任取其中的方法作爲議論文的開頭，說清楚講明白即可，這就是有定理而無定法。

　　但一般寫議論文開頭仍會有幾種基本且常使用的寫作法，故以下將分別介紹：開門見山法、引用法、比喻法、敘事或抒情法（含舉例法），並配合單軌、雙軌、多軌等題型舉例說明。最後，再介紹其他開頭法，如：演講式議論開頭寫作技巧等，便於不同場合之用。

一、開門見山法

（一）釋義

　　開門見山法即是「破題法」，直接定義、解釋論題，這是議論文最常使用的方法，尤其是學術論文無論是說明某事物或是議論某論題，多會採取破題法。而最基本的「破題法」多會使用「說明文」中的「定義法」、「解釋法」，然後再依據不同需求，選用其他說明方式輔以闡述論題。

（二）舉例說明

1. 單軌題範例

 例證1

　　　　「法律人的使命」即身爲法律人應負的責任，又使命分爲積極面與消極面：實踐公平、正義爲積極的使命；不作出與法有違的事情即屬消極的使命。當然，每個法律人或許因心態、理想及觀念對使命的定義也會有所不同，但個人認爲法律人的使命即爲實現公平、主持正義。又何謂「公平」？即令每個人在法律面前皆能得到實質的平等；何謂「正義」？即揭發蒙蔽的眞相，公開不公平的事實。
　　　　〈法律人的使命〉

此例一開始就定義出「法律人的使命」是什麼；而後透過分類法，細

分出積極、消極兩種使命，從而立定自己對使命的積極態度——「爲實現公平、主持正義」；最後，再一次使用定義法，對公平、正義下定義，作爲後續議論的根本。寫作者很仔細且周延的定義法律人的使命，愈是仔細周延，便能有效限定議論範疇，而不易偏題跑題。

此外，「單軌題」係指論題本身爲單數，如本題只討論「法律人的使命」一個論題，至於寫作者如何拆分成幾個部分來解釋，係由寫作者自行決定，但不能因爲自行拆分爲二或爲三個部分，就視爲是雙軌題或多軌題。

例證2

　　機遇者，係指一偶然之機會、時機，是無法預期到，爲一驚喜之狀況，進而造就某人完成某事或達到某種目的之結果。就其字面意義而言，似可以「遇見機會」下定義。如此一來，就只如同是一味的再等待，處於被動地位；然深入探討，「機遇」不一定只是等待，只是期望，而有預作準備，蓄勢待發之內涵。〈機遇〉

此例分別從字面意義、延伸意義來定義何謂「機遇」，分成消極、積極兩個面向來定義機遇。特別是一開始界定機遇時，寫作者使用連續定義的方式，使定義更爲周延。

2. 雙軌題範例

例證1

　　「成就」，係指達到完成所設定的目標、願景。以一般社會觀點而言，成就是達到令人稱羨的社會地位及經濟實力，但更廣泛而言，成就係指在某特定領域上取得他人激賞的成功或目標達成的內心滿足。「壓力」，係指內心欲達到目標所施加的壓迫感、緊迫感。可分爲兩種層次，一是成效上的壓力，係達到最終成果或追求成果完美之壓

力。二是時效上的壓力，係指達成目標之期限壓力。成就可視爲外在的目標或狀態，而壓力係內在推進的力量，兩者相輔相成，缺一不可，因此屬「並立關係」。〈成就與壓力〉

此例分作三個層次定義、解釋「成就與壓力」之論題，依序是：「成就是什麼」、「壓力是什麼」、「二者的關係」。在定義、解釋過程中，除了使用定義法，又各自透過不同的方向、層次延伸解釋，如將成就分成外在的社會觀點、內在的內心層次的滿足；又將壓力分成成效、實效二類，分析精細。且成就與壓力二者伴隨而生，故爲並立存在之關係。

 例證2

　　身教，意指施教者將其專業知能、道德品行，身體力行於生活中，從而使受教者透過對其行爲之模仿，作爲實踐爲基礎的教學方式。言教，則是施教者以其本身所涵養的道德、知識，以口語傳授，使受教者從中體悟的教學方式。申言之，教育乃是藉由內在思維模式之建構，再依此付諸於外在行爲的實踐。因此，言教當屬於身教的一環，兩者係涵融關係。〈身教與言教〉

本例同樣分成三個層次：身教、言教、二者之關係，以定義論題。寫作者透過基本的定義、延伸定義後，最終將言教定位是身教的一環，故爲涵融關係。

3. 多軌題範例

 例證1

　　「情」者，指人之常情，人與生俱來的天賦情感；「理」者，是人與人相處間，約定俗成，不成文的道德約

束；「法」是最低的道德底線，透過強制性的手段，規範人的行為舉措。三者從發生過程來看，必以情為基礎，後有理，再有法，有先後序列的關係。即理、法必以情為基礎，情也須以理、法作規範。若無情作基礎，則理、法嚴苛，不近人情；若無理、法克制，個人情感無限上綱，人人趨利避害，將釀成禍端。〈論情、理、法〉

本題是採用「核心母題關係」，先分別定義情、理、法之後，再以情為基礎，作為貫穿理、法的重點。因此，後文應圍繞在為何情是理、法之基礎，以及如何以情貫穿理、法作討論。

例證2

「情」者，指人之常情，人與生俱來的天賦情感；「理」者，是人與人相處間，約定俗成，不成文的道德約束；「法」是最低的道德底線，透過強制性的手段，規範人的行為舉措。三者必通之「誠」，不誠無物，情、理、法亦不立。〈論情、理、法〉

本例證根據上例略作調整，而採用的「新立母題關係」，亦即在情、理、法之上，新立一貫串三個子題的觀念——「誠」，以此為基礎。如此一來，後續的議論就將改為為何「誠」是情、理、法的基礎，又如何以「誠」為情、理、法的基礎。

（三）注意事項

1. 定義言語必須精準。定義時所使用的語彙應直接了當，且用語精準，直指論題核心要點，而勿枝蔓，亦不宜用語冗贅，又夾雜個人主觀情緒。寫作者可試者使用一些說明、議論常用的句式來下定義、解釋，如：

(1)「是」字句：屬於基本的判斷句，即「A是……」，如：「教

育是使人向善的一種手段」。

(2)「有」字句：表示事物間領有、具有、存在、發生等語意的關係，以表達事物間相互關係的據式，即「A有……」，如：「紓困的解決方案有兩種……」。

(3)「使」字句：表達信息傳遞中的「致使關係」，即「使」之前的成因，將影響「使」之後的關係結果，如：「良好的身教能使他人受其潛移默化影響而改變自身行為。」

(4)「把」、「將」字句：即呈現事物間的處置關係，重點在後面被呈現事物的重要性，如：「僵化的體制把人的學習熱情消逝殆盡。」

(5)「在」字句：此當介詞使用，後面可搭上方位詞，如：「在……（之、以）上、（以）下、（之）內、（之）外、（之）中、裡（邊）」，用來表示範圍、界限、時間、空間、方面、條件等。如：「在社會資訊變化快速的前提下，終身學習已然是不可避免之事。」[2]

2. 連續定指提升準度。一般下定義時，多使用「A是……」的句型，但這只是單一定義。但很多詞彙或論題往往沒有那麼簡單，僅透過單一定義，就能完整說明其內涵。因此，可透過連續定指，即「A是……，是……」的句式，更確切的下定義。如：「他人是另我，既是有別於我，因為他並不是我，同時卻又與我相似，因為他是有意識的感覺的存在。」[3]這一小段話用來定義、解釋何謂「他人」，先使用連續定指，然後再用解釋法，更進一步作解釋，這遠比「他人，就是我以外的人」更加精準與深刻。

---

[2] 以上酌參王萬儀：《現代白話文寫作類型研究》，頁321-323、471。劉月華、潘文娛等：《實用現代漢語語法（增訂本）》（北京：商務印書館，2006年4月），頁281-285。

[3] 侯貝等著、梁家瑜譯：《法國高中生哲學讀本3：我能夠認識並主宰自己嗎？建構自我的哲學之路》（臺北：大家出版社，2017年8月），頁85。

3. 具體抽象交互使用。開門見山定義常遇到的問題是，如果論題一目了然，過於簡單，該如何破題？硬要定義、解釋有時顯得多餘，但不定義、解釋清楚，後文又該如何開展？此時，可利用在第八講第一節「解釋法」中所提到「抽象題目具體化，具體題目抽象化」的解釋技巧。

　　簡單來說，愈是抽象的題目，就要賦予具體的討論方向，以凝聚議論焦點。如：「認知與共識」。在任何知識、生活層面都會有認知與共識的問題，寫作者可以特別申明，將從哪個或哪些角度來議論認知與共識的關係，如：以生活、以學習的角度云云。如此一來，抽象的題目就容易被解釋了。

　　至於愈是具體，愈能一眼望穿的題目，如：「法律之前人人平等」就可以提升至抽象概念方向思考，如這是屬於公、私的問題，無論其階級、人種、是否有前科……但凡面對是否犯法之爭議時，執法者都應拋開其偏見，務必給予公平審判的機會。

4. 層層遞進進行詮釋。定義、解釋論題時，除了具體、抽象交互使用外，還可以透過如：「字面意義與延伸意義」、「內在與外在」、「進程與遠程」、「深一層與淺一層」、「低一層與高一層」、「基礎與進階」、「由小而大或由大到小」……，以及說明文中的「溯源法」、「比較法」、「分類法」、「數字分析法」、「圖表法」等各種方式來詮釋論題。

二、引用法

（一）釋義

　　引用法是援引他人的話語或著作，用來印證、補充寫作者的觀點，既以此輔助解釋論題，又能增強文章的說服力。這裡的引用法與說明文組成結構中的「引用法」是相同的概念，都是訴諸於權威、訴諸於大眾的一種解釋方式。

（二）舉例說明

1. 單軌題範例

▶ 例證1

　　科技日新月異，交通工具和媒體、網路愈是進步、普遍，使得交通與資訊傳播更為快速、方便，縮短各國與民族間的距離，所據的地方成了一個「地球村」。《世界是平的》一書中，敘述二十一世紀初期全球化的過程，論述「世界正被抹平」。各國間的實質距離不再受空間所限制，距離縮短使得相異文化接觸的機會增高，造就多元並立的時代，每個文化下的產物都受著另一文化的影響。〈多元社會下的省思〉

本例引用湯馬斯・佛里曼《世界是平的》對於全球化的省思來解釋多元社會，而具體指出當科技、交通工具、媒體、網路發達後，對於國與國、人與人之間關係的互動、改變，並欲省思全球化下多元社會可能造成的各種影響。

▶ 例證2

　　生命，是一個人生存的源頭，相較於時間的洪流，人生如此短暫，如蘇軾〈前赤壁賦〉言：「寄蜉蝣於天地，渺滄海之一粟。」人生苦短，唯有做善事，「命盡其用」，生命才有意義，方能照亮黑暗、溫暖身心，所以當生命能照亮溫暖他人，便是生命的光輝。〈生命的光輝〉

此文以時間短長定位生命是短暫的，並援引蘇軾之言為證，然後透過對比，既然生命苦短，於是以人生為善，溫暖他人以追求生命之永恆，故此為「生命的光輝」。

2. 雙軌題範例

　　作家張愛玲（1920-1995）曾寫道：「生命是一襲華美的袍，爬滿了蚤子。」可見生命雖受肯定然必存在苦痛與破壞，人生能為美好，卻難為完美。生命的轉化為思想上的轉念，換角度思考事物；提升生命則是將生命的價值與意義昇華。兩者為並立關係，併行在人生成長中，擔任重要的環節。〈生命的轉化與提升〉

此例引用現代作家張愛玲在〈天才夢〉中的一段話，來形容生命似是完美，卻又充滿各種苦痛與挑戰。之後再界定題目何謂轉化、提升，並提出二者等同重要，故為並立關係。

　　「見微知著」，意指透過細部觀察了解整件事、整個局面情勢變化。曹雪芹（1715-1763）曾言：「世事洞察皆學問，人情練達即文章」，任何知識及人生道理都存在於生活四周。「掌握機先」，則是在認知目前所處情況下，把握所有機會，搶得那早一刻踏出邁向成功步伐之時機，直駛向追求的目標。見微知著提供追尋所需之資訊、方向及放膽向前的決心；掌握機先則使一切見解變得有意義，透過行動使心中目標真實呈現，兩者存有一並立性。〈見微知著，掌握機先〉

此例則是部分引用於某子題的解釋之中，以輔助解釋論題。寫作者先界定什麼是「見微知著」，然後引用清人曹雪芹在《紅樓夢》中的一段話作說明，接著，依序定義、解釋什麼是「掌握機先」，以及為何二者為並立關係的理由。

3. 多軌題範例

例證

　　「勤儉」，指能克制私欲不妄求、不浪費，在現有資源中，學習知足與滿足，一如西漢・劉向（77B.C.-6B.C.）《說苑》所云：「中人之情，有餘則侈，不足則儉；無禁則淫，無度則失，縱欲則敗。」而「國富」，指國家在經濟、財政、人民滿意度……等各項指標皆能達至一定程度之上，使人民生活富足，內部能團結其心。「民強」，指民眾之學識、競爭力……等具一定實力，各方面足與他國人民分庭抗禮，而不落人後。欲達成「國富」、「民強」，需以「勤儉」爲基礎，勤勞不懈能順利完成目標，若爲怠惰則會影響人的動力與想法。唯有儉樸能明確知悉何謂「需要」與「想要」；放縱欲望則會迷失自我，失去心中衡量物事之準則。〈勤儉、國富、民強〉

本題寫作者採用「核心母題關係」，以「勤儉」作爲另外兩個子題「國富」、「民強」的基礎。同時使用部分引用的方式，藉由劉向《說苑》所言以輔助解釋勤儉的意義。值得注意的是，寫作者提出勤儉爲核心之後，又從人性對物質欲望的「需要」與「想要」，提出更確切的解釋。但凡解釋愈確切，其議論範疇也被限定出來，也更能聚焦於後續的討論。

（三）注意事項

1. 引用需切合論題。「引用」目的是藉由他人著作或言語等，增強說服力，故引用需切合論題，而避免錯引或牽強解釋。
2. 引用需具普遍性。「引用」對象需具有普遍性，即爲眾所周知或具有權威性者，而不宜使用太過於個人化的對象，如：「曾聽我爸爸說過：……」、「我的國文老師講過一句話：……」。

三、比喻法

（一）釋義

這裡的「比喻法」與第八講第三節說明文中的「比喻法」是相同概念，透過「借彼喻此」的方式輔助解釋論題，這也是議論文寫作常見的開頭技巧。

（二）舉例說明

1. 單軌題範例

 例證1

> 「欲望」猶如藤蔓般無限延伸與擴展，若無清澈慧心去辨別，將會墜入無窮欲望的深淵之中。而孟子亦曰：「養心莫善於寡欲。其為人也寡欲，雖有不存焉者，寡矣；其為人也多欲，雖有存焉者，寡矣。」故古人早已說明清心寡欲對人的重要性，唯有減少欲念並知足現有的一切，才能使自身心明澄澈，不因他物而受干擾與侵犯。
> 〈清心寡欲，知足不辱〉

此例連續使用比喻法、引用法解釋何謂「清心寡欲，知足不辱」，以人的欲望比喻成藤蔓般的延伸與擴張，頗具巧思；並引用《孟子‧盡心下》之語，這是回歸「清心寡欲」之典源來作解釋，而後強調知足的重要性。或可補強處在於「知足不辱」一句原出自《老子‧第四十四章》：「名與身孰親？身與貨孰多？得與亡孰病？甚愛必大費；多藏必厚亡。故知足不辱，知止不殆，可以長久。」足見儒、道兩家對於寡欲少欲，有著相同的理念，若能一併引用老子之語，解釋更形完整。

 例證2

> 機遇是架設在人生旅途上的階梯，賜予追求更高人生

價值與境界的機會。在遇上機會的同時緊緊抓牢，往理想邁進的距離便可縮短許多。「與機會相遇」代表擁有最大助力，如武俠小說中覓得武功祕笈或不出仕的前輩傾囊相授，無名小卒蛻變為高手，人生就此不同。〈機遇〉

此例則既使用比喻法，也使用譬喻法來解說。主要闡釋「機遇」就是「與機會相遇」，然後援引武俠小說覓得武功祕笈或遇上高人為例，頗能令人莞爾而產生共鳴。

2. 雙軌題範例

例證1

人生道路不會永遠是一條筆直的大道，時而蜿蜒時而急轉，甚至支出許多岔路，此時此刻所要面對的是抉擇。可以就堅持走下去，照著原本的意思不作任何改變，也可以在半路就轉彎，彎進一條有期待可能性的分支路，端看個人的智慧。堅持有時候可以讓人嘗到辛苦後的甘美，卻也可以使人有後悔莫及的痛苦；變通有時候可以讓人有即時轉向的好運，卻也可以使人有判斷錯誤的懊悔。二者似是對立，實際卻是並存於人生之中的。〈堅持與變通〉

此例以不同的「道路」來比喻人生，兼以敘事技巧描述不同人生道路，再從人生帶出題目「堅持與變通」，並定位以「人生」為主的議論方向，以明不同人生抉擇下，可能得到是喜或悲的不同結局。文中實未確切定義何謂堅持、變通，而是描寫堅持、變通對於人生的影響，從而確定二者的關係。

例證2

「熱情」就是接觸到有興趣的事物後，心中感受到的快樂，且有積極主動想去付出的念頭。而「理性」則是在

接觸一般事物後，會一而再，再而三的考慮該如何面對，亦即俗云：「三思而後行。」而熱情與理性的關係，就像是天秤，往哪一個方向偏，都會造成天秤的擺盪不均平。若偏得太過甚了，太偏向熱情卻未能考量現實，容易好高騖遠不切實際，終難成功；若太偏向理性，又容易因太過冷靜，想得太多作得太少，最後也會導致失敗。因此，熱情與理性如秤之二端，欲能端平，則二者等同重要，咸不可或缺。〈熱情與理性〉

熱情、理性看似對立，實際是相對存在於人生中的兩種處事態度，本文先後定義熱情、理性的關係，接著以天秤兩端為喻，說明二者如過猶不及，或好高騖遠，或裹足不前，行事終難成功。

3. 多軌題範例

▶ 例證

「愛心」，係指對於事物能持有關愛慈敏之態度，心中存有善念並盡己之力協助弱勢方的偉大精神。「熱心」，係指對於所面對之事，能以積極態度無求回報貢獻自我心力，以達成協助目標。「用心」係指無論大小事、困難或簡單之任務，皆能避免消極想法，並將精神專注於應為之事上，而非怠惰不作為，以至無所成。此三者猶如水、空氣、陽光被視為生命之源，缺一不可；而人生亦應以愛心、熱心、用心以待人，以此為處事之根，而不能獨善其身。然而，夫如《老子・第八章》：「上善若水。水利萬物而不爭，處眾人之所惡，故幾於道。」因此，當心中先有「愛」，便會生助人之心，不僅僅對人能熱心以待，對於相關事物亦能用心為之。〈愛心、熱心、用心〉

文章先定義了三個子題；然後再以水、空氣、陽光等三者為「生命之

源」為喻，對比愛心、熱心、用心之為「處事之根」，皆為人生在世所必須。最後則提出以「愛心」為核心母題，以貫串熱心、用心。

（三）注意事項

1. 宜具巧思。「比喻」宜具有巧思，黃慶萱提出「比（譬）喻」作為修辭有幾項原則，從「消極面」來看：一、不可太類似；二、不可太離奇；三、不可太粗鄙；四、避免晦澀的譬喻；五、避免牽強的類比。而自積極面來看，則應：一、必須是熟悉的；二、必須是具體的；三、必須富於聯想；四、必須切合情境；五、本體與喻體在本質上必須不同；六、必須是新穎的；七、各種譬喻不妨穿插變化地使用。[④]以上十二點可作為使用比喻法的參考。

一般常見的問題在於過於牽強或流於粗鄙淺薄，如以下之例：「『熱情』由如營火晚會中的營火，使人們卸下心防，融入其中；『理性』則是控制營火的『人』，在無法挽回的災難之際，給予即時的救援。」這就顯得牽強。

2. 並非釋題。「比喻」只是輔助解釋論題，故不能直接將比喻當作是定義、解釋論題。

四、敘事或抒情法（含舉例法）

（一）釋義

「敘事或抒情法」，係透過敘事或抒情起首，再定義、解釋論題。此法與「舉例法」一樣，敘事、抒情是導引至論題的手段，不能徒用敘事或抒情就代表已解釋了論題。又「舉例法」則是援引「例證」輔助解釋論題，此亦與說明文組成結構中的「舉例法」相同。由於舉例時多會兼用敘事或抒情技法，故放入同一類中說明。

---

④ 黃慶萱：《修辭學（增訂三版）》，頁344-353。

（二）舉例說明

1. 單軌題範例

> 人擁有兩扇窗。透過靈魂之窗，我們得以目睹世界這幅美麗的畫。它引領我們看遍天空與海洋，甚至是土地上人群熙來攘往。另一扇窗，則傳達視覺意象背後的意涵，有別於目光所及，醞釀出的是人們內心最深層的情感，使我們卸下外在附加的所有偽裝，赤裸裸地貼近每份心情的酸甜苦辣，這便是心靈的窗。〈打開心靈的窗〉

此例透過敘事的模式，先描述什麼是「靈魂之窗」——以眼睛以觀看世界之美；再帶出內在情感的「心靈的窗」。相比於中規中矩的直接定義、解釋論題，這段兼有抒情的敘事的界定，相對柔和許多，也能吸引更多願意繼續閱讀下去的讀者。

> 全球化時代來臨，現代人講究、注重效率、快速，每天所接收到的資訊量之大迫使自己不得不狼吞虎嚥地吸收、消化。現代社會競爭激烈，但人人的時間卻是相同的二十四小時，如何能做到充分的利用時間反造就了緊湊的行程、快速的步調。日復一日，疲勞和壓力累積卻無適當管道紓壓、排解時，文明病也將困擾著我們。或許是堅毅、不服輸、積極奮鬥的精神鼓舞著我們不斷地追求、追求、追求，如同陀螺般一刻也不敢鬆懈，生活在如履薄冰、精神緊繃下，卻忘了聖嚴法師所說的「放下、放下、放下」之慢的哲學。〈慢的哲學〉

此例同樣透過敘事來界定題目。文章先描述在全球化的背景下，現代

人面臨的壓力與沉重的負擔，再帶出放下執著的重要性，最後於段末點題，反思「慢」之於人生的重要性。

2. 雙軌題範例

▶ **例證1**

> 「熱情」是做事情或學習各式新知時，最初的好奇心。好奇心鼓勵著自己堅持努力，如著名的發明家愛迪生在尚未尋獲「鎢」作燈的芯蕊之前，他不畏失敗，耗費多年光陰作研究，而熱情讓他有動力持續下去。而「理性」是以客觀、冷靜思考面對人生的種種問題。然而，過度熱情卻缺乏理性，容易盲從；反之，若太過理性，缺乏對世界的想像力，也缺少好奇心與主動探索的精神，則易裹足不前。因此，熱情與理性同為人生所必須，且相輔而成，過與不及皆非良善。〈熱情與理性〉

本例以好奇心解釋熱情，以客觀冷靜思考解釋理性。其中舉愛迪生因為好奇心而能堅持不輟，最終發明了電燈。此例雖有流於通俗之憂，因愛迪生發明電燈實為太常舉用之例證，然此處沒有過度渲染，簡單闡述，雖有些許瑕疵，但無礙於解釋。

▶ **例證2**

> 在這七十幾億人口的地球，我們只是平淡無奇的小角色，沒有特別的差異，不會特別被人注意到，只是芸芸眾生裡的一小角，這是一種平凡；而偉大是超出尋常，令人景仰欽佩的，可能是能力，也可能是扮演的角色，吸引眾人目光得到大家的支持。然平凡不代表弱勢，偉大也不見得是光鮮亮麗。曾入圍時代百大英雄人物的陳樹菊，從小家境困苦，在市場賣菜維生，省吃儉用，日積月累的存錢，捐出數百萬給弱勢兒童。但凡偉大都是從平凡開始

的，沒有人是天生就偉大，只要藉著堅定意志力，便會發現平凡與偉大也不過是一步之遙。〈平凡與偉大〉

除了一開始就定義何謂平凡、偉大，但文中特別用「然平凡不代表弱勢，偉大也不見得是光鮮亮麗」，及平凡中的不平凡，由平凡而見偉大的詮釋，深刻解釋了平凡與偉大的關係，進而舉出菜販陳樹菊熱心公益之例，佐證其觀點。此例同樣因太過常見而略顯通俗，但亦無礙於輔助解釋之用。

3. 多軌題範例

> **例證**

　　這幾年，世界各地有為民主、自由發聲的社會運動接連展開，如：2010年興起，追求人權的「阿拉伯之春」運動。伴隨而來的，則是不願受獨裁統治的人選擇逃離家鄉，盼能得到政治庇護，但過多的難民從中亞、非洲逃到歐洲國家，卻也造成了難民潮，對歐洲各國產生不同程度的衝擊。其中，民主、自由一直是現代人所追尋的普世價值。「民主」即以民為主，即人民享有參政、保障人權的權力；「自由」則是在不妨害他人、且能尊重他人權益下的獨立自主權。然而，有多少國家、政權是假民主、自由之名而行獨裁之實，終導致人民的反彈。但反觀自身，當現代人言必稱民主、自由之時，是否仍能保有「我不認同，但我尊重你」的寬容？還是最終選擇黨同而伐異，缺乏雅量？其實，比民主、自由來得更為重要的是「容忍」。而「容忍」是一道德品性，即願意包容、忍耐、尊重他者。以容忍為前提的民主、自由，才能夠在堅持各自立場之餘，願意妥協折中，創造互贏的機會；反之，若缺乏容忍，而徒以個人私利、某些政治利益為前提大談民主、自由，則是虛假的民主、自由，並不可取。〈容忍、

民主、自由〉

上例先援引阿拉伯之春爲例，帶出前兩個主題：民主、自由，再開始定義、解釋何謂民主、自由。於此同時，其重點不是討論國際政治議題，而是反躬自省，即當現代人倡言民主、自由時，能否眞的尊重不同聲音。由此再帶出第三個子題，亦是作爲核心母題的「容忍」，以定位談民主、自由之前，必以「容忍」爲基礎。

（三）注意事項

1. 需拿捏穩妥篇幅比例。對不擅於定義的寫作者而言，以上諸法是比較容易進入詮釋的方法。但敘事、抒情、舉例與前一小點的比喻法一樣，都是引導進入論題的手段而非目的，故不能逕以此取代定義、解釋，需拿捏好寫作比例，最好的比例原則爲1（敘事／抒情／舉例）：1（定義、解釋論題）。

2. 是輔助而非講述故事。敘事、抒情、舉例的目的是輔以解釋論題，而非鉅細靡遺交代情境、說故事，宜刪去枝微末節與定義、解釋論題不相干之處。

3. 不適用於嚴謹議論文。較爲嚴謹的議論文寫作，以開門見山破題爲佳，不太使用敘事、抒情、舉例，還有比喻等入題，故使用這些方法開頭時，需釐清文體、閱讀對象與場合。

4. 例證儘勿流於個人化。與引用法相同，舉例儘量勿流於個人化，也要避免落入俗套。

五、其他開頭法

上述羅列四種常見的開頭寫作法，非意味只有這幾種方法，還有其他在第八講說明文界說方法，如：溯源法、比較法、分類法、數字法、圖表法、介紹法也都可以作爲論題開頭的方法。且議論文作爲現代基本文體之一，運用層面非常廣泛，如：政論、新聞評論、書評、演講稿、文論、雜論、學術論文……都是議論文之一，不可能僅有四種方法。

面對不同場合，表達溝通方式各異，若非「學術論文」特別講究得按照一定的結構模式書寫，不能任意變更，面對其他多元的議論文寫作，則應站在閱聽者角度，思考宜以哪些表述方式吸引注意或被感動。所以，「開頭」本無常法，應以欲達成怎樣的溝通目的為準即可。

這裡將採用Bruce E. Gronbeck、Kathleen German等人《演說傳播原理》之「前言」的八種開頭模式，作為補充其他寫作方法之參考，其中部分方法與前述的四種方法不謀而合。[5]此八法既可作為口語表達之用，亦可作為廣泛議論文寫作的參考，以下自擬〈論環境保育的重要性〉為題，表列說明如後：

序號	類型	說明	例證
1	述及主題或場合（referring to the subject or occasion）	直接了當的切入主題或場合。	今天我們所要談的主題，就是「論環境保育的重要性……」
2	使用個人化的典故或歡迎詞（using a personal reference or greeting）	運用個人化的歡迎詞，或是回顧上回的演講或造訪。	「嗨！晚安，各位，又是我，永遠追著環保議題窮追猛打的『環保鬥士』來了……」
3	請教一個問題（asking a question）	向聽眾請教一個，或一連串問題，引發聽眾的主要思維。	你知道我們每天一個人要耗費多少水資源嗎？而看一本書，要砍掉多少樹木？當我們醉心於夜晚滿是光彩的夜

⑤ Bruce E. Gronbeck、Kathleen German等著，陳淑珠、張玉珮譯：《演說傳播原理》（臺北：五南出版社，1998年12月），頁172-181。其中第1、5、6、7類，與分別與前述四種開頭類型相同。

序號	類型	說明	例證
			景時，又造成了多少光害？這些都可能是破壞環境的元凶。
4	發出驚人之語（making a shocking statement）	運用震撼的技巧，在開場白中將事實或觀點作驚人的陳述。	這幾年，南北半球各地氣候異常，因為氣候而傷亡的人數不下數千，而財產損失，更是超過數十億美元。但，下一個因氣候變遷，而導致傷亡的，會否就是在現場的你我。
5	運用引言（using a quotation）	透過引言，激發民眾的思考。	《老子》有言：「天地不仁，以萬物為芻狗。」這是說，天地無私而能公平負載萬物。人雖為萬物之靈，但也是天地間一分子，可是，我們又用了什麼樣的態度來反饋自然？
6	講述一個幽默的故事（telling a humorous story）	用一個趣味的故事，或是幽默的經驗作為開場。但必須遵守三個原則： (1) 簡明扼要，能傳達重點。 (2) 一定要與演講有關。 (3) 有一定品味，不能低俗。	小時候，最喜歡滿山遍野的「馬櫻丹」，這種色彩濃郁，卻不被重視的小花。團團簇簇生長的它，只要輕輕一搓，十元銅板大小，便會散落成數十朵指尖大小的小小花。而我拿它做兩件事，這竟也是我學習成語與典故的開端：一是捧著大把小小花，爬上候車站棚頂，

序號	類型	說明	例證
			對往來的公車，來個「天女散花」；一是將蚱蜢小蟲的屍體，埋葬在桶裝的花海內，來個可歌可泣的「黛玉葬花」。可是過去的遍野，成了今日的水泥城堡，過往蟲鳴唧唧，竟是人聲鼎沸了。人類的欲望與發展，侵吞了原本的大自然，而我的兒時回憶，也隨著埋葬。
7	利用範例（using an illustration）	真實生活中的事件、小說或短篇故事，也可以是假設例，來表達想法。但務必與核心理念相符。	921過後的一年，我去了一趟埔里。真不瞞各位，環繞四周的群山，竟還是一片黃土，沒有任何植被；當車開在中彰投公路上，沿途，約十數公尺高的黃土和著泥水，伴著大小石塊，就這麼或流瀉，或墜落在公路上，驚險萬分，當我再看到沿途的檳榔樹，我不禁想到，一場大地震，震出的，究竟只是天災？還是人為？
8	完成你的前言（completing your introduction）	除了上述的方式，前言可採用預告向聽眾預示演講進行的方	(1) 以下我將討論環保的重要性，並說明環保對我們的影響。（因果關係）

序號	類型	說明	例證
		向或向讀者預示寫作的方向。 (1) 宣布組織類型。 (2) 使用記憶術的工具。 (3) 運用頭韻。 (4) 利用重複。	(2) 論環保有三個重要關鍵：一人二物三自然。 (3) 環境指哪幾「環」？環山、環水、環天、環海，以上都是保護環境的範疇。 (4) 我們必須理解破壞環境對人的影響，理解破壞環境對後帶子孫的影響，理解破壞環境對生態食物鏈的影響。

第三節 結尾寫作法

除了開頭，如何寫出一個情理兼備、能說服讀者的結尾？由於前文已具體闡述個人觀點、論辯，結尾到底要寫什麼？該如何收尾？而以往常聽到對結尾寫作的解釋是「就是總結全文」，如何總結？這並未解釋收尾的方法。

第一節中「開頭」常見的「引用法」、「比喻法」、「敘事或抒情法（含舉例法）」也都可以放在結尾使用，唯與開頭不同之處在於：開頭使用這些方法，係用來輔助詮釋「論題」；結尾已不必重複解釋論題，故這些方法僅僅用做輔助「結尾」，未足以成為任何一種獨立的結尾寫作法。

因此，本節將舉列出三種主要的結尾方式：首尾呼應結尾法、總結式結尾法、延伸式結尾法，也會另闢一點，介紹其他可應用於不同場合的結尾方法。最後，無論是哪一種論題，其結尾方式都相同，故不再分單、雙、多軌舉例說明。

一、首尾呼應結尾法

（一）**釋義**

　　即開頭提出哪些觀點，或連結各段段旨，使結尾相互呼應，達到結構縝密緊湊且一貫的結尾方法。

（二）**舉例說明**

　　　　【開頭】生活中總會遇到許多事情和挑戰，其有難易之分，人們大多趨易避難。當遇到易事，只需花少許的時間和精力去完成它，但得到的可能相對較少，從中學習的經驗或許也不足應付其他難事；當遇到難事，所需付出之時間和精力更多，可能導致生活品質下降，但相對獲得更大的回饋。其間如何選擇全看個人的態度和習慣。

　　　　【結尾】該「趨易避難」或「趨難避易」，每個人選擇不盡相同，思考自身能力和想要的未來，選擇可能因此而改變。一直挑戰難事，雖然獲得較多利益，但可能使自己身心俱疲；選擇處理易事，生活較放鬆愉快，但可能使自己停滯不前。適當取捨，不僅能放鬆身心，更能充實自我。〈難易之辨〉

文章開頭以人多「趨易避難」作為立論點；儘管如此，也隱約提出亦可以「趨難避易」，以獲得更大的收穫與回報；然後提出選擇與否，由個人態度、習慣所定。到了結尾，同樣是以「趨易避難」或「趨難避易」來呼應開頭；再以應適當取捨，以呼應開頭如何選擇的方法作結。

例證2

【開頭】「熱情」係指對想做的事情懷抱一股衝動，有著非實現不可的決心與抱負。「理性」係指大腦能控制行為人該有的情緒、行為、欲望。熱情需伴隨著理性思考，如何適度發揮，考驗著人們的智慧。

【結尾】熱情與理性是相呼應的。若熱情大於理性，則易莽撞行事，後果難料；若理性大於熱情，易使熱情消失殆盡，難復當時初衷，所以，二者得並行於人的行為之中，方能成就精彩美好的人生。〈熱情與理性〉

文章開頭點出何謂熱情、理性，並略指出二者對於人的影響，且需相伴隨而生。結尾呼應開頭，尤其強調若偏向任何一方將造成的負面影響，最後呼應熱情、理性宜並立並存作結。

（三）注意事項

1. 首尾呼應易缺乏層次。前後呼應法時常是以「換言之」再複述前文作結，以至於精彩的議論過程容易被忽略，故較為嚴謹或希望兼具延伸性、啟發性的議論文，較少單採首尾呼應的結尾法。

2. 宜搭配其他結尾方法。為避免首尾呼應僅呼應開頭或各段段旨，不妨搭配其他結尾，如：總結式結尾、延伸式結尾，以強化文章內容的延展性。

二、總結式結尾法

（一）釋義

「總結式結尾」便是總結上述內容的寫作方法。但如何總結？又有何特點？由於議論文是透過正反論辯，或提供作法（how to do），以圖改變讀者原本的想法、觀點。因此，「總結式結尾」的概念是：到了結尾階段，寫作者必須得強力說服讀者自己的觀點是可行的。因

此，這已不是指引讀者「如何作」（how to do）的問題，而是寫作者必須強而有力證明自己的觀點「能否實踐／落實」（can or can not）的問題。

所以，總結式結尾的步驟，寫作者可以由內而外，或由小而大，由個人到社會……透過一序列方式，逐步說明全文是可確切落實的。

（二）舉例說明

▶ 例證1

> 要與機會相遇，每個人都要做好充足的準備，好加以迎接。在社會上，若能善加把握住遇上的每一個機遇，便更能實現理想，世界亦更能進步，而這端賴教育。優良的教育使人能提升自我，甚至締造出無數機會，實現理想。
> 〈機遇〉

此文透過層層遞進總結全文。文中先提出「每個人」欲把握「機遇」，需先作好準備。其次，再從「個人」轉到「社會」，如果多一些人或多一些組織團體……等，能懂得掌握「機遇」，社會、世界會更加理想。最後，從「社會」再回歸到最本質的「教育」，從改革教育做起，機會要由自己締造，以期待能實現無數的理想。

▶ 例證2

> 以個人而言，雖不足撼動當前革新，卻可由心態調整，發展興趣與專業，成就自我特質。然而，教育本質非僅智育，宜以健全人格與落實社會分工為目標，尊重生命型態多樣性著眼。最終，使「適性發展」不再是遙不可及的目標。〈丹麥教育的特色〉

本文亦層層遞進作一總結。首先，從「個人」談起，縱無法改革當前教育問題，但可以先調整自己的心態。其次，由「個人」轉向「教育」，此非對政策下改革指導棋，而是站在個人的建言，建議要尊重生命形態的多樣性。最後，透過比較級結尾，若能落實前面兩層的基礎，則以適性發展的教育將能指日可待作結。

（三）注意事項

1. 用比較級取代最高級收尾。到了文章收尾，許多人慣以使用終極理想層面，也就是最高級方式來收尾，譬如：「這樣一來，這世上就不會再有壞人了。」「只要人人能守法，就能達到世界大同之境。」這可能嗎？以此作結太過空泛，任何的終極理想，也就是純善無惡的境界，都是勸人爲善，使人努力追尋的目標，不可能眞的到達眞正的世界大同，而是作爲人此生無窮盡追尋的目標。故用終極理想面的最高級結尾形同虛設、誇飾。

  「比較級收尾」即相信未來發展會比現在來得更好，上述範例中，「優良的教育使人能提升自我，甚至締造出無數機會，實現理想」、「使『適性發展』不再是遙不可及的目標。」正是比較級的收尾方法。

2. 保守但不失中肯的結尾法。「總結式結尾」與「首尾呼應結尾法」屬於較爲保守的結尾法，主要針對原文內容作結，不如「延伸式結尾」來得具延展性、反思性。優點是偏於保守卻很中肯，不易偏離主題。

三、延伸式結尾法

（一）釋義

  「延伸式結尾」旨在提出本文之外，發展出新的討論議題，開啓多視角觀察，發人省思或留待後續討論之用。

  一個極富議論性的議題不會單靠一篇文章就足以解決所有問題，而寫作者的知識背景、立場會限制議論的視角，所以，好的議論文不是到此爲止，而是期盼有更多元的討論，讓自己提出的論題更有

討論張力。同樣的，我們也不能期待一篇文章應該包山包海解決所有問題，如此一來，要不成爲百科全書式的陳列各種論題；要不就是討論缺乏核心，主旨不明。

這種延伸式結尾在嚴謹的議論文寫作特別常見，譬如：學術論文、報告等。理由是一個論題如果在某篇文章就被總結而無其他可討論性，就代表這是一個被終結的論題，無需再討論。至於延伸式結尾的寫作方法，有一基本架構可供參考：

> 步驟一：略總結上文，或可呼應開頭，並延伸出新論點。
> 步驟二：說明爲何需納入新論點討論的理由，即「如果缺乏此新論點的加入，原本論點的討論會有哪些缺憾。」
> 步驟三：以未來展望作結。

（二）舉例說明

例證1

> 時至今日，吾人之知識面自非古人所能比擬，然而，知識不過是表面元素，最重要也是現代人最欠缺的，是「風骨」。倘若只一味追求知識，卻忽略了正確心態的重要性，那麼這種取得越高的權位，對世人的爲害也越重，他們全然忘卻自己身上挑負的重大責任——爲人民帶來幸福的笑容。故兼備風骨，才能稱爲眞正的知識分子，進而以服務爲目的，爲社會盡一份責任。〈現代知識分子的時代使命〉

文章結尾提出「知識分子」理當以具備高知識爲時代使命，但又延伸出「風骨」，即剛正不阿，不屈服於現實力量的道德品性，這是身爲現代知識分子更應兼備的條件，並提出若只有知識卻缺乏風骨會造成

的不良結果，這是為這篇文章的未來發展，提出一個具體的思考、寫作方向。

▶▶ 例證2

　　任何事情皆有兩面性，丹麥的「適性教育」固然值得學習，亦須關注不同民族性與社會氛圍，所造成的不同結果。若一味仿效卻忽略價值觀的差異，恐欲速則不達，甚而畫虎不成反類犬。故深切理解文化差異，並參酌他人優點，以導正所欠缺的部分──從尊重生命型態多樣性著眼，那麼，「適性發展」將不再遙不可及。〈丹麥教育的特色〉

仿效他人教育未必能得到同樣效果，因此，本文提出丹麥的適性教育固然值得學習，但更應考量華人社會不同的民族性、社會氛圍是否適合，並希望能納入討論教育發展方向的討論之中。同時，也預告若只知彼而不知己會造成的問題，同時提出尊重生命型態的多樣性作為這篇文章未來討論的可能方向。

▶▶ 例證3

　　身為教學者能作的，就是提出諍言，以待有識者齊心推動改革，以下提出四點展望。

　　其一，態度上，教學者自我的覺醒與提升：時代在變，課程也該應時而動，而不是活在相對穩定中，漠視時代、外界的質疑與呼聲。……

　　其二，概念上，釐清教學理念與教育目標：教育理念以及教育目標是提供後續教學活動設計的依據，大至課程總綱，細至某一單元，都應有具體的規劃、設計，方能彰顯此課程存在價值，以檢視大學國文課應包含哪些內容，

又企欲培養學生哪些能力。……

　　其三，方法上，語文相關教材研發與編寫：中西語境不同，文言、白話表達方式也不同，如何建構適合當前大學生適合的語文教材，尤為重要。……

　　其四，視域上，經典人文與科際間的整合：新的國文課程理念宜在語文基礎上，以文學、非文學經典為文本，從閱讀、寫作、口語表達的方式，培養語文能力、文學欣賞、人文素養的綜合性課程。……〈在語文與文學之間——高等教育之國文教學定位芻議：兼論警專國文課程未來發展的可能面向〉⑥

此例援引一篇教學型的學術論文的結尾為例，因為延伸式結尾經常出現在學術論文的寫作，此例有兩個特點：一是以「依點論述」的方式，逐條作結，綱舉目張，簡潔明快使人能一覽無遺；二是兼具總結式、延伸式的結尾。從中可見，文章一來是總結前文所述內容，而更重要的是，這篇文章究竟可延伸出哪些方向的思考？這四點每一點都兼具反思性，希望讀者閱讀後，能延伸出更多的思考、討論，亦可作為下一個研究的討論方向，一舉數得。

（三）注意事項

1. 宜先總結而勿橫生枝節。使用延伸式結尾最怕的是前文講述未完，又橫生新的討論議題，使用此結尾前，宜先鞏固好原文內容或先略作總結，或呼應開頭以形成首尾呼應，再開啟延伸的論題，以免顧此失彼，得不償失。

2. 靈活運用分點歸結論點。誠如末例便是透過分點歸納文章提出的論點，這是層次分明且簡潔有力的結尾方法，無論是總結式或是

---

⑥ 李智平：〈在語文與文學之間——高等教育之國文教學定位芻議：兼論警專國文課程未來發展的可能面向〉，《警察通識叢刊》第11期，頁38-39。

延伸式結尾，都可參酌使用。

3. 善加使用不同結尾方法。如果只是短篇議論文，該用哪一種結尾方式，由寫作者自行決定。如果遇上長篇大論，或分有章節的文章、撰寫一本書時，每個章節或每個大小點之間，就很難全部採用延伸式結尾，有時只需總結或首尾呼應即可，而非必然每個章、節、點都得使用延伸式結尾。因此，在長文章中，如何善用不同結尾法，可參考此一原則，即「各章、節、點的『小結』，用『首尾呼應式結尾』或『總結式結尾』作結；全文、全書之末的『大結』，使用『延伸式結尾』作結」。

四、其他結尾法

　　一如「開頭」所述，在不同的場合、面對不同的對象，溝通表達的方式各異，前面三種僅是常用的結尾方式，議論文體廣泛使用於各層面寫作時，結尾方式也應配合改變，而不該被侷限。

　　以下採用Bruce E. Gronbeck、Kathleen German等人《演說傳播原理》提出的六種結尾方法作補充，部分方法亦與前面三種方法不謀而合。[7]並自擬〈論現代知識分子的時代使命〉為題，表列說明如後：

序號	類型	說明	例證
1	提出一項挑戰 (issuing a challenge)	藉由一項挑戰，或要求支持的行動，或提醒應負的責任，來結束演講或寫作。	身為現代的知識分子，不應只埋首書堆，而應該肩負起社會公義的責任。坐在臺下的你，我們需要你的加入，走出書齋，與我們攜手作公益，關懷弱勢。你準備好了嗎？

---

⑦ Bruce E. Gronbeck、Kathleen German等著，陳淑珠、張玉珮譯：《演說傳播原理》，頁182-189。其中第2點類似「總結式歸納」。

序號	類型	說明	例證
2	將主要重點歸納起來（summarizing the major points or ideas）	對重點重新歸納，組織，以簡潔形式，再次強調。	總結上述來說，知識分子的時代使命有三：一是對自己的專業負責；二是廣博吸收多元知識，虛心請益；三是培養高道德標準，作爲社會之表率。
3	運用引言（using a quotation）	引用別人的話語，呈現理念的精神。	最後，茲引述司馬光（1019-1086）《資治通鑑》一段話作結，其云：「才者，德之資也；德者，才之帥也。」此正可說明知識分子應具備的能力與品性，尤其品性，更不可或缺。
4	利用範例（using an illustration）	範例必須兼具包容性、決斷性，能涵蓋演講、寫作的主旨、要旨。	最後，我想起晚清民初的知識分子，如：蔡元培、梁啓超、胡適等人，他們既專注於現代知識體系的建構，又關懷國事，奉獻己力，實爲今日知識分子的表率。
5	爲信念或行動提出一個額外的誘因	激勵聽眾或讀者勇於面對挑戰，提出一個額外誘因。	爲何我們一定對知識分子要提出高道德標準的要求？因爲事實證明，知識分子的影響力超乎常人，如果我們能多一點自律，多些謙卑，聚少成多，積沙成塔，便能爲社會帶來更多的和諧，何樂而不爲？

序號	類型	說明	例證
6	陳述一個個人化的意圖（starting a personal intention）	透過自己即將採取行動的方式，來取得聽眾或讀者的信任。	今天，我已經加入「某某社福機構」擔任志工的工作。從中，我追尋到超乎書本內的快樂，也明白身為知識分子能在專業之外，還能帶給更多需要幫助的人的幸福。現在，我誠摯的邀請各位能與我同行。

本講重點回顧

✖ 按「子（母）題的數量」，論說文可分成「單軌題」、「雙軌題」、「多軌題」三類。

✖ 「單軌題」是僅有單一母題。「雙軌題」擁有兩個子題。子題之間會用「和」、「跟」、「同」、「與」或「、（頓號）」，還有「及」、「以及」作連接，表示並列的關係，故兩個子題必然是在意義上的並列方能進行討論。「多軌題」是指具有三個以上並列子題者。

✖ 「雙軌題」的關係共有五種，分別是：並立關係、主從關係、對立關係、涵融關係、承轉關係。但不包含兩個子題在意義上非同質屬性的「假雙軌關係」、強把兩種完全不同類型的子題拿來並列的「沒有關係」。

✖ 「多軌題」如欲輕便解釋居中關係，有兩種方式：一是「核心母題關係」，即在眾子題中擇一作為核心母題，然後以此母題貫串其他子題的討論。二是「新立母題關係」，在眾子題之外，新立一母題以貫串其他子題。

✖ 議論文有四種基本開頭方法，分別是：一、開門見山法。即是「破題法」，直接定義、解釋論題，這是議論文最常使用的方法，尤其是學術論文無論是要說明某事物或是議論某論題，多會採取破題法。二、引用法。是援引他人的話語或著作，用來印證、補充寫作者的觀點，既以此輔助解釋論題，又能增強文章的說服力，是訴諸於權威、訴諸於大眾的一種解釋方式。三、比喻法。透過「借彼喻此」的方式輔助解釋論題。四、敘事或抒情法（含舉例法）。「敘事或抒情法」，係透過敘事或抒情起首，再定義、解釋論題；又「舉例法」則是援引「例證」輔助解釋論題。但需注意後三者是藉由其他方式輔助解釋論題，還是要定義、解釋論題，而不能把引用、比喻、敘事或抒情（含舉例）直接當作定義、解釋論題。

❇ 其他開頭方法有：「使用個人化的典故或歡迎詞」、「請教一個問題」、「發出驚人之語」、「完成你的前言」等。

❇ 議論文有三種基本結尾方法，分別是：一、首尾呼應結尾法。即開頭提出哪些觀點，或連結各段段旨，使結尾相互呼應，達到結構縝密緊湊且一貫的結尾方法。二、總結式結尾法。此一寫作概念是到了結尾階段，寫作者必須得強力說服讀者自己的觀點是可行的。因此，這已不是指引讀者「如何作」（how to do）的問題，而是寫作者必須強而有力證明自己的觀點「能否實踐／落實」（can or can not）的問題。所以，總結式結尾的步驟，寫作者可以由內而外，或由小而大，由個人到社會……透過一序列方式，逐步說明全文是可確切落實。三、延伸式結尾法。旨在提出本文之外，發展出新的討論議題，開啓多視角觀察，藉以發人省思或留待後續討論之用。

❇ 其他結尾方法有：「提出一項挑戰」、「運用引言」、「利用範例」、「為信念或行動提出一個額外的誘因」、「陳述一個個人化的意圖」。

。。。
第十講

議論文的基本結構

教學目標

1. 理解何謂論點、論據、論證。
2. 通曉議論文寫作的基本結構。
3. 從寫作基本結構延伸到檢視閱讀的結構。
4. 明辨立論、駁論之別。

摘要

　　說明文是根據被解釋者所需，可自選說明法自定排序；議論文結構特點是以邏輯推理爲序，條理清晰且層次分明以展現寫作者的觀念、論點，作爲與他人對話、議論的基礎。本講分成六節，說明如下。

　　第一節，何謂論點、論據、論證。此三者是組成議論文的必要元素，先定義三者名義作爲後續討論的根據。

　　第二節，論辯型結構。此型結構著重正、反、合的議論模式。

　　第三節，三W型結構。此型結構係以思考邏輯順序爲序，著重從「是什麼」（what）到「爲什麼」（why），再到「如何作」（how）的表述。

　　第四節，總提分論型結構。此類型寫作特點是第一段次先定義論題與論述範圍，而後每一段次再用「不同的角度」闡釋論題。

　　第五節，其他結構的思考面向。不同角度類推出的各種結構概念。

　　第六節，駁論寫作概念。駁論寫作結構不出於前述諸類型，唯寫作立場與寫作者主動立論不同。「立論」是寫作者自行立說，供他人檢視；「駁論」是已確立反駁對象，並指出對方的錯誤進行反駁。

引言

進入本講前，有三點得注意。

一、以數字排序取代起承轉合。由於傳統「起承轉合」非必能適

用所有寫作結構，故改以數字序次排列。①

二、講段次，不講段落。「段落」是以「段」為單位，「段次」則以「文意」為單位。一篇文章可分成無限段落，但文意層次是有限的。一個「段次」通常涵蓋好幾個「段落」，寫作者或因內容需細分層次，或因字量過多而不得不分段，但這些段落表達的是同一層的文意，這就是段次的概念。故本講談的基本結構是「段次」，而非「段落」。

三、本講只談議論文的「基本結構」，而不談變化結構。基本結構是變化結構的原型，至於怎樣變化則不在討論範圍之內，但也必須清楚說明不討論的理由。

首先，寫作本無常法。所謂的「法」都是後人分析出來的。因此我們很難一網打盡所有的變化結構，也不必這麼做，除非是進行文章學的研究。其次，基本是變化的基礎。議論文寫作目的在透過論據、論證過程以彰顯論點，而不在於操弄結構變化，結構愈簡單清楚，愈能凸顯整個論題，而非曲折悠晃，故作玄虛。再次，符合現代寫作要求。愈嚴謹的議論寫作，如：學術論文，對結構要求愈嚴格，對如何表述都設有一定的規範。因此，本講所談既是一般議論文，也是學術寫作的基本結構。

綜言之，有關中國傳統的議論寫作方法多達數十種，如：民初曹載春既依次分析「起、承、轉、合」寫作法，又分析出古文寫作變化方法達十七種；②許德鄰以「篇」為單位，分析出數十種古文寫作方法；③而李尚文則以「白話文」為例，分析出幾十種寫作方法。④這

---

① 改變理由可參見本套書《精進書寫能力1 —— 遣詞用句掌握文氣篇》的第四講第五節「從中文寫作的起承轉合到英文寫作結構概念」。

② 曹載春：《作文秘訣》（上海：普文學會，1914年6月），頁62-93。

③ 許德鄰：《最新作文指導法》（廣州：崇文書局，1920年6月），共3卷。卷1，頁1-51；卷2，頁1-56；卷3，頁1-54。

④ 李尚文：《作文七七法》（上海：世界書局，1946年5月），頁53-114。

說明了「文無定法」，而各種變化都很值得細究其中的論述、邏輯結構，但萬變不離其宗，先恪守住基本的結構概念，將來要怎樣變化就容易得多。

第一節　何謂論點、論據、論證

　　論點、論據、論證是組成議論文的三個必要元素，以下分別說明三者的定義、彼此間的關係。

一、論點

　　「議題」、「論題」、「論點」、「命題」四個名詞意義相近，容易混淆。「議題」是彼此談話或討論時的問題或爭議，進而觸發對話的動機；「論題」是議論文要討論的題目、議題；「論點」是寫作者針對「論題」所提出的觀點；「命題」是指具有判斷性真假是非的句子，這也是議論文與說明文不一樣之處，說明文的題目為一名詞，定義、解釋其內涵即可，但議論文必須辨明真假是非，就稱之為命題。

　　綜合來說，彼此間對話產生的疑問或爭議，就會形成「議題」；而議論文的「論題」是由一判斷句的「命題」組合而成；寫作者的觀點就稱之為「論點」；寫作者提出的「論點」則必須與命題、論題契合。

　　再者，論點又可細分為「中心論點」（又稱為主要論點the overall argument）、「分論點」（又稱為支持論點contributing argument）。[5]中心論點是全篇的核心論點；「分論點」則是文章中從屬、圍繞於中心論點的分支論點。一篇文章不會只有中心論點，而必須由分論點的支持，經過論證過程的考驗，成為中心論點的論據。[6]舉例來說：以「不重視環境保護，將會造成人類巨大的損失」為中心

---

[5] Stella Cottrell著、鄭淑芬譯：《批判性思考——跳脫慣性的思考模式》（臺北：寂天文化，2018年6月），頁67。

[6] 朱艷英主編：《文章寫作學——文體理論知識部分》，頁119。

論點，則損失可能包括：農糧損失、經濟損失、健康損失、天災損失……等，這些就是分論點。當分論點足以證明確實會造成人類巨大的損失後，分論點就會轉爲「論據」，用來證明中心論點的眞實性。

二、論據

證明論點的證據即爲「論據」。論據可分成二種，包括：一是「事實論據」（包含意見證據）；二是「道理論據」，又稱爲「理論論據」。

其一，「事實論據」就是具體的事例，即對於客觀事物的眞實描述與概括，如常見的歷史事例、時事事例、自身經驗等，都屬於事實論據。至於「意見證據」則是專家對於事實論據提出的意見。

其二，「道理論據」，又稱爲「理論論據」，則是經過實踐證明或客觀驗證而已被斷定爲正確的觀點，包括了某些自然科學、人文科學的基本原理、定義……等學理型例證，還有常見的成語、諺語、名言、警句、格言……一類。[7]

朱艷英等人指出：「由於論據在整個論證過程中起著證實論點的作用，作者要使論點立得住，就要使用富有說服力的證據。富有說服力的論據應當是確實的、典型的、新穎的、充實的」[8]，至於如何達成論據應具備的特質，並避免效力不足的論據形式，可參見本書第十一講第二節「例證的類型與使用限制」。

三、論證

「論證」是連接從論點到論據之間的推論過程，因此，論證講究「方法」，若推論有誤，就無法證明論點，議論不能成立。故Stella Cottrell認爲論證應具備三個要素：一是一個立場或觀點；二是說服別

---

[7] 以上定義酌參劉承慧主編：《大學中文寫作》，頁175、朱艷英主編：《文章寫作學——文體理論知識部分》，頁121-122。

[8] 朱艷英主編：《文章寫作學——文體理論知識部分》，頁122。

人接受該項觀點的企圖；三是支持該項論點的理由。[9]

　　論證的方法有很多，如朱艷英分成六種，分別是：一、例證法：舉例說明。二、引證法：引用他人言論說明。三、反證法：反面論證，或以駁論方式說明。四、比較法：透或兩相對比的方式來說明，又可細分成三種，包括：同一事物在不同時空、情況下的「縱比」，同一時空、情況，但不同事物之間的「橫比」，還有不同時間、地點，或同一時間、地點的事物的某些相同部分作比較的「類比」。五、因果論證法：透過論點、論據之間的因果關係來論證者。六、喻證法：透過比喻的方式來論證。[10]

　　論證時，不是只能使用某種論證方法。如：「比較法」、「因果論證法」是議論文寫作最基本的論證法則，其他諸法都必須經由「比較法」或「因果論證法」證明論點、論據之間的關係。又如：「例證」、「引證」也經常被連用。再有「反證法」是議論文中，從不同角度反證寫作者論點可信度的重要方法，反證過程中，少不了會間雜其他論證方法，好比說以例證、引證作為反證內容等。總之，論證方法愈多元，愈能經得起考驗，論點可信度就愈高。正因論證不易單獨說明，故本講自第二節開始，將改以議論文中各種「基本結構」來說明論證的推論過程。

◉ 第二節　論辯型結構

一、基本概念

　　論辯型結構是最基本的議論文結構，也就是俗稱的「正、反、合」，《文心雕龍‧論說》：「原夫論之為體，所以辨正然否。」這指明議論目的是辨正問題的是非正誤。論辯型結構與西方哲學的辨證

---

[9] Stella Cottrell著、鄭淑芬譯：《批判性思考——跳脫慣性的思考模式》，頁69。

[10] 朱艷英主編：《文章寫作學——文體理論知識部分》，頁125-127。

法相連結，而辨證法的詞源出自希臘語的"dialektos"，有對話、對談的意思，最初有通過對立意見的衝突，揭示眞理的技巧之意，即透過正、反意見的表述，彰顯論題的價值。

論辯型結構在正、反之餘，加上個開頭、結尾，就形成了「開頭、正面、反面、結尾」的基本模式。那麼，「正面、反面」在議論文結構中處於怎樣的地位？這是屬於「開頭」的「是什麼（what）」之後的「爲什麼（why）」，也就是透過正面、反面說明論題的「重要性」，即寫作者在定義、解釋論題之後，說明爲何如此定義、解釋的理由。

有些時候不太容易區分得清楚。簡單來說，「開頭」重在最基本的定義、解釋；「爲什麼」則是說明自己立論的依據、理由、立場爲何。譬如說：「談獻身警察工作的抱負」一題，「開頭」可以說自己獻身警察工作以後的抱負是什麼，如：除暴安良。「爲什麼」就解釋「爲什麼會以除暴安良爲從警的抱負」，或者是：「我認爲除暴安良之於警察工作的重要性」。

又以雙軌題「論人情與法理」爲例。「開頭」先定義何謂人情，何謂法理，然後預設二者爲並立關係。至於「爲什麼」就解釋「爲什麼人情與法理是並立關係」。

再以多軌題「論情、理、法」爲例，「開頭」先定義何謂情、理、法，然後新立一母題，預設三者皆需以「忠誠」爲核心。而「爲什麼」就是「爲何忠誠是情、理、法的核心。」

而「爲什麼」的內涵，就架構在「正面」、「反面」的論辯之中。再以上述「談獻身警察工作的抱負」爲例，亦即當能除暴安良時，對社會有哪些正面價值；當尸位素餐，不能除暴安良時，會造成哪些負面影響。又以「論人情與法理」爲例，則人情與法理達成並立時，會有哪些好的影響；一旦失衡，如人情大過於法理，又或是法理大過於人情時，會造成哪些負面影響。又如「論情、理、法」一題，則如果能以忠誠爲核心，會有哪些正面效果，反之，若失去了忠誠來談情、理、法，將會有哪些負面影響。

誠如孫有蓉提到這種「正、反、合」的寫作教學，說道：

> 面對一個問題先提出一個看法，接著試著否定這個看法，最後綜合兩者討論提出一個超越正反的見解，通常在哲學上稱此為「辯證法」。……之所以要求學生寫「正題」再寫「反題」，就是希望在這一正一反的過程當中，看出學生在面對問題的時候從「這個問題應該是如何如何」，到「但如果是這樣，那麼好像有所缺漏甚至有所矛盾」，最後「既然如此，那麼是否有更完備的看法能夠同時保存第一種看法的長處，又避免缺點？」

> 這樣的論說文格式立意雖好，也給了一個嚴謹明確的框架讓學生能夠在組織自己想法的時候有所倚靠，……然而，所有框架和規則都會讓人有錯覺，以為只要形式上按規則，內容就可以隨便安排，本來設計來鼓勵學生獨立思考的論說文，就容易流於套公式卻沒有真思考。……而論說文則督促學生獨立提問、獨立思考、獨立解答更要反思和自我批判。……後者（指論說文）則要求自由發想，且將思考過程按照邏輯關係組織呈現。沒有對邏輯結構嚴謹掌握的能力，寫論說文就只能是個人意見的抒發而無論說可言；相反的，沒有自由提問發想，就只能一輩子等待別人來給解答。[11]

以上引文有兩個重點：一是學習「正、反、合」的目的；二是結構框架對組織思想的重要性。針對第一點，正、反、合是從不同的角度看問題，當從正面看是如此，但從反面或另一個觀察角度看，原本正面

---

[11] 孫有蓉：《笛卡兒的思辨健身房》，頁31-33。

看法又有些缺漏必須補強，就在這一正一反的思辨過程中，不斷完備自己的看法、觀點，達到更高層次的「合」。針對第二點，則是寫作應不應有結構框架的延伸討論。而論說文的格式、框架、結構目的不是去限制寫作者的思考，流於「套公式」，而是使寫作者按照邏輯關係，有條理的、有脈絡的表達個人的思想。因此，外顯的寫作形式不等同於寫作者的思考，想要有豐富的內容、思考得靠大量的閱讀、知識來補足，寫作形式只是呈現的手段、方法，故不能等概言之。

　　最後，「說明文」與「議論文」的差異在於前者只需透過各種說明方法定義、解釋清楚被解釋的事即可，一旦對被解釋對象進行正、反論辯，便會從說明文變成議論文，這是簡易辨別兩種文體異同方式之一。

二、基本結構

　　論辯型的基本結構有以下三種基本的排列組合：

結構一

第一段次：開頭，定義、解釋論題。（what）
第二段次：正面議論，再以正面舉例說明。（why）
第三段次：反面議論，再以反面舉例說明。（why）
第四段次：結尾，結束全文。（ending）

結構二

第一段次：開頭，定義、解釋論題。（what）
第二段次：正面、反面議論說明。（why）
第三段次：正面、反面舉例說明。（why）
第四段次：結尾，結束全文。（ending）

第一段次：開頭，定義、解釋論題。（what）
第二段次：反面議論，再以反面舉例說明。（why）
第三段次：正面議論，再以正面舉例說明。（why）
第四段次：結尾，結束全文。（ending）

在此，還是要先重申「段次」是根據文意的劃分，可以限定層次；但「段落」是在同一層段次文意下的劃分，沒有限定數量。故斷不能以爲寫作只能分成四段，這是錯誤的觀念。

第一、二種結構屬於「正、反、合」模式，一種是先正面議論、舉例後，再轉反面；一種是正、反議論後，再舉例說明。第三種屬於「反、正、合」的結構模式，許德鄰稱此爲「反面繳題法」，他解釋道：「每一題入手先審題之正義，審題既深，若逕從正面著筆，恐其一說便盡，或章法太覺直率也，故先從反面著筆，然後轉入正面。天下之理有正言之不甚動聽，而反言之則其理易顯者。作文之自反之正，即此理也。」⑫易言之，正面道理時而過於直率，人不愛聽，不如先入反面，再轉正面，使文章產生跌宕起伏的效果。

此外，無論哪種結構，議論與舉例的次序都可對調；亦可只有議論而不舉例，也可以舉例說明取代議論，如遇繁複的論證，亦可合併或綜合使用，都無一定限制，如許德鄰提到另一種「反正相生法」，便是正、反或反、正的不斷交錯，相互的對比、嵌合，使章法變化更爲多元。⑬

---

⑫ 許德鄰：《最新作文指導法》，頁14。
⑬ 許德鄰說：「……反正相生者，自反而正或自正而反，反覆辨論，層出不窮，有參互錯綜之致。蓋一正一反，時時開闔，可以互相發明，互相映射，處處關合，有相生之義。此法較前章爲變化。初學習此可以開展文思，聞一知二，惟須將題目審得眞切，方不涉浮華。」參見氏著：《最新作文指導法》，頁16。

三、「反面」寫作原則

反面是否等於全然的反對、對立？其實不然。反面的書寫有兩大原則：一是特稱否定與全稱否定。二是對等論點的論辯。

第一原則的「特稱否定與全稱否定」曾於本套書第一冊第三講討論過[14]，「特稱否定」主要是強與弱、輕與重、多與少（缺乏）間的比重；而「全稱否定」就是全面性的否定。舉例來說，「論人情與法理」，如果是人情逾越了法理，或法理不切於人情的後果，這種過多與缺乏，就是特稱否定。一旦指為只有人情而沒有法理，或只有法理而沒有人情的後果，就是全稱否定。

口語常以全稱否定或全稱肯定使表達更為誇張聳動，譬如：「現在的年輕人都不讀書，都在玩手機」，真是一桿子打翻了一船人；或是說「史上最優惠的特價活動」，吸引人非買不可；還有在新聞中，常見的表述方式，如：「有史以來，最大的……」、「史上唯一的……」。可是成為書面文字就應該要確切，尤其是講究徵實的議論文。此時該避免諸如「都」、「最」表示所有範圍、最高級的副詞，可改用「主因、輔因」、「原因之一」之特稱肯定，或如前述強弱、輕重、多少（缺乏）等，以表達特稱否定。如：「高居不下的碳排放量，是致使地球暖化的原因之一。」或「氣候變遷、環境汙染、過度使用農藥，可能是致使蜜蜂消失的主因。」使用特稱的優點，是預留其他發生成因的可能性，使論述更加客觀。

第二個原則的「對等論點的論辯」是指展開論辯時，應針對同一論點的正、反兩面進行論辯，而不是不同論點的正、反兩面論辯。譬如：論辯是否贊成多元成家的議題時，支持者或從人權、人性角度切入討論，不支持者可能從宗教、男女性別等回應，兩方並無交集點，自是公說公有理，婆說婆有理。而應是以人權是否有限制，如何定位人性，還有宗教的支持與不支持，是否可突破性別限制或自然界其他

---

[14] 參見本套書《精進書寫能力1——遣詞用句掌握文氣篇》第三講第五節「肯定或否定：是全稱還是特稱」。

物種是否也有相同狀況等，在同一論點上進行正反論辯。現實生活中，經常可以發現這種不對等的論辯，論辯到最後終究無解。

該如何對等說明或議論，以下舉陳健民〈從死刑執行方式論死刑存廢〉一文爲例：

生命刑爲刑罰方式中最重者，故又稱爲極刑。死刑乃是基於「以牙還牙、以眼還眼」的報復主義思想，故殺人者死。然而，由於保障人權、人道主義思想的發達，死刑是否應予廢除，成爲爭論焦點。以下僅簡述主張死刑存、廢的理由：

一、死刑廢止説

主張死刑應予廢止者認爲，至少有下列五大理由：

（一）就人道主義言：

國家一方面以法律禁止殘酷的殺人行爲，另一方面卻訂定法律自行殺人，不僅互相矛盾，更助長殘忍之風，有違人道主義之精神。

（二）就刑事政策言：

犯罪行爲，依近代的觀念，是社會各種環境所造成，非僅爲行爲人個人的原因，如此剝奪犯罪行爲人之生命，並不公平。尤其死刑剝奪了犯罪人悔罪向善的權利，不符犯罪人再社會化的刑事政策。

（三）自司法實務言：

法院的審判係屬人爲，難期完美。舉凡司法人員的求功心切、證人的虛僞陳述、行爲人的不實自白，均可能造成誤判。一旦誤判，死刑執行後，將無法回復。這是支持廢除死刑的最有力理由。

（四）自威嚇效果言：

一般認爲，人莫不畏死，故死刑具有甚高的威嚇效果。但是根據刑罰學的實證研究，例如1989年聯合國的死

刑問題研究報告，均無法證明死刑較無期徒刑具有更高的
威嚇效果。

（五）就被害人立場言：

對於犯罪人科處死刑，固可滿足報復或補償心理，但
除此之外，對於被害人並無實益。若能責令被害人勞作收
益填補損害，不僅較為合宜，對於被害者家屬而言，亦有
避免其生活陷入困境之功能。

二、死刑存在說

主張死刑應繼續存在者，有五大理由：

（一）就人道主義言：

犯罪人罪大惡極，若不判處死刑，可能有再度危害社
會之虞。此外，只重視對於犯罪人是否人道，而忽視對於
被害人是否人道，實屬有偏。另外，採行適當的執行手
段，已屬合乎人道主義之精神。

（二）就刑事政策言：

刑罰之目的固在要求犯罪人悔改向善，但若毫無矯正
可能者，為兼顧社會教育及預防犯罪之功能，仍應處以死
刑。

（三）自司法實務言：

法院之判決雖難免有錯誤，但目前司法程序極為慎
重，尤其對於死刑案件，往往再三審理，實已盡最大之可
能。

（四）自威嚇效果言：

就社會實際面而言，不能否認死刑仍具有威嚇效果。
尤其行為人在犯罪之際，對於是否判處死刑，並非全未考
量。完全否定其功能，並不妥適。

（五）就被害人立場言：

對於罪大惡極的犯罪人，為實現正義，必須處以死

刑，始能平息及滿足被害人或其遺族的心理。

　　死刑的確有誤判可能、的確野蠻，廢除死刑也的確是世界潮流。世界上有很多國家已經廢除了死刑，但也有很多國家廢除死刑後又恢復死刑的，甚至美國聯邦政府最近才判決奧克拉荷馬市爆炸案的主嫌死刑，打破其自一九六三年來沒有處死任何一名人犯的記錄。由此可見廢除死刑之難。因此，無論死刑存廢之理由如何，是否完全廢止死刑，其實最重要的是民眾看待死刑及刑罰制度的態度。⑮

死刑該存還是該廢，是國際社會常討論的議題。上文從該廢、不該廢，再分別從「人道主義」、「刑事政策」、「司法實務」、「威嚇效果」、「被害人立場」等五個理由的正反面詳加論述，讓讀者在資訊對等的情況下，能客觀的從兩個面向思考問題。

四、段落寫作範例

　　以下分別從單軌題、雙軌題、多軌題舉例說明論辯型的段落寫作範例。

（一）單軌題

▶▶例證1

　　科技發達造成知識、文化交換、取得管道更多元且容易，進入「全球化」時代，當今的新秩序已摒棄二元分立，多樣性取代傳統單一思想，多元化的轉變嚴重衝擊傳統社會。文化交流建立許多有別於以往、顛覆傳統的新概念、思想，和舊有、傳統觀念產生分歧、隔閡，在知識爆

---

⑮ 陳健民：〈從死刑執行方式論死刑存廢〉，「財團法人國家政策研究基金會」網頁，https://www.npf.org.tw/2/621，2007年1月。引用日期：2020年8月1日。

炸、社會多元的時代，要把握革新的知識與價值觀才能具備軟實力。

　　社會多元化固能激發創意，但當弱勢的文化禁不起強勢文化的衝擊，便有可能被併吞而消失，而衍生「在地全球化」將地方特色發展融入「全球在地化」的概念之中。其中最鮮明的例子便是某世界知名速食連鎖店為考量各市場的不同文化，將商品或服務作適當調整。但這也讓原本在地的飲食文化受到衝擊，或者選擇轉型，或者強化在地特色，若仍固守原本經營模式，恐遭淘汰。〈多元社會下的省思〉

本題以全球化作為〈多元社會下的省思〉的核心論題。第一段落以新、舊社會的變化，強調新時代的社會是多元取代了二元，多樣取代了單一，並申明傳統必然需革新，方能與時代接軌。第二段落以連鎖速食店的轉變為例，分別從正面、反面提出全球在地化之後，對傳統產業的衝擊，且必須透過轉變以因應時代變化，方能延續傳統、在地文化的生命。

▶ 例證2

　　進入全球化時代，網路成為超越國界的溝通方法。

　　若過分耽溺於網路，使網路成為生活中的「必要」元素時，易使人抽離於現實生活，嚴重者可能導致家庭不睦。

　　一旦斷絕網路，則易被蒙蔽雙眼，落入無形的象牙塔裡。如：目前仍有極少數貧困國家或因政治，或因經濟因素而缺乏、無法普及網路，使人民難與外界交流，如此一來，也阻絕了接受新知、改革，與世界接軌的機會。

　　若能善加運用網路，除了能將天下資訊掌握在手

中，亦能透過網路爲弱勢發聲，甚而能改善弱勢者的困境。讓自己眞正成爲地球村的一分子。〈網路與生活〉

本題〈網路與生活〉似是雙軌題，但兩個子題並非對等子題，其旨實是「網路對於生活的影響」。而本題同樣以全球化議題爲前提，從過猶不及兩個面向，說明過於耽溺網路、斷絕網路，對生活造成的負面影響；最後，再以能善加使用網路所造成的正面影響作結。

（二）雙軌題

> 例證1

　　權變不離原則，原則也離不開權變。任何事情皆有經權兩面，若過於守住原則，易膠柱鼓瑟而不知變通，與人相處時，則易因固守「原則」而不顧人情。雖然人應該有一些原則與道德底線，但過度強調時，就會流於苛刻薄涼，古云：「水至清則無魚，人至察則無徒」，便是如此。相反的，若過於權變而忘卻對原則的堅持，則有可能人云亦云，到最終失去道德原則而自釀禍端。誠然，掌握權變方能打破既有規則，以符合世用；但原則不能忘，二者必須兼顧，才能通達於人情、事理。〈原則與權變〉

〈原則與權變〉爲一正一反的兩個子題，因此，原則的反面就是權變，而權變的反面就是原則。這種一正一反的雙軌題只有在談道德原則時，才會是對立的，又好比說：「論善惡」、「論公私」皆然；一旦落實在生活中，很難說只有原則而無權變，或只有權變而無原則；更不可能獨有善、公，而全然無惡、私。

　　故本題以「經權」解釋〈原則與權變〉，強調二者缺一不可，寫作者以「過猶不及」闡述過於固守原則，或過於權變的負面結果，而非以「沒有」原則、「沒有」權變之對立角度說明。最後再回歸正面，提出必須兼顧二者，方能通情達理。

一旦公權力凌駕人權，則成為專制，使人權難以獲得公平對待與保障，如：美國曾有種族隔離政策，不僅引發蒙哥馬利罷乘運動，更嚴重激起美國黑人、白人間的種族仇恨。相反的，若人權超越了公權力，則易形成民粹，易模糊了民主、自由的分界，進而挑戰、漠視公權力作為維持社會秩序的目的。

因此，公權力與人權既是相互輔成，也需要相互制衡與監督。若有不合理之處，必須立刻調整或修正，不能等到天秤兩端不斷上下擺盪，無法均平時，才想解決問題，否則，要不公權力專制難服民心；要不民粹操控民心，不服公權力，終將導致社會紛亂。〈論公權力與人權〉

〈論公權力與人權〉為兩正或兩中立的子題，而無負面意義，此類型雙軌題的反面在於若兩子題不能平衡，會產生哪些不良的結果。上文分別從若公權力凌駕人權，還有人權超越了公權力等兩個角度分述，說明若不能平衡將會造成的後果。之後返回正面，提醒二者既要相輔成，也要相互制衡與監督，方能使社會祥和。

例證3

「不能」係因缺乏相當能力而有所作為，人的能力有限，需正視此一現實，心有餘卻力不足，勉強而至，最終恐心神耗盡，如：現代人多庸庸碌碌於工作，以期能獲得更好的生活環境，但卻賠上身體健康，亦得不償失，這是不能卻強為之後果。相對的，「不為」則是有能力去作，但卻不願意去作，過於隨心所欲，視「不為」為淡泊名利，而不願付出應盡的社會責任，這究竟是澹泊明志？還是消極應世？往往僅是一線之隔。故「不能強為」是魯

莽，「能爲不爲」是消極，過猶不及皆非良善，唯有「能爲盡力爲之」，「爲之先量其能」方能從容應世。〈不能與不爲〉

最後，〈不能與不爲〉爲兩負的子題，其概念與兩正子題是相同，也就是當其中一個轉正，一個仍爲負時，會產生哪些不良後果，最終必然達成兩正，方能得到好的結果。故以本題來看，若「不能卻強爲之」，或「能爲卻不爲」，這都有問題，唯有「能爲盡力爲之」，「爲之先量其能」使二者關係平衡，方能解決問題。

(三) 多軌題

> 例證

　　諸葛亮（181-234）〈戒子書〉中云：「靜以修身，儉以養德。」孟子亦曰：「養心莫善於寡欲。其爲人也寡欲，雖有不存焉者寡矣！」故修身養性之根本在於克制欲望，勤儉自得。一如「藍海策略」爲商業維持競爭力的手段，其核心在於保持創新，透過新思維跳脫固有框架，創造出延綿不絕的深沉藍海。故唯有以勤儉爲根，釐清眞正需求，輔以創新想法，發展出各項方針，方能使民強而國富。反之，若上位者不知勤儉，對民眾亂開政治支票，不懂得開源節流，不能爲民眾累積民生資本，如此必難順服民心，欲談國富、民強，無異是異想天開，癡人說夢。〈勤儉、國富、民強〉

本題〈勤儉、國富、民強〉，以「勤儉」爲其他兩子題的核心，屬於核心母題型的多軌題，此題的反面就在若缺乏母題，會造成哪些不良結果。回顧本題，寫作者先採正面議論、舉例，說明國富、民強的核心在於勤儉。之後轉向反面，當抽離掉勤儉，使得民心動盪，也就更不可能談國富、民強了。

● 第三節　三W型結構

一、基本概念

　　「三W型」結構依序由「是什麼」（what）、「爲什麼」（why）、「如何作」（how）組成。其中的「是什麼」、「爲什麼」與論辯型相同，新增加的「如何作」則是提出具體解決問題的作法。此結構模式也是基本的思考邏輯順序，生活中面對的問題，莫不是根據「三W型結構」所組成，好比說：朋友之間因細故吵架，屬於「是什麼」；爲什麼會吵架，理由爲何？屬於「爲什麼」；接著是要挽回友誼，還是各走各路？要如何解決問題，這便是「如何作」。

　　因此，三W型結構對我們而言，並不陌生，每天遇到的問題、思考成因，再到找出解決辦法，都是三W型的展現，不僅限於議論文寫作。

二、基本結構

　　三W型的基本結構如下：

　　　　第一段次：開頭，定義、解釋論題。（what）
　　　　第二段次：爲何如此定義、解釋的理由或目的，即此論題
　　　　　　　　　的重要性。（why）
　　　　第三段次：提供解決，或改善，或平衡，或實踐，或落
　　　　　　　　　實……論題的方法，或步驟，或進程，或次
　　　　　　　　　序，或原則，或條件……。（how）
　　　　第四段次：結尾，結束全文。（ending）

據於以上段次，有以下幾點值得注意。

　　（一）三W型爲論辯型的延伸。對比論辯型結構，三W型結構主要多了第三段次的如何作（how），因此，第二段次可比照論辯型的寫作，以正面、反面的議論、例證等，說明論題的重要性。

　　（二）爲什麼（why）的思考概念。首先，這是針對「是什麼」

（what）追本溯源寫作者針對這個問題，思考問題的成因，也就是從是什麼的「已然」，追溯背後的「所以然」。而從「為什麼」的思考、寫作過程中，可觀察到寫作者的「立場」，再從這個「立場」帶出寫作者為何會如此定義、解釋的理由，或是討論此論題的目的，亦即討論這個論題的重要性。其次，此處的為什麼（why）也正是「論辯型」結構中的「正、反」的思考模式。

（三）如何作（how）非定於一尊。「如何作」非固定的一種方法，需配合不同的內容作調整，如上所言，可以是解決，或改善，或平衡，或實踐，或落實……等不同的動作詞，再配合方法，或步驟，或進程，或次序，或原則，或條件……等目的而成，譬如說：「平衡經濟發展與環境保護的進程」與「平衡經濟發展與環境保護的方法」；又譬如：「落實適性教育的步驟」與「改善適性教育的方法」，都不一樣，故不能視「如何作」只有單一作法。

（四）採行分點說明、論述的寫作方法。功利性的寫作，即非文學寫作特別強調寫作目的性、功能性，使讀者以最便捷的方式得到完整的資訊、知識。因此，可透過分點的方式說明、論述，從中還可檢視寫作者思維深淺、邏輯是否通順，故點與點之間應有一並列或層遞的序列。

（五）顛倒為何（why）、如何（how），意義大不同。第二、三段次的why、how是否可以顛倒？有時會發現某些文章從「是什麼」直接跳接到「如何作」，然後又返回「為什麼」的結構模式，理由為何？

首先，從「是什麼」跳接到「如何作」不代表原本的「為什麼」不存在，而是寫作者將其隱藏起來。任何寫作都會有寫作的動機、原因或目的，有些時候寫作動機會被涵蓋在論題（what）之中，或是眾所周知寫作動機而無需贅述時，寫作者就會隱藏「為什麼」，直接跳到「如何作」的層次。譬如：「論是否應廢除死刑」，由於論題明確，且社會已有很多相關背景的討論，因此，寫作者可能就會合併解釋論題（what）、論題的重要性（why），或直接以解釋論題取

代說明論題的重要性，然後直接跳到如何作的層次。

其次，「爲什麼」的位置不同，解讀對象也不同。按照邏輯順序，被解釋對象在先，解釋在後，如果將「爲什麼」放在「如何作」之後，其目的是解釋「爲什麼要如此實踐的理由」，被解釋對象是「如何作（how）」，而非「論題（what）」。可藉由下表說明：

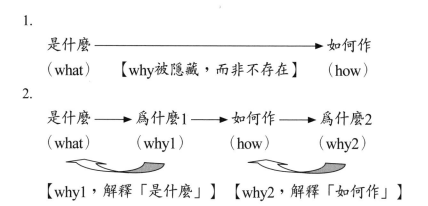

1.

是什麼 ——————————————→ 如何作
（what） 【why被隱藏，而非不存在】 （how）

2.

是什麼 ——→ 爲什麼1 ——→ 如何作 ——→ 爲什麼2
（what） （why1） （how） （why2）

【why1，解釋「是什麼」】 【why2，解釋「如何作」】

三、段落寫作範例

以下舉例說明「三W型寫作」關於第三段次「如何作」的段落寫作方法。

▶ 例證1

如何在選擇與放棄間作出最適當的抉擇，有以下三點。

一、歷史遺訓，殷鑑在前：綜觀歷史發展，必有與日常生活雷同的事件。前人之事，後人之師，前人如何在選擇與放棄中作出抉擇，必有其理，亦可作爲我們這一代面對相同問題選擇與放棄的考量。故參考歷史遺訓，以前人抉擇失敗之例爲前車之鑑，並理解其何以成功之道，以汲取經驗。

二、風險管理，選擇負責：在作出選擇之前，應先評估自身能力，預先規劃控管可能選擇失敗之風險，並勇於承擔負責自己所做的決定。

三、權情酌理，守正修仁：在選擇之時，個人內心應以「守正修仁」為行為準則；在處事方面應以「權情酌理」為主要判斷依據，權衡情勢，得以通權，因時地以制宜，以期做出不逾道德標準之抉擇。

易言之，在選擇與放棄某事物前，先行參考他人之經驗，而後遵行上述三點，方能作出最佳且合時宜之抉擇。
〈選擇與放棄〉

上例對於所面對的人事現象該如何選擇或是放棄，提出三點方法，並在最後用一個小結，總結上述三點方法。除了條理分明，特點是各點的小標題以兩兩對句、各點排比的修辭呈現，這種形式設計可使語言精練，富有節奏美感，且容易記憶背誦。唯各點之間如何排序？為何「歷史遺訓，殷鑑在前」在前，其餘在後，小結未能清楚點出序列，展現寫作者的思維脈絡，稍嫌美中不足。

例證2

如何透過見微知著，掌握機先，有賴以下五點：一、通盤觀察。生活周遭有許多知識道理等著人去挖掘探索，如一顆蘋果砸出了牛頓（1642-1727）的萬有引力定律，即是此理。二、持續勤學。豐富的學識是一切行動最有力的資源，也是永不退縮的武器。三、冷靜分析。龐大的資訊必須分門別類，才能在最適當的時機加以利用，也才能瞄準機會出擊。四、付諸行動。明代劉基（1311-1375）曾云：「物有甘苦，嘗之者識；道有夷險，履之者知。」任何知識與機會，若不經由行動使之付諸實現，

一切只是空談。五、虛心自省。虛心才能接納他人良好意見，自省方知己身有無需改進之處，一如愛因斯坦（1879-1955）也指出，一個人在移動世界前，需先移動自己的位置。

　　因此，必先由觀察開始，然後透過勤學彙整所知，再分析其中道理，等時機成熟時付諸行動，最後，再虛心自省過程中是否有需改進之處，以等待下次機會的來臨，以能「見微知著，掌握機先」。〈見微知著，掌握機先〉

對於如何達到「見微知著，掌握機先」的方法，寫作者提出五個步驟，從觀察、勤學、分析、踐行、反省等，一氣呵成。最後以一個小結，說明爲何如此排序的理由，使前後能一貫，藉以顯見寫作者縝密的邏輯思維。

四、三W型結構在閱讀方法的應用

　　三W型結構還可以作爲檢視議論文、其他非文學性質文章的閱讀與鑑別。首先，從題目與內文的相應與否，找到「what」，也就是文章的主旨。第二，寫作此文的理由（why），即寫作者想凸顯哪些問題，期待透過文章得到哪些目的或共鳴。第三，如何解決問題（how）。如下表所列：

（一）是什麼（what）：表達寫作者的寫作目的與期待。
（二）爲什麼（why）：透過「關鍵字句、段落」，確認寫作者立場、問題意識、寫作理由等，理解其想提出、凸顯、解決哪些問題。
（三）如何作：提出的各種解決問題的或步驟，或進程，或次序，或原則，或條件……是否具體可行？能否呼應「是什麼」、「爲什麼」，並符合讀者的期待。

依據上述，（一）是什麼。可直接從「題目」檢視寫作者的寫作目的。同時，可根據題目、內文之對應，確認題目是否能真正涵蓋所有內容，內容有否偏題、離題，或內容超越題目設定的「小題大作」，或題目設定過大無法涵蓋內容的「大題小作」。

（二）為什麼。任何寫作都有目的，但寫作者會因題目已經涵蓋，或論題已為眾人所周知而將「為什麼」省略，或併入「是什麼」之中，但不表示「為什麼」不存在，而讀者必須從「是什麼」中去找到「為什麼」。又如果寫作者的立場與讀者立場不同，讀者亦可從個人立場提出反駁或辨證。

（三）如何作。不是所有文章都必需要解決問題，有些寫作者單純只想提出問題，故「如何作」是充要性而非必要性存在，因此，不能要求每篇文章都有「如何作」。從讀者立場來看，除了能從文章獲得或吸取解決問題方法、收穫，亦能檢視、批判寫作者是否能有效解決問題，或實踐方法流於空泛。

據於上述閱讀原則，至少可達成四項學習目標：一、可檢視掌握文旨、重點的能力。二、學習基本的分析、評析文章的技巧。三、檢視「讀者」之於「作者」的期待是否相符或有落差。四、培養獨立思考，勇於提出質疑與反省，明白「盡信書不如無書」的道理。

若是一本書的檢視，由於書的資訊、知識量過大，「三W閱讀方法」可適用於檢視各章節內容，也可簡易摘要全書主旨，但不適合將一本書視為只有一個「三W」，這樣會錯失很多精彩的內容。⑯

以下節錄蕭富源〈蔣勳：忘不掉、捨不得，是幸福的開始〉為例，找出文章的重點，節錄原文如下：

　　生命裡忘不掉、捨不得，都是幸福的開始，不是一直

---

⑯ 有關如何簡易閱讀一本書的方法，可參見李智平：〈「專業閱讀」教學策略與方法之建構——以臺灣警察專科學校國文課程為例〉，《警察通識叢刊》第9期，頁62-76。

要有新的東西，然後把舊的丟掉，這樣不會有記憶。幸福，就是從這些事情慢慢建立的。……

禪宗裡面常常有個小沙彌，一直問師父，「什麼是佛法大義？」就像我們現在一直在問，「什麼是幸福？」老和尚回他，「你今天吃飯了沒有？吃了，就去洗碗啊。」

這是禪宗。其實是告訴你，把此時此刻該做的事情做好，就是幸福。點點滴滴的生活裡，最平凡的細節加起來，才是幸福。……

幸福不是分數或排名的問題，而是怎麼回到「敬」這個字，讓我們尊重所有的物跟人。

人類數千年文明中，從沒有像現在這樣濫用物質。

我看到上一代對物質都很珍惜。我們家六個小孩，衣服都是媽媽親手做的。衣服大哥穿過換我穿，再換弟弟穿，破了就做抹布。釦子都會剪下來，我媽媽就放在一個瓶子裡面，因爲她認爲什麼東西都不能丟掉。我覺得這裡面眞的有幸福感。……

我常跟人說，母親走了七年，但她氣味還在，別人很難理解。但我覺得，因爲你曾經有過那麼深的身體記憶，你不會忘記。我覺得那就是幸福感。

我經常講美，美就是把這些記憶找回來。我住在淡水河邊，可以感覺到河的氣味，招潮蟹、蛤蜊的氣味，空氣裡帶著鹹和腥。把這些味道找回來，是很快樂的，才不會對一個地方感覺陌生和荒涼。……

生命裡忘不掉、捨不得，都是幸福的開始，不是一直要有新的東西，然後把舊的丟掉，這樣不會有記憶。幸福，就是從這些事情慢慢建立的。

在這世上，如果有一個人是你關心的，那你就爲他做一點事，給他一點溫暖。當他憂傷時，讓他靠著你的肩

膀，這絕對是最重要的幸福感來源。⑰

簡明扼要分析如下：

（一）是什麼（what）：忘不掉、捨不掉，都是幸福的開
　　　始，幸福是從記憶中建立出來的。
（二）為什麼（why）：人多炫於眼前所見，或被物質文
　　　明所誘，忽略了幸福就在眼前，就在平凡的生活
　　　細節裡。
（三）如何作（how）：1.要「敬」，尊重所有的物跟
　　　人。2.找回生活中的美，美就是找回記憶。從中找
　　　回幸福感。

這是一篇混合敘事、抒情、議論的雜文體文章，其中的小故事、舉
例，都是用來佐證「是什麼」、「為什麼」。讀者還可繼續檢視這些
故事、舉例是否真能回應主題，理性提出說明或批評，或感性回應從
文章中所得到的收穫與對現實人生的反省。如此一來，既完成了一篇
文章的分析，也能寫出一篇情理兼備的心得、感想。

第四節　總提分論型結構

一、基本概念

　　「總提分論型」結構常因不同的文體，而有不同名稱，如為說明
文，可稱為「總提分說」；如為記敘文，可稱為「總提分敘」；或可
統稱為「總──分型」、「總──分──總（結尾）型」結構。

---

⑰ 蕭富源：〈蔣勳：忘不掉、捨不得，是幸福的開始〉，「天下雜誌網頁」，
https://www.cw.com.tw/article/5039545，2012年7月3日，引用日期：2020
年8月4日。

以論說文來說，「總提分論」的基本概念是第一段次先定義論題與論述範圍，而後每一段次再用不同的角度闡釋論題。優點是形式井井有條，角度多元，也很易於操作；但如果篇幅有限，則可能因角度過於多元，而難從某一個角度作深入討論，只能簡單說明或議論。

二、基本結構

「總提分論」與三W型的「分點說明」是不同概念。三W型的「分點說明」是同一個概念下，提出解決問題的方法；但總提分論中的「分論」是透過多個角度、新的方向解釋同一個論題。而總提分論之下，亦可進一步使用「分點說明」，對比二者基本結構，圖示如下：

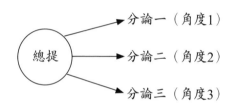

【總提分論結構圖】

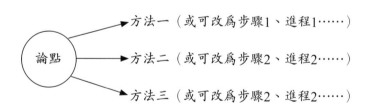

【三W型分點說明圖】

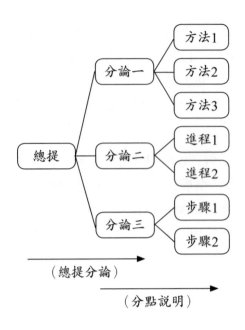

（總提分論）

（分點說明）

【「總提分論」加「分點說明」圖】

從第三張圖可清楚對比「總提分論」與「分點說明」的不同。從分論的論點再進行細部分析，無論是方法、進程、步驟，這就是「分點說明」。總提分論更適用在篇幅較大的文章，透過如：篇、章、節、點為單位，層層分論、依序分點，清楚說明、議論複雜的論題。

三、段落寫作範例

　　以下舉例說明「總提分論」的段落寫作。

▶▶ 例證1

　　　我此文所謂學問之階段，要活看不要死看，人一生學問當如此，對任一學問亦當如此。學問的第一階段，是相信他人的話，此他人，或是父母，或是朋友，或是師長，或是所佩服的今人古人，或是公認的聖賢，而依他的話去思想。……

　　　學問的第二階段是疑。人因願信，欲求有所信，而聽

人之話或讀古今人之書。然我們對持論相反之各種話與各種書，不能皆信。而人之話與書中之思想，亦可與自己之經驗及思想相異或相矛盾，而不能不疑。……

學問的第三階段是開悟。開悟是任何學問歷程中都有的。疑是山窮水盡疑無路，開是柳暗花明又一村。疑是菰蒲深處疑無地，開是忽有人家笑語聲。……

學問的第四階段，是由一點一滴的心得，連繫成線，成蛛網，成面，成體。……

學問之第五階段是知言。……知言是知真者之所以真之各方面之理由，而又知錯者之所以錯，與如何使錯者反於真，由此而後人能教人，能答人之疑問，能隨機說法與自由講學。

故人之學問，到了想當教育家的階段，人將重新再感到他自己之無知。……這亦就是孔子之所以說他自己之無知，蘇格拉底之所以說他自己之無知。牧羊人此時自己亦化為一個羊。聖人最後亦與初學步的小孩一樣，而只有一樸實的信心。即相信大家翻過崎嶇的小路，終會走上的羅馬大路。這亦就是學問之最後的第六階段。（唐君毅：〈說學問之階段〉）[18]

上例出自現代新儒家唐君毅〈說學問之階段〉一文。唐先生先總提學問是有分階段性的，而後每一段都分論一個階段，一共六個階段，依序是「第一階段是相信他人的話」、「第二階段是懂得懷疑」、「第三階段是開悟」、「第四階段是使學問從點到線，再到全面認知」、「第五階段則是知言，能傳遞、回應所學」、「第六階段則是回到無知」，層層遞進，然後又進入新的反復循環。

---

[18] 唐君毅：〈說學問之階段〉，《青年與學問》（臺北：三民書局，1992年6月），頁27-33。

……在未來人生中，我打算擁有這三本存摺：時間、事業、健康。

　　首先，時間的存摺，看似不太重要，卻深深影響我們。時間並非取之不盡，用之不竭，如何在有限時間內發揮最大效率，作每件事都要按步就班，在適合的時機點進入人生不同階段，而人生也沒有重來的機會，這是時間對所有人最公平的。

　　再者，事業的存摺，為人生必經歷程，俗言：「天生我材必有用」，唯有努力不懈才能創造人生事業的巔峰。過程中的磨練更讓我們學會待人處世的道理。

　　最後，健康的存摺是人生最不可或缺的。愛默生（1803-1882）曾說：「健康是人生的第一財富」，沒有健康，任何夢想都將遙不可及。

　　所以，得在有限的「時間」裡，以事業為「價值」，以健康為「意義」，如此方能活人生的興味，而這就是我對人生存摺的體悟。〈人生的存摺〉

上題〈人生的存摺〉，寫作者一開始就指出人生要有三個存摺——時間、事業、健康。接著，開始分述這三個存摺對於人生的重要性是什麼，最後再將三個存摺略彙整後作一小結。

第五節　其他結構的思考面向

　　議論文寫作一定都要寫出「反面」嗎？「反」除了是正面之否定，還有「類推」之意，如：《論語・述而》的「舉一隅不以三隅反，則不復也。」這裡的反，便有類推之意。因此，議論文可以用正論為端點，作不同角度的類推，形成各種多元的結構。

　　對此，熊琬根據措詞與修辭（句法與字法）、謀篇（篇法），

推衍出三十多層的運思筆法，他提到：「……無論篇、章、句、字，均屬一種『思維模式』。其運用於為文之立意、篇法、章法、句法與字法中；自形式技巧，以至於內容結構，靡不可一一貫而通之，使之層次井然，脈絡分明。」[19]其中適用於謀篇者一共十四層，足見除了正面、反面，還有許多可類推的方向。[20]茲設計一「地震後的救災行動」為例：

序號	謀篇運思筆法	定義	範例
1	正面	正面乃就事理之肯定面立言。	政府積極介入救災行動。
2	反面	反面乃從事理之否定面立言。	政府救災行動緩慢，至今未能掌控全局。
3	旁面	不從正面直寫，借旁襯以託顯正面。	人民皆發揮人溺己溺的精神，支持並協助政府的救災行動。
4	對面	從對方及我方是「對面」寫法。	各國在第一時間派遣救難隊員協助該國救災。
5	對照	對照是從彼我雙方兩相對照而夾寫之。	政府救災行動緩慢，不及民間與各國援救的速度。
6、7	前一層與後一層	凡某事件未發生之前，曰「前一層」；既發生之後曰「後一層」。	地震發生前，民眾有良好的地震教育；地震發生後，才能降低傷亡數字。

---

[19] 熊琬：《文章結構學——文章運思結構之藝術》（臺北：五南出版社，1998年3月），頁2-3。

[20] 熊琬：《文章結構學——文章運思結構之藝術》，頁35-42。

序號	謀篇運思筆法	定義	範例
8、9	高一層與低一層	舉凡境界才學等較高者，屬「高一層」；而較低者，屬「低一層。」	民眾有良好的地震教育，故能減輕災害；若在其他國家，恐受災情況恐更嚴重，定將延緩救災進度。
10	一層高一層	即一層高過一層。	救災行動不僅提供生者基本生存所需，還要幫助他們重建家園，更要進行長期的心理輔導。
11、12	深一層與淺一層	淺一層者就事之形式與外表而言之；深一層者，乃就事之實質或內涵而言之。	援助救災增進了國與國間的外交情誼，更是發揮「人飢己飢，人溺己溺」之人道精神的展現。
13	譬喻（設譬）	凡直說不易為人所理解時，則巧譬善喻以說明之。	當一隻蝴蝶鼓動著翅膀，很可能全世界都會受到這股風動的影響。同樣的，一場天災一場地震，看是小事，但背後牽連到環境生態的改變，乃至於從天災變成人禍，人力的傷亡與損失，再到社會成本的付出，又豈是一件小事而已。
14	翻案	推翻前論者。	政府從未介入救災行動。

上述表格可清楚得知，理解一件事情可擁有這麼多的觀察角度，這些觀察角度亦可融入議論寫作的結構之中，周延對於某論題、議題的討論，誠如蘇軾〈題西林壁〉所言：「橫看成嶺側成峰，遠近高低各不同」是也。除了寫作，生活中如能善加利用這些運思模式，無論與人

溝通、待人處世也會更加圓融。

◾ 第六節　駁論寫作概念

一、基本概念

相較「立論」是寫作者自行立說，提供其他人檢驗自己的論點；「駁論」是已經確立反駁對象，並指出對方的錯誤進行反駁。

中國古代的「辨體」就是屬於駁論性質的文體，「辨」通「辯」，大抵唐代以前多用「辨」，唐代以後多用「辯」。早在上古時期，孟子答公孫丑自己是否好辯時，已開辨體端續，但辨體真正成為獨立的體裁，則要等唐代以後，如韓愈〈諱辨〉、柳宗元（773-819）的〈桐葉封弟辨〉皆是。[21]

反駁內容不外是對方的「論點」、「論證」、「論據」。首先，批駁「論點」有誤。論點作為議論核心，如果批駁對方「中心論點」有誤，則連帶其論證、論據都會有問題；若是「分論點」有誤，當分論點作論據使用時，則錯誤的分論點將無法證明中心論點的真偽。

其次，批駁「論證」有誤。有可能論點正確，但論證過程、方法不夠精確，或邏輯不通，或偷換概念，或轉換論題而導致論證有誤，則其論據亦有瑕疵，最終亦難證明論點。

最後，批駁「論據」有誤，會發生兩種情況：一種是論點、論證方法都沒有問題，但使用效力不足的「論據」，則無法清楚證明論點。一種是「論據」本身有誤，譬如：使用錯誤數據、錯引資料、捏造偽證等，儘管論證方法、過程可受檢驗，但錯誤的論據會導致論點無法成立。

---

[21] 明·吳訥（1372-1457）、徐師曾（1517-1580）：《文章辨體序說·文章明辨序說》（臺北：長安出版社，1978年10月），頁44、133。陳必祥：《古代散文文體概論》（臺北：文史哲出版社，1995年10月），頁121。

二、站穩立場

（一）確認自己的論點，站穩批判的立場。寫駁論目的是表達自己的論點，不能只知批判對方卻缺乏自己的立場。缺乏論點，或佐證資料不足，或議論方法不清時，很難形成強而有力的批判，只能流於情感式的批評，容易讓對手找到弱點進行反擊。

（二）理解對方的立場，了解其錯誤理由。既然是批駁他人論點，除確認自己論點，更要理解對方立場，為何會形成錯誤的理由，作為批判的基礎。如夏丏尊、葉聖陶說：

> 寫駁論的目的，在乎使反對者折服，放棄他原來的主張轉而信從我的主張，至少要獲得許多旁觀者的贊許，使反對者不敢再固執原來的主張。這並不是容易的事，我們在寫駁論之前，應就對方的立論好好研究，發現他的弱點和錯誤所在，加以攻擊，一方面須蒐集材料和證據，用種種方法來鞏固自己的議論的陣線，那情形差不多等於下棋和作戰，沒有簡單的方法可指示的。[22]

此外，有些時候對方的「弱點」、「錯誤」可能是知識不足，或資源不對等，或分析不夠完整等各種理由形成的「偏頗」，故批判之餘，還要理解、同情對方的立場，方能達到以理而非以氣折服對方的目的。

（三）就事論事、實事求是，勿意氣用事。關於此點，夏丏尊、葉聖陶道：

> 我們發動議論的動機，也許出於感情的驅迫，但議論本身徹頭徹尾是立足在理智上的，絲毫不能憑藉個人的感情。

---

[22] 夏丏尊、葉聖陶：《文心》（臺北：如果出版社，2011年3月），頁200-201。

尤其是寫作駁論的時候該顧到這一層。[23]

　　議論動機未必只爲了「眞理」或「道理」，有時也是個人意氣所致。但既然是論辯事理，就儘量降低個人情感，特別是各種主觀性的語詞，與具有修飾功能，如：副詞、形容詞、動態動詞、感嘆詞或語氣詞等。當過度這些語詞，本是理性的議論、駁論很容易被視爲是感情用事，不得不注意。[24]

　　（四）直指批判核心，善用各種議論結構。駁論沒有既定結構，以上各節的基本結構都可作爲駁論的寫作方法，最主要是直接指出對方的問題，予以駁正，而非拐彎抹角，到最後不知所云。

　　以上簡單說明駁論的寫作概念，作駁論必須恪守自己與對方的立論是相對峙的立場，否則無疑是削弱了自己的駁論，也難達到反駁的目的。而否定他人時，也應留心自己究竟是全稱反對還是特稱反對，反對的立場與理由爲何，才能客觀表述。

　　最後，無論是立論還是駁論，杜克大學教授華特‧西諾－阿姆斯壯認爲論辯的目的不只是爲了吵架、取勝，而是從對手處得到「學習」、「尊重」、「謙遜」、「抽象化」（指不再停留在議題本身，而是會導引至更抽象的原則、觀點來思考問題）、「妥協」等五項收穫，易言之，沒有什麼絕對的是非對錯，而是能否從論辯中，找出自己的問題，並尊重他人的見解，當然，各退一步的妥協或許不完美，但確能創造更多價值，讓雙方都更好。[25]這些也都是待人處世很重要的原則。

---

[23] 夏丏尊、葉聖陶：《文心》，頁200。

[24] 是否該用「我認爲」、「修飾語」等問題，可參見本套書《精進書寫能力1── 遣詞用句掌握文氣篇》的第三講第一節「以具體示意取代『說』（say）」、第四節「以實證語詞取代修飾用的語詞」。

[25] 華特‧西諾－阿姆斯壯：《再思考：一堂近百萬人爭相學習的杜克大學論辯課，你將學會如何推理與舉證，避免認知謬誤》（臺北：麥田出版社，2019年3月），頁85-93。

本講重點回顧

* 「議題」、「論題」、「論點」、「命題」四個名詞意義相近，容易混淆。「議題」是彼此談話或討論時的問題或爭議，進而觸發對話的動機；「論題」是議論文要討論的題目、議題；「論點」則是寫作者針對「論題」所提出的觀點；「命題」則是指具有判斷性真假是非的句子。

* 證明論點的證據即為論據。論據可分成二種，包括：一是「事實論據」（包含意見證據）；二是「道理論據」，又稱為「理論論據」。

* 論證是連接從論點到論據之間的推論過程，因此，論證講究「方法」，若推論有誤，就無法證明論點，議論不能成立。而論證方法愈多元，愈能經得起考驗，論點可信度就愈高。

* 「論辯型結構」是最基本的議論文結構，也就是俗稱的「正、反、合」結構，以辨正問題的是非正誤，透過正、反意見的表述，彰顯論題的價值。

* 「三W型結構」依序由「是什麼」（what）、「為什麼」（why）、「如何作」（how）組成，此結構模式也是基本的思考邏輯順序，生活中面對的問題，莫不是根據「三W型結構」所組成。

* 「三W型結構」還可以作為檢視議論文、其他非文學性質文章的閱讀與鑑別。首先，從題目與內文的相應與否，找到「what」，也就是文章的主旨。第二，寫作此文的理由（why），即寫作者想凸顯哪些問題，期待透過文章得到哪些目的或共鳴。第三，如何解決問題（how）。從中至少可達成四項學習目標：一、可檢視掌握文旨、重點的能力。二、學習基本的分析、評析文章的技巧。三、檢視「讀者」之於「作者」的期待是否相符或有落差。四、培養獨立思考，勇於提出質疑與反省，明白「盡信書不如無書」的道理。

❖ 「總提分論型結構」的基本概念是第一段次先定義論題與論述範圍，而後每一段次再用「不同的角度」闡釋論題。優點是形式井井有條，角度多元，也很易於操作；但如果篇幅有限，則可能因角度過於多元，而難從某一個角度作深入討論，只能簡單說明或議論。

❖ 議論文寫作中的「反面」除了是正面之否定，還有「類推」之意，如：《論語・述而》的「舉一隅不以三隅反，則不復也。」這裡的反，便有類推之意。因此，議論文可以用正論為端點，作不同角度的類推，形成各種多元的結構。

❖ 相較「立論」是寫作者自行立說，提供其他人檢驗自己的論點；「駁論」是已經確立反駁對象，並指出對方的錯誤進行反駁，反駁內容不外是對方的「論點」、「論證」、「論據」出現的問題。

❖ 寫駁論需站穩立場，共有以下四個原則：一是確認自己的論點，站穩批判的立場。二是理解對方的立場，了解其錯誤理由。三是就事論事、實事求是，勿意氣用事。四是直指批判核心，善用各種議論結構。

。。。。

第十一講

如何進行有效論證與例證的類型、邏輯謬誤

教學目標

1. 學習基本的論證方法。
2. 理解論據證成論點的重要性。
3. 理解論說文例證的使用規範與限制。
4. 理解舉例的方法與如何舉例的原則。
5. 明白推理、論證過程中產生的謬誤。

摘要

　　接續上講議論文的篇章結構，本講著重說明論證方法、論據的種類。共分成四節，說明如下。

　　第一節，基本論證方法。介紹兩種最基本的論證方法，即演繹法、歸納法。

　　第二節，例證的類型與使用限制。介紹議論文經常使用的四種例證與限制，分別是歷史例、時事例、學理例、自身例（兼談論說文的變形「雜文體」）。還有議論文宜避忌的例證，有：尋常例、假設例、寓言例、宗教例等。

　　第三節，舉例方法與原則。當有例證之後，還要懂得如何使用例證，例證作為論據，目的是證成論點，而非敘述故事或言情，因此，尤需注意如何掌握舉例原則，避免枝節橫生。

　　第四節，常見的邏輯謬誤。人在表述、舉例時經常會陷入邏輯的矛盾、謬誤之中，本節將分成「訴諸感情的謬誤」、「轉移注意力的謬誤」、「操弄因果的謬誤」三大類，選出十二種易見易犯的謬誤作說明。

第一節　基本論證方法

　　議論文有很多種論證方式，以下介紹兩種最基本的論證方法：演繹法、歸納法。

一、演繹法

　　「演繹法」是由普遍原理推出特殊事實，也就是先提出一個涵蓋性較廣的命題，以涵蓋其他較小的命題，如言：

　　　　萬物皆會面臨死亡，【大前提】
　　　　人是萬物之一，【小前提】

故人也會死亡。【結論】

這是演繹法最基本的形式，也稱爲三段論式。基本概念是大前提爲真，結論爲大前提所限定，則必然爲真；如果前提爲真，但結論爲假，如上所示：「若萬物皆會死亡，但人卻不會死亡」，代表前提無法百分百的支持結論，即形成無效論證。

就形式來看，三段論式的排列組合可有不同的變化，而不拘於大前提到小前提，再到結論，故還可以產生以下五種變化類型：

（一）【大前提】→【結論】→【小前提】
　　　萬物皆會面臨死亡，故人也會死亡，因爲人是萬物之一。

（二）【小前提】→【大前提】→【結論】
　　　人是萬物之一，萬物皆會面臨死亡，所以人也會死亡。

（三）【小前提】→【結論】→【大前提】
　　　人既是萬物之一，人就會面臨死亡，而萬物也會死亡。

（四）【結論】→【大前提】→【小前提】
　　　人會死亡，是因爲萬物皆會死亡，而人是萬物之一。

（五）【結論】→【小前提】→【大前提】
　　　人會面臨死亡，而人又是萬物之一，萬物也應該會死亡。

除了完整的三段式，也可以省略其中一段式，如：

(六)【大前提】→【結論】
　　萬物皆會死亡，故人也會死亡。

(七)【小前提】→【結論】
　　人是萬物之一，所以人會死亡。

(八)【大前提】→【小前提】
　　萬物皆會面臨死亡，人也是萬物之一。

其中第八式語意上雖然不甚完整，但無礙於理解，故仍可通。當然，除了省略三段論式組合，也有複雜的情況，必須連用兩個以上三段論式才能得出結果者，稱爲連鎖法，即連鎖三段論，此從略。[①]

　　以上是理想上的演繹結果，一如前述，如果大前提爲妄的情況下，則會影響到論證的效力與品質，如以下例證：

　　所有貪吃高熱量食物的人都會有心血管疾病，【大前提】
　　他就是貪吃高熱量食物的人，【小前提】
　　所以他有心血管疾病。【結論】

由於大前提的預設不夠穩定，不是所有貪吃高熱量食物的人就會得到心血管疾病，以一虛妄的預設爲大前提，連帶結論就會有錯，成爲無效論證。其他還有很多無效論證的三段論式演繹法，此涉及到邏輯學的問題，此處不擬多談。

　　回歸議論文寫作，演繹法是最常被使用的論證方法，即先擬訂

---

① Irvung. M. Copi著、張身華譯：《邏輯概論》（臺北：幼獅文化，1998年10月），頁155-159。

出一個與結論相呼應的論點為大前提，透過各種論證方式證明大前提、結論是一致的。但寫作者會因大前提，即論點不夠完整，或論點本身有缺陷，而導致接下來的論證偏頗；亦可能因論證過程不夠嚴謹，推導不出與大前提一致的結論；或因論據效力不足，既無法論證大前提，也無法導出結論。這些都是寫作過程中宜再三檢視的，誠如S. F. Barker說：「一個有效的演繹論證是具有『決定性』的，此即是說，它的結論必『寓於』（contained in）它的前提中，因此它的結論不能含有超過前提之所陳述而對經驗世界（empirical world）有所臆測（conjecture），否則它即不能算是一個決定性論證，因而也就不是一個有效的演繹論證」[2]，正是如此。

二、歸納法

　　歸納法與演繹法相反，歸納法的法則是由特殊的事實推知到普遍的原理；也就是先普遍觀察各種現象，然後從中歸納出這些現象的共同點。如：

> 貓會死，狗會死，大象也會死，人也會死……【各例】
> 萬物最終皆會面臨死亡。【結論】

一個好的歸納法應具備四個條件：一是就「量」而論，舉列的現象各例愈多愈好；二是就「質」而論，各例間的差異愈大愈好；三是有明確因果關係；四是必要條件，即各例沒有一個會違背自己歸納的結果。

　　演繹與歸納的差異在於：演繹是「已知」，先有了一個確定的大前提、結論，然後找論據證明二者間的關係。但歸納則是未知，得從各例歸納出結論。但歸納法從未知推論到已知的過程中，未必真能

---

② 巴克著、石元健編譯：《邏輯引論》（臺北：臺灣商務印書館，1992年11
月），頁305。

推導出結論，或過度使用個人經驗為結論，導致推論效力不足，如：「依我過去的經驗來看，一個班級中有錢的家庭占多數。」但此經驗是否足以採信？是否能成為通則？因此，劉增福說：

> 作結論時，如果論證者使用像「可能」「大概」（probable），「未必」（improbable），「似真實的」（plausible），「不似真實的」（implausible），「有可能的」（likely），「不像是的」（unlikely），我們可拿這些指示詞當理由，把論證看做是歸納的。反之，如果論證者使用像「必然（必定）」（necessarily），「確然」（certainly），「絕對」（absolutely），或「確定」（definitely）等字眼，則可把論證看做演繹的。③

總言之，演繹法是大前提得必然導向結論，故其論證指示詞要有強而有力，要有絕對性。但歸納法從未知走向已知過程中，可能有我們沒見到的歧出，或是有其他的可能性，故其論證指示詞要保留其他可能性，避免武斷。

而歸結演繹法、歸納法的關係，蘭迪・歐爾森則說：

> 理想上，要做好科學研究，你該用假說演繹法而非歸納法。歸納法假設你觀察自然時像白紙一張——完全沒有偏見，腦子裡也沒有既定劇本，你就是收集資料，然後在事實中找尋有趣的模式。歸納法理論聽起來不錯，但幾乎沒人這樣做，因為沒有人想浪費時間和資源。④

---

③ 劉福增：《基本邏輯》（臺北：心理出版社，2003年5月），頁31-32。
④ 蘭迪・歐爾森著、朱怡康譯：《怎樣談科學：將「複雜」說清楚、講明白的溝通課》（臺北：遠足文化，2020年1月），頁128。

通常書寫議論文是對已知的社會現象進行議論，而不是漫無目的從各例中歸整出結論；同樣的，科學研究往往也是先觀察後，在某一個假說預設下提出一個大前提進行研究，而不是徒藉觀察、分析，便能導出結論。所以，一般開始論證時，多藉「演繹法」來論證，但面對長篇寫作或複雜的論證時，則會二者互用，如孫俍工說：「歸納法與演繹法恰恰是相反的。歸納法所得到的普遍的斷定，恰是演繹法的大前提；歸納法的結果，就是演繹法的開端。」⑤所以，知道論證方法即可，倒不必太拘泥當下究竟是用演繹法或歸納法，更重要的是「論據」能否支撐自己的論點⑥，因此，以下第二節到第四節便要介紹議論文常見的例證、舉例方法，以及常見的邏輯謬誤。

　　最後，作為基礎論證的演繹法、歸納法，當中又可細分出各種更細微的論證方法，有興趣者可自行參考相關書籍，此從略。

■ 第二節　例證的類型與使用限制

　　欲證明自己論點是否正確，除了懂得論證方法，還必須配合有效的例證才能真正說服他人，以下羅列四種常見的例證，還有議論文避忌出現的例證類型，提供參考。

一、歷史例證的使用與限制

　　以歷史為例，可見得寫作者的歷史文化素養；唯需注意若歷史認知有限，例證易流於通俗、平凡、武斷。尤其任何歷史事件都是由各種原因匯聚而成，不能僅以單一視角認為只有這個理由，而漠視其他的可能性，譬如：「因為吳三桂（1612-1678）引清兵入關，導致明朝滅亡。」朝代滅亡或因天災，或因人禍，或天災人禍兼而有之，且必有跡可循，不可能僅一人之力足以撼動整個王朝，而可改用「原因之一」，「主因、輔因」力求例證的客觀性。總結來看，舉用歷史例

---

⑤ 孫俍工：《論說文作法講義》，頁85。
⑥ 孫俍工：《論說文作法講義》，頁87。

常犯的錯誤有以下六種，分別是：

（一）以偏概全。即對歷史只有片面、單一的理解、認知，便援引片面、單一現象以涵蓋全部現象者。

（二）過度揣想。假想古人心境或舉措，並代其發言，造成過度詮釋。文學作品中很常見寫作者模擬古人的心境與舉措為文，如：散文、小說、人物傳記、戲劇等。但議論文重徵實，在難以證明古人真正心態、行為前提下，不宜過度揣想。

（三）通俗例證。例證通俗是好還是壞？真是見仁見智。若閱聽對象是一般普羅大眾，通俗例證能立刻引起共鳴；但應避免太常被引用，甚至流於制式八股、失去深刻度與效力的例證，如：秦始皇（259B.C.-210B.C.）、武則天（624-705）、岳飛（1103-1142）、文天祥（1236-1283）、慈禧太后（1835-1908）、孫中山……。又如：華盛頓（1732-1799）砍倒櫻桃樹、林肯（1809-1865）總統時的南北戰爭解救黑奴、萊特兄弟（1867-1912、1871-1948）發明飛機、愛迪生發明電燈炮、印度國父甘地（1869-1948）爭取獨立、海倫凱勒（1880-1967）……等等。

（四）盲從對比。這是從「以偏概全」中延伸出的一種錯誤舉例，同樣犯了片面、單一性的理解，最常見的就是過於簡化文化間的差異。

（五）錯誤認知。這與「以偏概全」類似，但「偏者」是局部認知錯誤；「錯誤」則是觀念與認知的全然錯解，二者有程度上的區隔。

（六）時光倒流。歷史不可能重來，「假設性」的時光倒轉只是一廂情願認為消除或增列某些因素、條件，就能避免現在的遺憾；卻忽略任何歷史事件之果，係由各種複雜條件之因組合而成，非單純回到過去就能解決問題。舉例、說明如下表：

問題	舉例	修正與說明
以偏概全	漢武帝（156B.C.-88B.C.）的獨尊儒術，導致先秦諸子百家的學說消失於無形，只有儒家獨盛。	對於歷史僅有「片面」與「單一」的理解，便會出現此問題。 宜修改成「漢武帝『獨尊儒術』，致使諸子百家的學說融合於儒學之中，『兼容並蓄』形成漢代的哲學思潮。」
過度揣想	岳飛被秦檜（1091-1155）陷害，而以「莫須有」的罪名給召回，他對國家民族的一片赤誠，卻不為皇帝所知，那種內心的苦悶與憤恨，實令人感同身受。	假想古人的心境舉措，並代其發言，形成過度的解釋。 宜修改成「岳飛因與宋高宗（1107-1187）、秦檜立場不同，而遭致殺害，無法完成北伐志業。」
通俗例證	像是岳飛與文天祥的忠於國家民族，國父孫中山先生的十一次革命，及那黃花崗七十二烈士的犧牲生命，這種捨身取義，戮力為公的精神，正是所應效法的。	太常被引用，過於制式的例證。 可修改成「清初三大家——顧炎武（1613-1682）、黃宗羲（1610-1695）、王夫之（1619-1692），明亡後羞於侍奉異朝，縱隱田野，尚以天下為念，留下如《天下郡國利病書》、《明夷待訪錄》、《讀通鑑論》……等治國理政之書，其人格與精神典範，應為吾輩效法。」
盲從對比	中國自古以來就不重視科學的發展，害得近代中國積弱不振，遠遠比不上西方的船堅炮利。	「盲從對比」是從「以偏概全」中延伸出的一種錯誤舉例，同樣犯了片面、單一性的理解。 可修改成「清中葉以降的閉關自守，延誤了與西方國家接觸交流的契機，使得中國近代的科學發展，遠落後於西方列強。」

問題	舉例	修正與說明
錯誤認知	自古有位名人叫作孔子，他有教無類且因材施教，想作他學生的都帶禮品親自拜訪，由此可知老師在當時有多麼令人尊敬。	「錯誤認知」是觀念與認知的全然錯解。 可修改成「孔子以『有教無類』與『因材施教』作爲教育理念，至今仍是爲人師者應恪守的原則。若爲人師者能時刻以此自勉，相信師生關係自然和樂。」
時光倒流	如果歷史能倒流，滿清不曾鎖國，而能與當時歐西列強交流、師法學習，或許就不會有後續的中英鴉片戰爭、中日甲午之戰，更不會有八國聯軍入侵了。	歷史不可能重來，這種「假設性」的時光倒轉，只是一廂情願的認爲消除或增列某些因素、條件，就能避免歷史的遺憾，實不宜以此爲例而該刪除。

二、時事例證的使用與限制

　　「時事例」以當前時事人物或社會關注的議題與現象之例證，可展現出作者對時事的掌握與解析能力。與歷史例不同的是，時事例是現在進行式，較容易掌握事件因果；唯時事人物本身、言行的可信度是否足以爲證，就見仁見智了。如同歷史例，時事例亦會犯包括：「以偏概全」、「過度揣想」、「通俗例證」、「盲從對比」、「錯誤認知」、「時光倒流」等六個問題，表列說明如下：

問題	舉例	修正與說明
以偏概全	社會治安的敗壞，都是源於學校與家庭教育失當，人心不古所致。	事情的發生，未必是單一原因。人的識見與切入角度都會產生不同見解，要預留空間，避免武斷或論述空洞。 可修正爲「經濟動盪與社會

問題	舉例	修正與說明
		福利制度不健全，是造成治安敗壞的理由之一，但教育才是問題主因。尤其『家庭』與『學校』是人格成長的重要階段，若無好的身教、言教，將對孩子造成負面影響。」
過度揣想	人類的自私，造成環境被破壞，像是工廠不斷排放廢水，讓原本青綠色的河川變成紅褐色；對於森林的濫墾濫伐，造成許多無辜小動物的無家可歸，真是可憐。如果我們再不好好愛護地球，恐怕臭氧層破洞會不斷擴大，將提前進入「明天過後」了。	宜改成「人類欲望過度發展，讓環境受到破壞，諸如：巴西雨林的濫墾濫伐，地球暖化造成溫室效應加劇。若只一味想『人定勝天』，卻不懂與大自然和平共存，恐釀成兩敗俱傷。」
通俗例證	旅美棒球好手王建民不畏運動傷害，仍奮力選擇堅持理想；麵包師傅吳寶春在貧困之際，仍能堅持信念，最終成為世界麵包大賽的冠軍，因此，外在環境的限制，並不能阻擋人奮發向上的決心。	通俗與否的判斷，很難有標準，大抵是眾所周知又太常被引用者，就會傾向通俗，而通俗的問題在於缺乏新意。 或可從人物例證改成議題時事例證，如「外在環境的限制，並不能阻礙奮發向上，最主要能立志與確切實踐，以及有恆。進入全球化時代，資訊傳播無遠弗屆，曾是貧窮落後的國家，如：新東協國家經濟的崛起，對於將邁入已開發國家之林的我們，都是一種激勵與示警。」

問題	舉例	修正與說明
盲從對比	歐美的教育，都是能夠讓孩子適性發展，輕輕鬆鬆的放任他們自由的學習，反觀臺灣，就只知道一味的逼學生念書，念書，再念書。實在很糟糕。	簡化後的對比，容易導致偏頗。故對比之時，宜確認自己是否確知兩造的差異，或可用「原因之一」、「主因、輔因」等方式，保留其他原因與結果的可能性。 可改成「不同的社會環境與資源分配，連帶影響著東、西方的教育理念也各異其趣。」
錯誤認知	由於時代日趨進步，很多原本禁止的政策漸漸開放，使人民自由言論、思想等都可以自由發揮，而導致現在如此環境，而不再像過去受嚴格的禁令，使課堂倫理基本的素養漸漸被式微。	錯誤認知有時還兼有邏輯不通之弊。可改成「課堂倫理需要師生共同來遵守與維繫，學生雖有受教的權利與自由，但萬萬不可假此二名，干擾授課與其他同學的學習權益。」
時光倒流	假使當初少一些貪婪，少一些政治算計，多一些互助，多一些人道關懷，就不會造成今日種族與宗教間的衝突，而彼此亦能和平相處。	如同歷史例，時光倒流的假設性反思，可能會忽略其他現實因素，實應避免。

三、學理例證的使用與限制

　　學理例是以某一專業領域知識為例的例證，即以該專業的觀點、論點、原理、理論、理念、定義、定理、定律、實例，還包括數據、圖表等，證明所述內容。部分議題時事例是學理例證延伸出的討

論，如經濟學的「藍海策略」，環境倫理的「溫氏效應」、「地球暖化」等等。

善用「學理例」至少有三個優點：一、避免通俗。礙於各人見識有多有寡，歷史例、時事例難免重出，流於通俗，學理例相對可避免通俗。二、具深廣度。不同的專業，可多角度深入闡釋問題，啟發多元思考、討論。三、橫貫時空。學理是經從觀察、假設、實驗、調查、統計、分析研究出的結果，學理普遍適用於大多數的現象，而不受時空限制。譬如：科學定律是研究宇宙間不變的事實規律所歸納出的結論，自無古今、中外的差異。

使用「學理例」應注意以下幾點：一、解說學理。未必所有人都能知道此一學理例的意義，使用時宜稍加闡釋，便於理解。二、避免專斷。學理例雖具有權威性，但即便是科學定律，也是從某一個端點觀照世事，學理例還是要保留其他詮釋的可能，避免「以偏概全」。三、簡明易懂。不同於專業的學術論文，若寫作者與讀者間的知識處於不對等狀態，則宜簡單列舉，不宜過度深入，而不便於一般人的閱讀理解。舉例說明如後：

> 近年來由於全球自然資源面臨耗竭，各領域逐漸關注哈佛大學教授奈爾提出的「軟實力」（soft power），運用自身特色，找出適合自己的發展方式來影響別人。以台積電為例，其開創「破壞性創新」經營模式，成為晶圓代工的龍頭，並改變半導體產業的遊戲規則。餐飲業，王品集團的「紅三角酷理念」衍生出：深耕多品牌、形塑個性、強化品牌認同、全方位利益，以達永續經營。文化界亦然，雲門舞集創辦人林懷民編制舞蹈時，走訪各國風土民情，揉合異國元素，融入本國特色，使表演呈現一定水平，展現意境之深廣度。〈知識與智慧〉

本例使用了「軟實力」、「破壞性創新」、「紅三角酷理念」等三個學理型例證。首先，「軟實力」是相對於軍事、經濟等外在的「硬實力」，主要是以人的價值觀、思維能力、文化素養、意識形態所形成的影響力。「破壞性創新」的經濟學理念，則由英國人法蘭西斯・麥肯納利提出，是指將產品或服務透過科技性的創新，並以低價特色針對特殊目標消費族群，突破現有市場所能預期的消費改變。至於「紅三角酷理念」則是由臺灣的王品集團所獨創，以金字塔三角形由外而內堆疊成五層，每層相互影響，環環相扣，從最大也最外圍的「品牌屬性」開始，依序向內推衍出「品牌利益」、「品牌個性」、「品牌體驗」以及最核心的「品牌承諾」等五環。以上例證雖兼具深廣度，惜未能略作解釋，如能將這些學理稍作解釋，將更便於理解。

▶▶ 例證2

　　　　作任何事情要保有初衷且持之以恆，如曾是知名飯店經營者且兼慈善家的嚴長壽說：「你要為自己創造一個良性的機會，其出發點決定了工作的價值。」為理想努力，朝目標前進，把握機會加以運用，便能創造自己的價值。
　　　　又如「畢卡龍效應」即是強調自我期望的力量，為理想給予更多關注並付諸行動。當對自己充滿信心與期望，便會不自覺願意花許多心思全力以赴，完成理想。〈值得作的事情就好好作〉

本例從時事人物的說法導引至學理例。「畢卡龍效應」又稱為「畢馬龍效應」、「期望效應」，是心理學、教育學理念，指投注期望愈高，就會有愈多成功可能，反之，期望愈低，失敗機會愈高。作者簡易的詮釋，表述清楚，甚善。

四、自身例證的使用與限制——兼談議論文的變形「雜文體」
　　議論文目的在說服他人，使用歷史例、時事例、學理例都有訴

諸權威、大眾經驗認可之意圖；但自身例是以個人的所見所聞爲例證因缺乏普遍性，難以說服他人，也容易犯下「輕率概括」（hasty generalization）的錯誤，即只根據群體中少數成員的經驗，就對整個大群體做出結論。⑦最常見的狀況是：「我的○○曾說過……」、「曾聽○○說過……」、「我曾看過……」、「我曾經歷過……」，無論是自己，或是周遭被我們所引用的人的觀點，大多是一隅之見。若是老生常談，反成爲下一點要提到的「尋常例證」，把生活常識當成例證，缺乏深度，如以下的例證：「『危機就是轉機』這句話是我國小時才知道的，當時聽了覺得好有道理，想必一定是哪位老師諄諄教誨時說道，但其實不然，反而是一位跟在我身邊的好朋友說的」、「我爺爺說：要懂得知足常樂，人生才會過得愉快，所以我一直信守這個道理，並做爲處世的原則。」皆是如此。

對初學議論文的人而言，最大的挑戰是如何避免使用自身例。因爲，無論是記敘、抒情、描寫等文體多是從個人經驗出發，記敘所見所聞，或對周遭人事物發出感懷。一旦開始學習寫議論文，原本習以爲常的例證都無法佐證時，又該怎麼辦？這就涉及到書寫議論文前的閱讀準備，這等第十三講第一節「如何學好論說文寫作」再說。

但還有一種特殊的議論文，兼抒情、議論有之的「雜文體」便不畏使用自身例，這是一般常形容道：「夾敘夾議」、「夾情夾議」的文體。

「雜文體」一名源出自《文心雕龍・雜文》。儘管今日雜文體與《文心》所述頗相出入，但該文開篇便云：「智術之子，博雅之人，藻溢於辭，辯盈乎氣。苑囿文情，故曰心而殊智。」直指有些人才智洋溢，當其爲文時，既能寫出優美華例的詞藻，在發言辯論時，又能有鋒銳氣勢，因此能形成各種不同的風格。所以，最初的雜文也是不拘於抒情、議體、論體之限制，多種風貌兼而有之的。而現代對雜文

---

⑦ 尼爾・布朗、史都華・基里著，羅耀宗、蔡宏明等譯：《看穿假象、理智發聲——從問對問題開始》，頁194-195。

體的界定，如言：

> ……雜文不像一般議論文那樣抽象地說理，或者簡單地舉例說明，而是運用形象化的方法，通過對具體事例的剖析，以比喻、徵引、聯想、引申、夾敘夾議等手法來闡發深刻的道理。雜文以更爲直接、直白方式表達作者自己思想……⑧

另外，尚有以「議論散文」作爲雜文體的主要類型，並定義道：

> 以議論爲主，托物言志的散文。亦稱爲「哲理散文」、「哲學散文」。有的通過對某一事件、現象的討論，來抒發作者的思想感情，大部分雜文屬於此類；有的藉助哲理性、形象性的事物，來抒發作者的思想情感，寓言等屬於此類。它不是讓讀者去獲得理性的概念，而是給讀者一種富於理性的形象和情感，從而提供一個廣闊的思索和聯想的天地。春秋戰國時期的哲理散文十分發達，如《老子》、《論語》、《孟子》、《莊子》、《荀子》、《韓非子》等著作中，就有許多深刻的哲理。⑨

無論是「雜文體」或是「議論散文」，表現手法與直接提出論點、確切的論據、富有邏輯的論證過程的議論文不同。儘管這幾種文體都是要表達寫作者的觀點，但雜文體、議論散文更偏向透過修辭技巧，以寄寓寫作者的情感；議論文則傾向消極修辭，即不必仰賴修辭技巧，直接以客觀的例證證明自己的論點。

---

⑧ 于爲蒼編著：《大學寫作新稿》（南京：南京大學出版社，2017年8月），頁158。
⑨ 金振邦：《文章體裁辭典》，頁57。

綜言之，如欲書寫「雜文體」確實可採用自身例證，但愈嚴謹的議論文則應避免，而以徵實的歷史例、時事例、學理例爲佳。

五、議論文避忌的例證類型

除了以上幾種可以使用，或某些條件下可使用的議論文例證之外，接著是避忌出現在議論文中的四種例證類型。

（一）尋常例

此乃不待說明的常識，列舉與否已無分別，例如：「魚在水中游，鳥在天上飛，獸在地上走」、「我們都知道，警察的工作就是維護治安，記者的工作就是揭露社會弊端。」此類例證運用於口語言說尚能被接受，但舉筆成文時，這些生活常識無法彰顯作者所提出論點的特性，易使文章膚淺乏味，舉證效力不足。

（二）假設例

可細分成三種，分別是「完全假設例」、「不完全假設例」、「不眞實假設例」。

一是完全假設例。全爲作者憑空編造情境、對話，創作故事當例證而無憑據者，若用於記敘文、抒情文無礙，但要符合人情事理的邏輯性，議論文則全然不宜。下面例證就是爲了拼湊論證而編是虛擬的結果，令人啼笑皆非。如：「履歷如雪花般的飛來，應徵者各個都是出類拔萃的菁英，一開口便是：『您好，我是○○大學的畢業生……』這可令張董苦惱了，只不過要一個秘書的職缺，結果來了一缸子的大學生，左思右想了半天，他決定先錄取臺大的應徵者。」此外，在很多升學考試的作文中，經常可見以親人死亡、追思爲例者，雖難直接證明爲虛構，但寫作者過度且刻意的潤飾，又彼此遭遇的經驗與過程大多一致，這不得不讓讀者或閱卷者懷疑其眞實性，也容易被視爲完全假設例，需特別注意。

二是不完全假設例。未能確切說明例證來源與出處者，一般文章或口語中常見，但不夠具體，也無確實根據，所論極可能是臆測或僞造，宜避免之，如：「電視中常報導，一群民眾見到了搶案，便見義

勇為，合夥制伏小偷，這便是義的表現，又如飛車族連街搶劫，民眾還把機車借給警察，更有民眾騎機車加入警察追捕行列中」、「一個研究指出，一個嬰兒與一個成人在一個急需他人救援之情況下，嬰兒活下來之機會大於成人。此研究經我多方思考後，得出一個結論：心境的轉變。」這些都不夠具體。

面對眾所周知的事件，與符合約定俗成情理判斷的不完全假設例，在較寬泛標準下，可有限性的被認可，比方說：「現今霸凌事件層出不窮，使學校忙於解決這棘手的問題。」這兩句話並未標明事件來源，但霸凌已是公眾性議題，也符合解決問題的情理基礎，但用無妨。只是以嚴格標準來看，還是屬於假設例之一環，應補充說明來源，或搭配其他確切的例證一併使用。

三是不真實假設例。藉虛擬情況當作真實例證，來源已非真實，又何來可信度？譬如：以童話、小說人物或情節充作例證，或者誤以虛構為史實者，例如：「大學是面對人生的必經道路，沒有捷徑，且路途中荊棘、陷阱橫生，我們該學習睡美人中的王子，握緊刀柄，挺起胸膛」、「三國爭強歷史上，諸葛孔明面對危機時，非但沒有手忙腳亂，還能急中生智，解決困窘。如他於夜晚江面大霧時，故弄玄虛，以草船借箭，讓曹操（155-220）陣營戰力大損。」

寫作時毋需區分各種假設例，只消記得沒有確切證明與出處者，就已陷入假設例之中。

（三）寓言例

寓言是否可作為議論文的例證？這與時代有關。古代的寓言既是一種文體，也能寄寓於議論文中，成為論證依據，如：王安石〈材論〉以錐之在囊、駑驥雜處、箭喻，明人才之大用在因其本能；此外，寓言本身就含有說明功能，如：柳宗元〈捕蛇者說〉便透過寓言以明苛政猛於虎的道理。而寓言實為譬（比）喻修辭中的一種，如金振邦界定說道：

寓言大都使用借喻，向讀者暗示它所蘊含而未直接表露的思想。其人物和故事是虛構的，往往以動物或無生命的自然物爲角色，使之擬人化，具有諷刺、教諭和勸戒的意味。情節集中、結構單一，語言形象優美。⑩

既然寓言的人物、故事是虛構的，而「寓言」、「譬喻」是否能作爲現代議論文的例證？這可從狹、寬兩方面考量。

就狹義而言，受現今學術規範的影響，寓言、譬喻都是「完全假設例」，論證應有明確出處，故不宜當成例證。如葉聖陶指出譬喻不能當成議論的例證的理由，而說：

> 就是議論不很適用譬喻來做依據。通常的意思，似乎依據與譬喻可以相通的。其實不然，它們的性質不同，須得劃分清楚。依據是從本質上供給我們以意思的，我們有了這意思，應用歸納或演繹的方法，便得到判斷。只須這依據確是眞實的，向他人表示，他人自會感覺循此路徑達此目的地是自然必至的事，沒有什麼懷疑。至若譬喻，不過與判斷的某一部分的情狀略相類似而已，彼此的本質是沒有關涉的；明白一點說，無論應用歸納法或演繹法，決不能從譬喻裡得到判斷。所以議論用譬喻來得出判斷，即使這判斷極眞確，極有用，嚴格地講，只能稱爲偶合的武斷，而算不得判斷；因爲它沒有依據，所用的依據是假的。用了假的依據，何能使人家信從呢？又何能自知必眞確、必有用呢？我們要知譬喻本是一種修辭的方法，用作議論的依據，是不配的。⑪

---

⑩ 金振邦：《文章體裁辭典》，頁381。

⑪ 葉聖陶：《給中學生的十二堂作文課》（臺北：如果出版社，2010年4月），頁44。

這段話很有慧識，一般人甚少顧及譬喻能否作為議論文的例證。簡單來說，譬喻本身多是虛構的，透過類似點的「借彼喻此」，喻體、喻依之間的關係只是近似，而非等同。因此，直接拿譬喻來舉例、作為論據，無疑是以虛構代替真實，以部分取代整體，無法證明論點。同理可證，「寓言」本身即為虛構，又怎可當作議論文的例證？

就寬泛義而言，如放在雜文體或在演講場合，以寓言、譬喻作為輔助議論、說明，以吸引讀者、群眾的目光時，可斟酌使用；再如許多議論範文以寓言、譬喻為例，大抵都屬於寬泛義下的雜文體，而非嚴謹的議論文。

（四）宗教例

宗教是信者恆信，不信者恆不信。若以宗教為例，必須分成兩種情況。從「信仰角度」來看，無論是「釋迦牟尼佛說……」、「上帝說……」、「阿拉說……」這是個人主觀的信仰與體證，不能成為客觀普遍的例證。但若當作「歷史文本」，如：「《金剛經》提到……」、「《聖經》有謂……」、「《古蘭經》曾記載……」便可以採行，但需留心舉例目的是為了「歷史」，而非「傳教」。一般說來，當舉列「宗教例」時，多半會有「不可侵犯的權威性」，成為「不待證明的確實存在」，對著重論辯的議論文是背道而馳的，無論如何，儘量勿用。

綜觀以上各種類型的例證，議論文應以「歷史例」、「時事例」、「學理例」為佳，除特殊題型使用「自身例」，最終目的仍應歸結於普遍與客觀的論點，誠如：尼爾・布朗、史都華・基里兩位學者提出好的論據應具備的七大條件，分別是：

1. 證據是由溝通者提供的訊息，清楚明晰亦可支撐論點。
2. 好的論述都具備高品質證據——切題、必要且具代表性。
3. 假設也需要證據。

4. 幾乎沒有證據是完美無瑕的。因此，我們要尋找的是具備「更好」證據的論述。
5. 大多數單一證據都需額外佐證，才具說服力，如證詞、案例、直覺等。
6. 科學證據具備成為「更好證據」的條件。
7. 謹慎使用與讀者「交心」的證據。[12]

以上都可作為檢視舉用例證效力高低的條件。尤其是第七點，兩位學者認為一般寫議論文都企圖尋找最好的證據為論點佐證，實際狀況是面對不同的讀者群、不同的場域，如：口說、演講時，某些「感性訴求」更能吸引讀者理解艱澀的道理[13]，諸如個人經驗、被視為避忌的尋常例、假設例、寓言例、宗教例似乎又可權當論據來使用，唯援引例證的品質高低是重要關鍵。

第三節　舉例方法與原則

一、舉例方法

記敘、舉例是兩種不同的概念，寫作方法也不同。記敘要先掌握人、事、時、地、原因、結果等六大要件，再透過空間、時間的設置，而著重描述事件生發到結果的過程，有時也會透過人物對話呈現，最終使讀者能透過文字，在腦海中形構出想像畫面，如同身歷其境。

但舉例不同，舉例目的是證成某論點，帶有實際的目的，因此，舉例的重點不在於記敘過程是否鉅細靡遺，而以能否證成論點為要。尤其是議論文的舉例更要清楚簡單，一旦本末倒置，把記敘當作

---

[12] 尼爾・布朗、史都華・基里著，羅耀宗、蔡宏明等譯：《看穿假象、理智發聲——從問對問題開始》，頁232-233。

[13] 尼爾・布朗、史都華・基里著，羅耀宗、蔡宏明等譯：《看穿假象、理智發聲——從問對問題開始》，頁232-233。

主要內容，容易模糊議論焦點，偏離寫作主線。

因此，議論文舉例基本可分成三個層次，依序是：「論點」、「例證主體」、「小結（內容可以「小結論點」，或「說明例證」，或「評論例證」。）」除了「例證主體」必須存在，「論點」、「小結」可擇一刪省，以下以〈論知識分子的時代使命〉一題為例：

結構組合	實際例證
論點＋例證主體＋小結	【論點】身為當今知識分子，不能自命清高而睥睨一切，亦不可自以為是。畢竟術業有專攻，應抱持謙卑態度貢獻己長與持續學習。【例證主體】像是明代理學家末流徒知「坐觀心性」，最終只能「臨危一死報君王」；又如清末民初過於崇洋的聲浪中，反忽略傳統文化的延續性與價值。【小結】今時今日，已進入知識與傳播的無國界年代，在在提醒知識分子宜虛心且廣博地接納多元，不可故步自封，重蹈前人蔽於己見之覆轍。
論點＋例證主體	【論點】身為當今知識分子，不能自命清高而睥睨一切，亦不可自以為是。畢竟術業有專攻，應抱持謙卑態度貢獻己長與持續學習。【例證主體】像是明代理學家末流徒知「坐觀心性」，最終只能「臨危一死報君王」；又如清末民初過於崇洋的聲浪中，反忽略傳統文化的延續性與價值。
例證主體＋小結	【例證主體】誠如：明代理學家末流徒知「坐觀心性」，最終只能「臨危一死報君王」；又如清末民初過於崇洋的聲浪中，反忽略傳統文化的延續性與價值。【小結】今時今日，已進入知識與傳播的無國界年代，在在都提醒知識分子宜虛心且廣博地接納多元，不可故步自封，重蹈前人蔽於己見之覆轍。

一般說來，論點置前，能使人直接洞悉寫作目的；至於「例證＋小結」的模式，必須看完例證才能知曉寫作者的舉例意圖，略嫌曲折。以下，再援引一反例，及其修正後的結果對比說明：

國際知名服裝設計師吳季剛曾說：「我不簡單，我也不難，但我很堅持。」他曾兩度爲歐巴馬的夫人設計總統就職典禮舞會的禮服，一件是純白斜肩的，一件是朱紅絲緞的禮服，而成爲蜚聲國際的臺裔服裝設計師。他在五歲時就立志要成爲服裝設計師；十六歲便獲得首屆「國際洋娃娃服裝大賽」雙料冠軍，爲自己贏得一張法國來回機票；二十三歲時以自己英文姓名創例同名服裝品牌；三十歲成爲國際知名品牌"HUGO BOSS"女裝藝術總監。他知道自己會什麼，自己所追求的是什麼，且想成爲什麼，而不是不切實際的空想，而是能理性思考自己要什麼，他爲了夢想而跑到中國的工廠看如何製作洋娃娃，大學就讀設計系，吳季剛的熱情與理性相輔相成，一步步走到事業巔峰，過程艱難卻能靠著熱情不斷向前，其精神令人佩服。
〈熱情與理性〉

修正

　　【論點】熱情與理性不能或缺，此乃邁向成功的基石。【例證主體】如：華裔服裝設計師吳秀剛曾數度爲美國前總統歐巴馬夫人設計晚禮服，因此揚名國際。其自五歲開始，對服裝設計的熱情終未消減。但熱情不會是成功的唯一條件；他刻苦學習，理性且穩紮穩打的規劃自己的人生，最終結合熱情，一步步走向事業巔峰，開創與同齡人不一樣的未來。【小結】故由此可知，一個人成功與否絕非僥倖，用熱情作爲前進的動力，用理性踏實走過每一步學習成長之路，故感性與理性實爲成就人生的基石。
〈熱情與理性〉

此以旅美臺裔服裝設計師吳季剛為例，證明熱情與理性的並重。但原文像是幫他寫從小到大的自述，未能直揭舉例目的，反讓讀者迷惑舉例目的是什麼，且寫到最後，時間次序也開始紛亂，原本已敘寫到吳季剛三十歲的人生發展，突又折回到大學前後的階段；且時而談熱情，時而轉談理性，舉列出的事蹟哪些是熱情？哪些是理性？難以區分，結構混亂。

修改後，先提出「論點」，以熱情、理性為走向成功的基礎；接著掌握他出名的理由，還有對學習服裝設計熱情，以及理性規劃人生的態度，並汰除與論點無關的內容。最後，提出一「小結」呼應論點，使前後呼應。

二、舉例原則

綜合上述，可歸納出五個議論文的舉例原則。

其一，拓展閱讀視野，掌握常識與知識。例證來源於生活，也源自寫作者本身對於既有的常識、知識的認知，想要游刃有餘舉列出歷史例、時事例、學理例，乃至於對人生經驗體會深刻的自身例，需於平日開始準備。尤其是開拓閱讀視野，關懷周遭與世界發生之大小事，保有對萬事萬物的好奇心，並深刻思考事物背後的理則與意義等。

其二，知之為知之，不知為不知的態度。掌握自己所懂且能掌握的例證，舉例貴「誠」，特別是議論文更著重例證的真實性，萬勿妄加揣測或畫蛇添足。

其三，判斷勿武斷，預留其他可能空間。無論議論或舉例，都是從個人所知所學的視角去觀看世界，勿認為僅單一理由必然會造成某些結果，詮釋與說明要預留其他可能，儘量使用特稱肯定、特稱否定取代全稱肯定、全稱否定的表述。

其四，例證內容簡明扼要，勿喧賓奪主。例證用以輔助論點，而非文章主軸，故應確立論點，讓例證發揮其作為論據的功能，不能讓例證搶去議論的主線。

其五，確立寫作文體，議論與雜文有別。這是兩種不同的文體，「雜文體」雖夾雜議論，但既有文藝美感，又有托物言志之意，與議論文只需把握住論點、論據、論證過程加以闡述不同，因此，二種文體對例證的要求也各自有別。故寫作前應釐清寫作目的，使用正確的文體、例證，方能有效傳達自己的想法或論點。

第四節　常見的邏輯謬誤

儘管運用了適合議論文的論據或例證類型，但是否代表真能證明論點？在推理、論證過程中，還是很容易產生「謬誤」，也就是以不正確的論證，謊騙讀者，達成論辯目的。

在邏輯學上，謬誤分成「形式上的謬誤（Formal fallacies）」、「非形式上的謬誤（Informal fallacies）」、「認知的偏誤（Cognitive bias）」。「形式上的謬誤」是指推理過程中的謬誤；而「非形式上的謬誤」則是推理過程以外，因為對論題的未加注意或受曖昧不明語言影響，而陷入錯誤的推理之中；[14]至於「認知的偏誤」則是人陷入主觀感受，而非客觀認知所導致的認知偏差。其中又可細分各種類型的謬誤、偏誤達數十種之多。

本節選錄寫作常見謬誤，分成「訴諸情感的謬誤」、「轉移注意力的謬誤」、「操弄因果關係的謬誤」三大類共十二小類，主要偏向「非形式上的謬誤」提供參考。[15]礙於篇幅所限，此處僅作簡易說明，想進一步了解邏輯謬誤者，可自行翻閱相關書籍。

---

[14] 以上定義酌參Irvung. M. Copi著、張身華譯：《邏輯概論》（臺北：幼獅文化，1998年10月），頁43-44。

[15] 以下十二小類的謬誤解說，主要參考Irvung. M. Copi著、張身華譯：《邏輯概論》，頁43-59、尼爾‧布朗、史都華‧基里著，羅耀宗、蔡宏明等譯：《看穿假象、理智發聲——從問對問題開始》，頁155-203、傑伊‧海因里希斯著，李祐寧譯：《說理I——任何場合都能展現智慧，達成說服的語言技術》（臺北：天下文化，2018年12月），頁277-311。

第十一講　如何進行有效論證與例證的類型、邏輯謬誤

一、訴諸情感的謬誤

（一）人身攻擊的謬誤

　　直接攻擊、汙辱其人格，而不議論其論點；還有將其人身處的環境相提並論，一併攻擊的謬誤。此類型的謬誤是就人論事，而非就事論事。生活中此類型的例證很常見，對個人的背景，如：種族、信仰、政治理念、教育程度、社經地位、家庭環境……作批駁，或是因為某人身處在某種環境之下，就批評某人等同於某種類型的人，卻不顧其論點，或環境不等於人，譬如：「他們一家都是黑道，所以他也不會是好人。」這就是人身攻擊的謬誤。

（二）訴諸憐憫的謬誤

　　因為可憐，激發了同理、同情心，而忽略了事實、其他的理由、證據，從而使對方接受自己的論點、論據。此類型謬誤常出現在廣告、政治論辯、法庭；此外，許多新聞也會利用對弱勢的憐憫，刻意排除某些真相或不利於弱勢方的論點，激起民意的輿論聲浪。寫作者也經常舉用一些令人同情的人物為例，運用簡單的因果關係，如：「因為家境貧困，造就了他未來的成就。」家境貧困無法證明其成就，但訴諸憐憫，就容易讓人信以為真而產生謬誤。新聞中常見這樣的說詞：「她那麼柔弱，連殺魚都不會，又怎會殺人？」這也是訴諸憐憫的謬誤。

（三）訴諸群眾的謬誤

　　利用群眾心理的情緒，以贏得群眾力量支持的謬誤。此謬誤並非論點為真，而是以多數決或多數力量為真，就代表為論據為真以支持論點為真。常見如社會對於某一種支持聲浪超越另一方聲浪時，就認定其為善，這在政治角力、選舉場合最為常見。寫作時亦容易以大家都這樣認為為論據，以此為真、為善，但不一定就是正確的。

（四）訴諸權威的謬誤

　　使用某些專家的研究或權威人士的話語為例，但卻未檢視其研究

方法或話語來源是否有誤，就會犯下訴諸權威的謬誤。常見如引用某些機構的數據、民調數據來檢視某些排名，但爲何不同機構卻有不同排名？是否因爲研究方法、參數的差異而導致不同的結果？而寫作者有時會爲了自證論點的可信度，選用利於自己的權威，而刻意排除與自己論點相異的權威，這也是犯了訴諸權威的謬誤。

（五）愚妄無知的謬誤

即選用目前科學難以證明，如非科學或超自然力量的論據爲證，如：鬼神、心電感應等，由於無法確切證明其爲眞，亦不能證明其爲假，因此，難成爲議論的根據。

二、轉移注意力的謬誤

（一）稻草人謬誤

稻草人不是眞實的人，而稻草人謬誤就是透過障眼法無中生有，把不利的條件扭曲、虛構、捏造成是對方的觀點，並以此作爲攻擊目標，分散聽眾的注意力。如《孟子‧滕文公下》：「楊氏爲我，是無君也；墨氏兼愛，是無父也；無父無君，是禽獸也。」楊朱（約440B.C.－約360B.C.）的「爲我」不能等於「無君」，而墨家的「兼愛」也不能代表「無父」，然後以此批判對方爲「禽獸」，就是犯了稻草人謬誤。寫作過程中，特別是在詮釋他人觀點時，也很容易發生寫作者主觀的妄摻與扭曲，比如說：「我不支持死刑」被解讀爲「這種人一定沒有同理心」。相反的，「我支持死刑」被解讀爲「你支持復仇的觀念」，這些都是犯了稻草人謬誤。

（二）泛論的謬誤

運用含混不清、訴諸於歌功頌德的詞彙，藉以轉移注意力的謬誤。這種謬誤常出現在政治場合，如對於政治人物歌功頌德，以此轉移對於其政治理念的檢視。寫作時，有些人也會利用華美修辭轉移對於論題的界定或說明，但未必是故意的，有可能是不熟悉定義或說明的方法，轉而使用「描述」取而代之造成的結果。

（三）顧左右而言他的謬誤

原本討論話題A，但被轉移到話題B，最終贏得爭議，這同樣是轉移注意力的謬誤。尼爾・布朗、史都華・基里說明此謬誤的進行順序是：「一、正在討論話題A。二、帶到話題B，彷彿話題B和話題A有關，但其實不然。三、捨棄話題A。」[16]譬如說：「現代進入了斜槓世代，年輕人都需要具備多元能力。」而後話題一轉，「年輕人要多讀點書才會有出息」。最後說：「是啊！如果不多讀點書，將來怎麼找到好工作呢？」原本的斜槓世代與多元能力就成功被轉移了。但有時並非刻意的轉移，而是說話或寫作時，缺乏完整的結構組織，想到哪裡就說到哪裡或寫到哪裡，到最終拋棄原本的話題，而跑偏題或離題了。

三、操弄因果關係的謬誤

（一）二者選一的謬誤

明明有超過兩個以上的選項，卻只提供二擇一所產生的謬誤。譬如：「這世界上只有兩種學生：一種是用功的，一種是不用功的。」學生類型區分方式有非常多種，此處卻只以用功與否來區分，無法概括學生特性。這種誤導致使其他可能性被排除，尼爾・布朗、史都華・基里指出只要出現以下措詞或類似措詞時，就要特別留意是否會造成「二者擇一」之誤：

> 不是……就是……（either……or）
> 唯一的備案是……（the only alternative is）
> 兩個選擇是……（the two choices are）
> 由於A行不通，只好選B（because A has not worked, only B

---

⑯ 尼爾・布朗、史都華・基里著，羅耀宗、蔡宏明等譯：《看穿假象、理智發聲——從問對問題開始》，頁177。

will）⑰

這是兩種相反的謬誤，「以全概偏」是以一常理、通則來解釋特殊事例，如Irvung. M. Copi舉了一個典型的例子：「昨天你買什麼，今天就吃什麼；昨天你買的是生豬肉，所以今天你就吃生豬肉。」⑱至於「以偏概全」則是以少數事例形成通則，但此「通則」卻不能適用於其他事例之上，譬如：「喝咖啡會造成失眠，故人不應該喝咖啡。」某些人喝咖啡會導致失眠，但不是每個人都會失眠，這就是以偏概全。寫作舉例目的是佐證論點，但例證過於偏狹，或因數量不足而難以證明論點時，便易造成這兩種謬誤。故無論舉例或科學驗證時，只有一個例證稱為「孤證」，只是特例，不可為證；二個例子為「偶證」，可能是湊巧發生，也是特例，不足為證；唯有超過三個以上的事例方能證明確有其然，足堪為證。

（三）丐題（乞題）謬誤

以「論點」或「前提」作為「論據」，自證觀點的正確性。換個角度來說，先作結論，再來找論點或前提者。而「循環論證」也屬於丐題謬誤的一種。舉例來說：「我們要正視環保的重要性，因為環保很重要。」前提與結論相同，說了等於沒說。寫作時，若以「自證法」為證，未參酌其他觀點，就易生丐題謬誤。譬如：「安樂死是個人的生命自主權，不應剝奪他決定自己生命走向的決定。因此，我認為每個人的生命都應該由自己來決定，他人不應置喙，生命要由自己來掌控，因此，我支持安樂死。」從頭到尾，這段話無論是論點或前提，還有結論，都只在表達同一的觀念，語句反復纏繞。

---

⑰ 尼爾‧布朗、史都華‧基里著，羅耀宗、蔡宏明等譯：《看穿假象、理智發聲——從問對問題開始》，頁170。

⑱ Irvung. M. Copi著、張身華譯：《邏輯概論》，頁50。

（四）滑坡謬誤

假設同意某事爲前提之後，將會引發一連串不可收拾的結果。譬如：「小孩只要迷上三C產品，就一定會近視。」是否近視可能還有其他原因，一旦先入爲主認定某些前提必然導致某種後果，而缺乏其他可能的因素，就是滑坡謬誤。

總結來看，生活中我們很難避免不會觸犯上述的謬誤，該如何避免這些謬誤？無非是熟悉問題、理解謬誤發生的原因。也可在與他人對話、論辯過程中，檢視對方話語是否嚴謹，或有刻意操弄某些謬誤以混淆視聽，企圖達到某些目的，我們亦可針對不同情況適度反擊，或防禦，或迴避。[19]

議論寫作如欲避免這些謬誤就得確立論點、論據，並充分掌握論證過程，其中包括：語句、結構、構思內容都必須謹慎。此外，儘量避免過於武斷的語句，對下定的判斷保留其他的可能性，能讓寫作更爲客觀。

---

[19] 然而，有沒有可能達到完全無謬誤的完美狀態？如楊士毅說到：「人類相互間的溝通，也仍難免存在著一段誤解，這是人類語言本身的弱點所造成的不完美之處，也因此造成世界的不完美；我們所能做的也只是盡力使其更清晰，更能辭達意，但還不是絕對的清晰及絕對的達意。其次，從謬誤的討論中，我們也很容易發現：在日常生活中，人與人相處，由於人性弱點的存在，如：私心、盲目情緒作祟，有時候很容易犯上述謬誤，而無法就事論事加以討論。換言之，人類世界並沒有達到如邏輯所規範的完美世界。」因此，懂得謬誤的目的是爲了減少語言表達所產生的問題，使能更清楚精準的表意；然而，受制於人性，不可能有絕對的完美，不犯任何的錯誤。參見楊士毅：《邏輯與人生——語言與謬誤》（臺北：書林出版社，2001年5月），頁313-315。

本講重點回顧

❖ 兩種基本的論證方法：一、演繹法。是由普遍原理推出特殊事實，也就是先提出一個涵蓋性較廣的命題，以涵蓋其他較小的命題。二、歸納法。是由特殊的事實推知到普遍的原理；也就是先普遍觀察各種現象，然後從中歸納出這些現象的共同點。

❖ 演繹與歸納的差異在於：演繹是「已知」，先有了一個確定的大前提、結論，然後找論據證明二者間的關係。但歸納則是「未知」，得從各例歸納出結論。演繹法是大前提得必然導向結論，故其論證指示詞要有強而有力，要有絕對性。但歸納法從未知走向已知過程中，可能有沒見到的歧出，或是有其他的可能性，故其論證指示詞要保留其他可能性，避免武斷。

❖ 議論文常見的例證類型有四種，分別是：歷史例、時事例、學理例、自身例。其中，自身例要看狀況使用，一般不適合當作議論文的例證，但放在夾敘夾議的「雜文體」則但用無妨。至於不適合作為議論文的例證也有四種，分別是：尋常例、假設例（含完全假設例、不完全假設例、不真實假設例）、寓言例、宗教例。

❖ 儘管歷史例、時事例最常作為議論文的例證或論據，但都需避免以下六個問題，分別是：以偏概全、過度揣想、通俗例證、盲從對比、錯誤認知、時光倒流。

❖ 舉例目的是證成某論點，帶有實際的目的，因此，舉例的重點不在於記敘過程是否鉅細靡遺，而以能否證成論點為要。尤其是議論文的舉例，更是要清楚簡單；一旦本末倒置，把記敘當作主要內容，就容易模糊議論焦點，偏離寫作主線。而議論文舉例基本可分成三個層次，依序是：「論點」、「例證主體」、「小結（內容可以「小結論點」，或「說明例證」，或「評論例證」）」。

❖ 議論文舉例的五個原則，分別是：其一，拓展閱讀視野，掌握

常識與知識。其二，知之爲知之，不知爲不知的態度。其三，判斷勿武斷，預留其他可能空間。其四，例證內容簡明扼要，勿喧賓奪主。其五，確立寫作文體，議論與雜文有別。

❖ 訴諸情感的五種謬誤：一、人身攻擊的謬誤。直接攻擊、汙辱其人格，而不議論其論點；還有將其人身處的環境相提並論，一併攻擊的謬誤。二、訴諸憐憫的謬誤。激發了同理、同情心，而忽略了事實、其他的理由、證據，從而使得對方接受自己的論點、論據者。三、訴諸群眾的謬誤。即利用群眾心理的情緒，以贏得群眾力量支持的謬誤。此謬誤並非論點爲眞，而是以多數決或多數力量爲眞，就代表爲論據爲眞以支持論點爲眞。四、訴諸權威的謬誤。使用某些專家的研究或權威人士的話語爲例，但卻未檢視其研究方法或話語來源是否有誤，就會犯下訴諸權威的謬誤。五、愚妄無知的謬誤。選用目前科學難以證明，如非科學或超自然力量的論據爲證，如：鬼神、心電感應等，由於無法確切證明其爲眞，亦不能證明其爲假，因此，難成爲議論的根據。

❖ 轉移注意力的三種謬誤：一、稻草人謬誤。稻草人不是眞實的人，而稻草人謬誤就是透過障眼法無中生有，把不利的條件扭曲、虛構、捏造成是對方的觀點，並以此作爲攻擊目標，分散聽眾的注意力。二、泛論的謬誤。運用含混不清、訴諸於歌功頌德的詞彙，藉以轉移注意力的謬誤。三、顧左右而言他的謬誤。原本討論話題A，但被轉移到話題B，最終贏得爭議，這同樣是轉移注意力的謬誤。

❖ 操弄因果關係的四種謬誤：一、二者選一的謬誤。明明有超過兩個以上的選項，卻只提供二擇一所產生的謬誤。二、「以全概偏」與「以偏概全」的謬誤。這是兩種相反的謬誤，「以全概偏」是以一常理、通則來解釋特殊事例。至於「以偏概全」則是以少數事例形成通則，但此「通則」卻不能適用於其他事例之上。三、丐題（乞題）謬誤。以「論點」或「前提」作爲

「論據」，自證觀點的正確性。換個角度來說，先作結論，再來找論點或前提者。而「循環論證」也屬於丐題謬誤的一種。

四、滑坡謬誤。假設同意某事爲前提之後，將會引發一連串不可收拾的結果，一旦先入爲主認定某些前提必然導致某種後果，而缺乏其他可能的因素，就是滑坡謬誤。

第十二講

批閱態度與原則、議論文
自我批閱示範與佳文共賞

教學目標

1. 知曉批評他人文章的態度、禮節與
   原則。
2. 以理性客觀的批評取代感性主觀的
   批判。
3. 教導自我批閱的方法與擬定評閱的
   準則。
4. 實際操作批閱方法並通曉如何改進
   之道。

摘要

　　經過前面數講對議說文寫作的組成、結構、論證等的介紹與說明之後，本講將整合前述各種原則，指引學習者自我批閱的方法。當學習者能懂得批閱之法，便能理解個人寫作的優缺點，並自謀提升改進之道，以下將分成四節，說明如下。

　　第一節，批評的態度與原則。本節是根據提默・艾德勒、查理・范多倫《如何閱讀一本書》談到批評的禮節、角度與標準而來。當我們評議任何文章、書籍時，都應該有禮貌，也要認清批評的角度，方能與寫作者達成對話共識。

　　第二節，自我批閱方法概說。根據本套書前面數講內容，擬定批閱項目、內容，以檢視自我寫作的優缺點。

　　第三節，自我批閱實戰範例。舉出實際範例觀摩學習者如何根據批評方法，修改自己的文章。

　　第四節，議論寫作佳文共賞。提供議論寫作的範文作爲範例參考。

第一節　批評的態度與原則

　　「批評」不是件難事，如何客觀批評而非流於主觀好惡，莫提默・艾德勒、查理・范多倫在《如何閱讀一本書》提出兩大態度與原則：一是批評的禮節，二是批評的角度、標準。儘管原本預設是閱讀一本書所用，但亦適用於單篇文章的批評，因此，本節將援引該書提出的方法、原則，並加入個人的理解、教學經驗作說明。①

---

① 以下酌參莫提默・艾德勒、查理・范多倫著，郝明義、朱衣譯：《如何閱讀一本書》，並輔以個人的說明，不再逐條註釋，特此說明。參見氏著：（臺北：臺灣商務印書館，2003年10月），頁147-175。

一、批評的禮節

關於批評的禮節，莫提默・艾德勒、查理・范多倫提出三個步驟：一是「有禮貌」，二是「不爭強」，三是「化解爭議」。

（一）有禮貌

何謂有禮貌？兩位教授提到：「除非你已經完成大綱架構，也能詮釋整本書了，否則不要輕易批評。（在你說出：「我讀懂了！」之前，不要說你同意，不同意或暫緩批評。）」[2]因此，讀者評論不能漫天亂語，信口開河，他們提出批評應具備的「三個禮貌」，提供參考。

一是「懂得修辭」。這裡的修辭不是單指修辭學上的美化、提升意境的文學技巧，而更廣泛指文法、邏輯。讀者要先捉住這些要領，才能有效的對寫作者下評論。而閱讀與寫作之間也是互惠的。因為寫作者要懂得用修辭說服讀者；相反的，讀者得在此修辭脈絡下，作出應有的回應。所以，一個好讀者也要期許自己有好的寫作能力，建立好的文法、邏輯技巧。

二是「暫緩評論」。當開口說：「我同意」、「我不同意」前，得想想是否真正弄懂作者的創作意圖。評論不是一味反駁，讀者可以同意作者的理念，但不是盲目崇拜，無論同意與否，懂還是不懂，一定要能說出個道理，缺乏理解的情況下說同意或不同意，懂或不懂，這種意見都毫無意義。

三是「別自以為是的評論」。懂與不懂，有時問題出在讀者，也可能出在寫作者是否讀懂他人的文章。如果讀不懂，除了批評他人以外，也可能是自己知識、能力不足，宜暫緩評論。但同樣的，如果說「我懂了」，就應檢視自己的評論是否客觀。一個負責任的評論，是讀者先預設出評論範疇，以及檢視自己的能力所及，而非妄加批評。

---

② 莫提默・艾德勒、查理・范多倫著，郝明義、朱衣譯：《如何閱讀一本書》，頁172。

（二）不爭強

批評禮節的第二步，是「不要爭強好勝，非辯到底不可」，無論同意或反對，一定要有事實——即關於這件事的道理是什麼。

（三）化解爭議

批評禮節的第三步，則是「在說出評論之前，你要能證明自己區別得出真正的知識與個人觀點的不同」。跟第二步的差異在於，第二步是要求讀者不要爭強好勝，第三步是要化解寫作者、讀者間的爭議。而爭議的來源可分成「情緒的爭議」、「資訊不對等的爭議」、「理性的爭議」等三種。

一是「情緒的爭議」，包含偏見在內。因為語言、文字的溝通本來就存在不完美性的落差，當寫作者與讀者溝通產生落差，就會引發主觀情緒的爭議。二是「資訊不對等的爭議」，也就是兩方知識懸殊造成的爭執。三是「理性的爭議」，即雙方都是在理性基礎上，因不同立場、觀點而產生的爭議。

而上述任何一種爭議都可以被化解。讀者堅守立場之餘，還要有開放的心態，提醒自己也可能誤解寫作者，或在某個問題上有盲點，才能開啟對話基礎。若各持己見，雙方都不讓步，只好在原點上打轉，而解決爭議靠的是理性態度，也需要長久耐心。總之，解決爭議一定要有「立論基礎」，否則不過是個人意見、偏見、情緒化的反應，不足以真正解決問題。

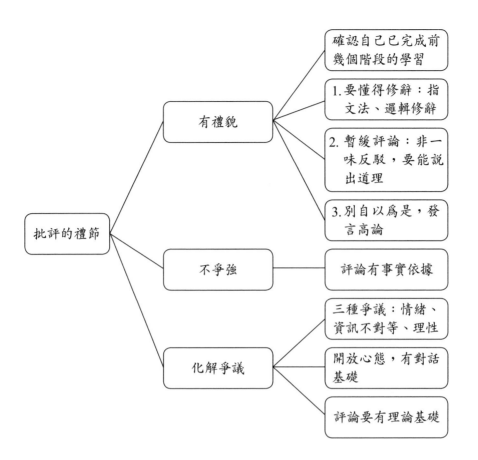

【批評的禮節】

二、批評的角度、標準

　　讀者準備進行批評，定得在「讀懂了」的基礎上，才有資格談批評。即使開始批評，也要有理論支持，而在說「讀懂了」之後，會有兩種可能：一是「我同意作者的觀點」；二是「我反對作者的觀點」。

　　作出「同意」評論時，需注意兩點：首先，不可盲目依附寫作者，這代表尚未讀懂，即使同意，也要能說出理由；其次，同意可以是部分同意，譬如：我同意「人生而平等」的說法，但要在什麼條件下的同意，寫作者與讀者可有不同的立足點。

一旦讀者與寫作者立場相異，雙方又各有理論基礎，比方說：A研究出「人生而平等」，但B卻研究出「人生而不平等」，如果雙方都已能相互了解對方所持論點，但還是不同意對方的預設，爭議就產生了，可藉由自己的理論基礎與對方針鋒相對。這種針鋒相對是要有禮貌的，不能是偏見，所以莫提默・艾德勒、查理・范多倫要我們評論時宜注意以下三點：

第一點：留意情緒化的問題。
第二點：先提出自己的前提與假設，也就是了解自己的偏見。
第三點：派別之爭不可避免，但還能站在對方立場來想，具有同理心。

接著，便可以開始在「我了解（寫作者觀點），但我不同意」基礎下，展開以下四點批評：一、作者的知識不足，二、作者的知識有誤，三、作者的不合邏輯，四、作者的分析不夠完整。

其一，作者的知識不足，指寫作者缺乏討論議題的相關知識。讀者指控時，要根據自己的論點，並指陳寫作者缺乏哪些相關知識，還有，若寫作者得到這些知識時，會產生什麼樣的議論結果。

一般很容易去指責對方知識不足，似乎立場不同，就可批評。但讀者不能要求寫作者面面俱到，比方說：寫作者從社會學觀點討論什麼是文化，批評卻指責他為何不從文學、歷史學、傳播學……的視角切入，這就是缺乏同情的理解。讀者只能跟寫作者從一樣的觀點，檢視寫作者缺少什麼相關知識。接著是提供「建議」，用另一個觀察點協助寫作者有更寬廣的思考視域。當然，寫作者大可不去理會，因為他想討論的內容本來就是「在此不在彼」；讀者也不應強迫對方接受，或以此嘲弄寫作者，除非這是共通必備的知識、常識，寫作者卻沒有顧及。

其二，作者的知識有誤，即寫作者的理念不正確。這可能是來自

於知識不足，也可能來自其他原因，除非寫作者的知識與事實相反，讀者才能提出此一指控。一旦提了，也要說明事實，或採取更有效的方法、論點，證明、支持事實。

其三，作者的不合邏輯，指寫作者的推論荒謬。有兩種情況：一是缺乏連貫，就有結論，會產生此狀況有兩個理由：一是跳躍了某些預設的步驟，二是寫作者已有推論結果，而自顧自的導向此結果，卻未發現推論也有歧出的可能。第二種則是寫作者所說的事情前後是矛盾的。總之，寫作者的不合邏輯，與其預設、論證過程的不完整有關。而更多有關邏輯謬誤的討論，可參見本書第十一講第四節「常見的邏輯謬誤」。

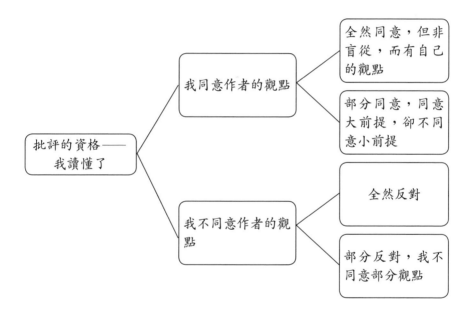

【批評資格的分類】

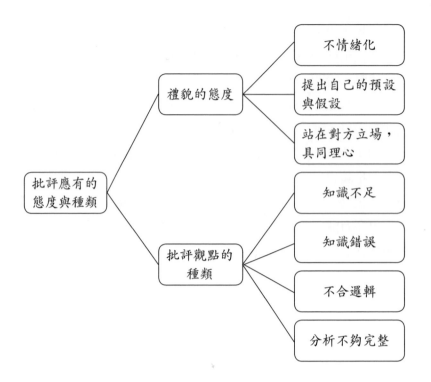

【批評應有的態度與種類】

　　其四，作者的分析不夠完整。前三者的批評與寫作者的共識、主旨、論述有關，本點是與整篇文章的架構有關。造成此狀況的理由有四種：一是寫作者沒有完整回答之前提出的議題；二是寫作沒有好好利用手邊的資料；三是寫作者解讀時，沒有看出其間錯綜複雜的關係；四是寫作者無法讓自己的想法與眾不同。然而，沒有任何研究是完美無缺的，也如前述，寫作者不可能在一篇文章囊括所有的內容，這是需同情理解者。

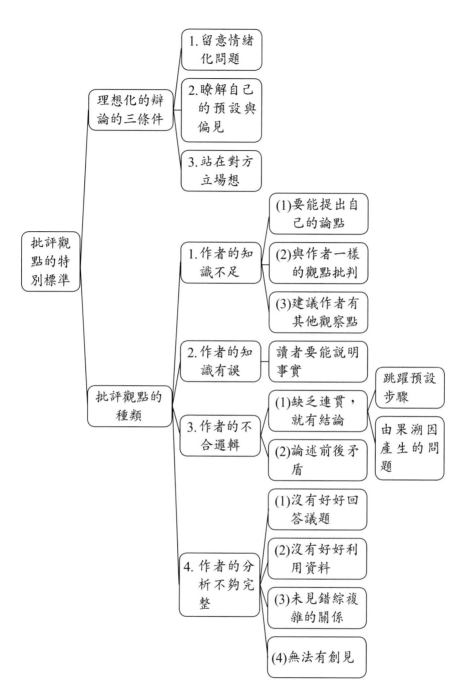

【批評觀點的特別標準】

⬛ 第二節　自我批閱方法概說

一、概說

（一）批閱作文是件苦差事

如何批閱作文？這常讓教學者感到頭疼，究竟該改錯別字？還是調整文法、文句？內容構思是否也要調整？再來，評語要寫什麼？是感性與寫作者互動，呼應文章內容？還是理性回應寫作者形式、思考邏輯的謬誤？評閱過於感性，就很難在形式、思考邏輯下功夫；太過理性告知問題，可能使寫作者感到挫敗，不願再提筆。感性、理性都寫，得看教學者有沒有時間、願不願意洋洋灑灑作出一大篇回應。

且批閱到怎樣的程度才是盡了教學者的職責？什麼都要兼顧，無疑是缺乏效率；若挑重點批閱，什麼才是重點？很難有定準。一如張中行（1909-2006）歸納出六種使批閱者頭疼的理由：一、太費力。二、難於改得恰如其分。三、翻來覆去，難免厭煩。四、最要命的是多半沒有成效。五、難於做到人人都滿意。六、個別教師，自己的水平不高。[3]這真是說中了教寫作者的宿命，似乎教學生涯都在批閱作文中度過，卻又難具體提出教學成果，學習者也難獲得實質的收穫與改變。

至於修改、批閱的方法前輩學者多有闡述，如：民初阮真在其《作文研究》述及如何批閱，甚至是如何發回批閱後的作文的方法；[4]蔣伯潛（1892-1956）則在《中學國文教學法》中，完整的從如何命題到如何指導，再到字與詞的批改、章句與內容的修改，逐一說明如何批閱的方法；[5]張中行也提出為何要修改的理由，以及批改面臨到

---

[3] 張中行：《作文雜談》（香港：三聯書店，2000年7月），頁208-209。

[4] 阮真：《作文研究》（北京：北京教育出版社，2014年3月），頁88-113。

[5] 蔣伯潛：《中學國文教學法》（北京：北京教育出版社，2014年3月），頁73-162。

的問題；⑥陳滿銘《作文教學指導》則分別從「批改原則」、「批改方式」、「批改項目」、「批改符號與評分」、「批改用語與角度」等五個面向，將批閱的形式、內容等，作了清楚講述，還附有批閱範例⑦……這類型的書、文章很多，大多是語文教學者數十年教學經驗的傳承，很值得參考。

（二）自我批閱作文的原則

在寫作教學過程中，我特別重視學習者對寫作的認知與自己批閱訂正。面對一整個班級的人，時間、體力都有限，很難完整批閱，若能將批閱方法教給學習者，讓他們自己找問題，並提出解決問題的方法，如此一來，能學習到的不單只是寫作能力，還有批閱、查找、解決寫作問題的能力。

我的教學方法是先只給評分等第，而不代為修正任何一字句便直接發還文章，之後指導學習者如何自行批閱。學習者依據「評閱項目表」逐條檢視自己寫作的疑問，直接在作文上更正。而後要統計、追溯問題成因，並「證明」我給出此等第的理由，諸如：文章有哪些優點，有哪些缺點，如何修正缺點，未來該如何改進等等。寫一篇一千餘字的作文，學習者自行修正的內容亦不亞於千字。最後，再收回他們的作文進行二次批閱，此時，批閱重點不再是文章，而是有否確實修正，能否知道問題癥結。

我施行此教學方法已行之有年，有兩個優點：一可降低閱卷負擔，讓學習者自己找問題，寫評語；二是讓學習者得到帶著走，且終身受用的寫作知識。尤其是後者，當懂得操作方法後，學習者會對寫作很有自信，懂得如何對症下藥、解決困難。

畢竟，任何寫作教學只能傳授技巧，能不能寫得好，得靠學習者

---

⑥ 張中行：《作文雜談》（香港：三聯書店，2000年7月），頁162-168、208-213。

⑦ 陳滿銘：《作文教學指導》（臺北：萬卷樓出版社，1994年10月），頁319-419。

自行努力。徒知一堆寫作概念、技巧卻不願動筆書寫，無疑是紙上談兵。漫無目的書寫卻缺乏寫作概念、修正方向，如同瞎子摸象，難有進步，常久以往，便對寫作望之卻步。且每個人的文風、文氣各有不同，情感、知識背景也大不相同，唯有實際寫作、確切修正，以徹底解決問題。但進行自我批閱尚得具備以下四項條件。

一是必須具備基本的讀寫能力。自我批閱須判別文章包括：由詞到句，由句到段，再由段到篇之種種問題，故適合高中、大學以上程度之具備基本讀寫能力的學習者。

二是先教導相關寫作先備知識。自我批閱不是貿然批閱，而是逐步展現寫作教學的成果，教學者必須先教導寫作相關知識，才能讓學習者練習修正。

三是逐步落實，不求一步到位。修正文章很難一步到位，如同先前所言，教學者批閱作文也會遇到不知從何改起之嘆，如：什麼都要代為修改，缺乏效率也浪費時間；只修改一隅，又總覺有許多問題需提點，教學者尚且如此徬徨，更何況是寫作者？故修正不要求一步到位，而是分進度修改，這回是「結構」；下回是結構、文氣；再下回是結構、文氣、例證……，逐步落實每一層次的訂正。

四是嚴格要求，不能得過且過。「語文鍛鍊」與「文學陶冶」不同，語文需要被訓練，需嚴格要求遣詞用句的精準度；文學著重感性層面的溝通、分享，文句精確與否非主要重點，能否流露真實情感更為重要。

如果學習者程度尚且不足，無法自我批閱，教學者亦可透過以下「批閱項目」，或自行設計批閱項目，作為批閱參考。

二、批閱項目

以下配合本套書講述的內容，分成七大項目，作為最終的自我批閱標準，當學習者能自行檢覈所有項目時，代表已能獨立認知問題；而平日指引學習者批閱時，亦可節選適合的部分作為「逐步落實，不求一步到位」的參考。但懂得這些自我批閱並非已到學習寫作的終

點，而僅是一個階段的完成，因為學習寫作是永無止盡的歷程，再厲害的寫作者、作家也不會到達某個高度就裹足不前。好比從武功秘笈中學習到上乘的武功，儘管將口訣倒背如流，一旦缺乏練習，未多加修練，武功就不會進步，寫作也一樣，正所謂「師父領進門，修行在個人」了。

1. 認識「題目」

1.1 題型是「單軌題」，或「雙軌題」，或「多軌題」。

1.2 如是雙軌或多軌題，各子題間是什麼關係。

1.3 預計使用哪種結構寫作方式。

1.4 預計使用哪種開頭方式去定義、解釋題目。

1.5 預計使用哪種結尾方式。

> 參考內容：
> A.有關題型、單雙軌各子題間的關係，可參考本書第九講第一節。
> B.有關預計使用結構寫作方式，可參考本書第十講第二至五節。
> C.有關預計使用哪種開頭、結尾，可參考本書第九講第二、三節。

2. 「結構」批閱重點

2.1 請分析文章修改前／修訂後的「段次結構」與「細部結構」。

2.2 請分析是否有「結構錯置」，或「前後段之間難以聯結」的問題，並指出「問題結構」所在位置、問題可能的成因。（無則免寫）

2.3 各「段次」（非段落）結構是否比例均勻？譬如：開頭「頭重腳輕」，或結尾「尾大不掉」……，如有問題，請說明問題理由何在？（無則免寫）

2.4 其他有關結構寫作的問題。（無則免寫）

> 參考內容：
> 可參考本書第九講第二、三節、第十講第二至四節。

3. 「文氣」批閱重點

3.1 請統計全文總字數。

3.2 刪除「冗字贅句」，請統計最容易犯的問題。（至多3個，無則免寫）【消極、初階的修正】

> 參考內容：
> A.可參考本套書《精進書寫能力1——遣詞用句掌握文氣篇》第二講第一節「虛詞類的問題與修正」、第二節「實詞類的問題與修正」、第三節「語句類的問題與修正」。
> B.十四個易犯的問題，請從中選擇：
> 　a. 虛詞：「感嘆詞與語氣詞」、「連接詞」、「動態動詞『了』」、連接詞、「的」。
> 　b. 實詞：「代名詞」、「關鍵字詞」、「同義語詞的連用」、「數詞『一』」。
> 　c. 語句：「不當的激勵文句」、「句意重複的文句」、「疑問句型的文句」、「不當拆解語詞」、「誤入的慣用口語」、「顛倒的文法句式」。
> C.需進行語詞替換，可參考本套書《精進書寫能力1——遣詞用句掌握文氣篇》的「附錄三　文言與白話虛詞的轉換——『副詞』、『連接詞』、『語氣助詞』」。

3.3 請統計最能提升文章文氣的方法。（至多3個，無則免寫）【積極、進階的修正】

參考內容：

A.可參考本套書《精進書寫能力1——遣詞用句掌握文氣篇》
　的第三至五講。

B.十六個提升文氣的方法，請從中選擇問題：

　a. 掌握精準的表意方式：「以具體示意取代『說』
　　（Say）」、「個人主張與他人對話」、「動詞的使用
　　與限制」、「以實證語詞取代修飾用的語詞」、「肯定
　　或否定：是特稱還是全稱」、「簡單表意取替代術語表
　　意」。

　b. 掌握文氣的方法：「短句與長句，緊句與鬆句」、「主
　　動句與被動句」、「有效凸顯個人觀點」、「口語強調
　　及書面判斷」、「從中文寫作的起承轉合到英文寫作結
　　構概念」。

　c. 以修辭法強化氣勢：「排比法」、「對偶法」、「層遞
　　與連鎖法」、「頂針法」、「設問法」。

C.可利用本書「附錄　中英文寫作『論證指示詞』對照表」
　增補或刪修論證指示詞。

3.4 請統計修訂後字數。

3.5 請寫下具代表性修訂文句，至多三個，如：

　（原文）：因為我的語文能力不足，所以導致了我在解題的過程
　　　　　　中，誤會了這題題目的題意，失去了關鍵的得分，實
　　　　　　在是太可惜了。

　（更正）：緣於個人語文能力不足，誤解此題題意，錯失得分之
　　　　　　幾，甚感遺憾。

3.6 其他有關文氣的問題。（無則免寫）

4.「例證」批閱重點

4.1 請檢視「例證」的數量、類型。（無則免寫）

    4.1.1 請統計一共使用幾個例證，如：三個例證。

    4.1.2 請說明使用例證的類型，如：一個歷史例、兩個自身例。

    4.1.3 若使用「歷史例」、「時事例」，請檢視是否觸犯錯誤的舉例方法，請寫出有或無，還有數量，如：有一個歷史例「以偏概全」。

    4.1.4 若使用「學理例」，請檢視是否有說清楚其學理，如：其中一個學理例過於簡略，需增補解說。

    4.1.5 是否有使用不當的例證，如：自身例（可視文體適度使用）、尋常例、假設例、寓言例、宗教例。

4.2 請檢視所有例證是否有清楚表達論點、例證主體、小結等。如沒有清楚表達，請檢討問題何在。如：某例花太多篇幅描寫細節，而未能直接呼應論點。

4.3 其他有關於舉例的問題。（無則免寫）

參考內容：

A.可參考本書第十一講「如何進行有效論證與例證的類型、邏輯謬誤」。

B.有關舉列歷史例、時事例可能產生的六個問題：以偏概全、過度揣想、通俗例證、盲從對比、錯誤認知、時光倒流。

C.舉例方法與原則：「論點＋例證主體＋小結」，或「論點＋例證主體」，或「例證主體＋小結」。

5.「構思」批閱重點

5.1 開頭，解釋題目（WHAT）

    5.1.1 解釋題目是否得當，有無「偏題」或「離題」。

5.1.2 如採行「引用法」、「比喻法」、「敘事或抒情法（含舉例法）」釋題，有無拿捏清楚釋題比例，或喧賓奪主徒以引用，或比喻，或敘事、抒情取代釋題。

5.2 說明成因（WHY）

5.2.1 除了正面書寫，是否有採取反面論辯。

5.2.2 反面論辯是否使用「特稱否定」或「全稱否定」，如為後者，請說明理由為何。

5.2.3 有否針對同一個論點展開正、反的論辯，還是各取不同視角論辯，如為後者，請說明可能產生的問題。

5.2.4 除了反面論辯，是否還使用其他面向的討論。

5.3 實踐方法（HOW，適用於「三W型結構」）

5.3.1 「實踐方法」是否確切可行，有無按順序排列。

5.3.2 如有上述任何狀況，請說明問題成因。

5.4 結尾

5.4.1 有無首尾相應，還是略為偏題或離題？如有偏離題狀況，請說明原因。

5.4.2 是否以「比較級收尾」？如以「最高級收尾」，請略述使用之後可能產生哪些問題？

5.4.3 其他有關構思的問題。（無則免寫）

參考內容：

A. 可參考本書第九講第二節「開頭寫作法」、第三節「結尾寫作法」。

B. 可參考本書第十講第二至四節，有關「論辯型」、「三W型」、「總提分論型」、「其他寫作結構的思考面向」。

---

6. 其他檢查項目

6.1 有無錯別字？

6.2 字跡有無潦草，用筆粗細深淺是否合宜？

6.3 有無誤用標點符號，或標點符號是否能清楚協助表意？

6.4 有無格式錯誤，如：每一段一開始降兩格書寫……？

> 參考內容：
> 有關標點符號，可參閱本套書《精進書寫能力1——遣詞用句掌握文氣篇》的「附錄一 中文標點符號與常見的使用問題」。

7. 總檢討

7.1 綜合以上檢討，證明批閱者給你○○評價（或分數）的理由。

7.2 請自我檢討未來寫作可加強的方向。如：基本結構觀念不夠穩固，需弄清楚「三W法」的內涵……。

7.3 請寫下其他關於寫作問題。

第三節 自我批閱實戰範例

本節將提供三篇寫作者的自我批閱實戰範例，看他們如何檢視自己作文的優缺點。每篇文章均有「原文」、「修訂後的文章」的前後對照，以及根據第二節擬定的檢視項目，由寫作者逐層檢視自己的寫作問題，具體提出「總檢討」，提出改善與提升個人寫作實力的方法。原文旁的「註解」、「總講評」則是教學者針對文章提出的意見，協助進一步的修正。

第一篇
作者：陳順良
題目：〈拆卸心中的圍牆〉

原文：

第一段次

人在受到傷害或遭遇痛苦時，為避免重複類似的傷痛會逐漸建立起防衛心，也就是【即】心中的圍牆。心牆雖然保護我們柔弱的心，

卻也在無形中使我們戴上面具，隱藏自己，不信任他人，活得疲憊，最終對世界失去熱情，然【而】圍牆之存歿，決定權仍操之在己。

第二段次

　　孩提時期，因為身型肥胖，飽受嘲諷，各式各樣的標籤不斷加諸在【於】我身上，我開始變得自卑、沉默、敏感，心中的圍牆逐漸高升，將我隔絕於世界之外。直到我開始正視問題，改變自己，不僅增加自信心，【循序漸進】在運動方面也表現突出，加入校隊，得到更多認同【最後在體育方面一展長才，獲得更多認可。】

　　心牆可以是我們暫時逃避問題的避風港，但絕不是解決問題的方式【之道】，對於世界不要抱有太多期望【過度將期待寄託於外在世界】，否則可能得到更大的失望【失望也愈大】。有正視自身【問題】，接受本身的不完整【美】，才是改變的開始，而心中的高牆也將隨之崩塌，開啟對外的視窗【口】。

　　又如憂鬱症本身是一種「失落」及「無望感」，在人的一生中難免遭遇挫折，當壓力無法得到適當之釋放，直到再也無法抵抗，絕望感油然而生，甚至【到最後可能】產生輕生的念頭。有一句話說：「憂鬱症患者絕對不是因為不知足，而是因為太愛著個世界遠勝過愛自己。」當憂鬱症患者無法抵擋接踵而至的惡意，沒有心牆阻絕傷害，更沒有方法處理悲傷【當憂鬱症患者失卻承受外界壓力的能力，又無處釋放自身情緒】，最後只能遍體鱗傷。故對待他們我們應溫柔且富有同理心，鼓勵他們看【協助就】醫生改善【，】正因為沒有心牆阻隔，他們才容易被傷的透徹，這時就必須由身邊的人做他們的依靠，支持他們建立防衛心。【人生在世，免不了有憂鬱，對人生感到失落、無望，當壓力無法得到適當之釋放，或許會自傷傷人，以尋求解脫。故不給予過分的期待與關注，不要追求完美，就會降低彼此的傷害。多一分溫柔與同理，由身邊的人做他們的依靠，也才能卸下其防禦的心牆。】

■註解【1】：憂鬱症已是一種心理疾病，若欲真正解決憂鬱症，就涉及醫療行為，由於寫作者非相關醫療專業，原本建議略顯空泛，後改成「憂鬱」較為得宜。

人是群體動物，~~拒絕與外界接觸，總是違背常理，對於卸載心牆之方法分茲如下：~~【心牆只能阻絕一時壓力，卻不是長久生活處世之道，故該如何卸下心中的圍牆，可從以下三點做起。】

其一，改變心態，正視自身。若遭遇挫折便不再敞開心房，~~尚未遇見美好就此放棄，~~【未免】太過可惜。保持積極樂觀，努力生活，驀然回首，~~你已經前進~~【會發現已成長】許多。

其二，經營關係，善待他人。人難免有灰心喪志之~~時~~，別忘記家人是堅實的後盾，朋友是一同向前的夥伴，【伴侶亦最親密的摯友，】一起成長，建立更穩固的關係，分擔悲傷，共~~用~~【享】歡樂。

其三，和善待人，同理他人。對待他人應富有同理心，己所不欲，勿施於人，當他人陷入危難時，雪中送炭，適時給予協助，建立信賴的關係，當越來越多人站在你身旁時，~~告訴自己，~~面對世界，你【其實自己】並不孤單。

禪宗六祖慧能（638-713）曾云：「菩提本無樹，明鏡亦非臺。本來無一物，何處惹塵埃。」生命中的困頓往往來自執念的「作繭自縛」，【先】放得下，才提得起，做一個溫柔的人，世界便傷害不了你【自己】。唯有正視自己，著手改變，心中的高牆才能瓦解，轉變為對外溝通的橋樑。

修訂後文章：

人在受到傷害或遭遇痛苦時，為避免重複類似傷痛會逐漸建立防衛心，即心中的圍牆。心牆能保護我們柔弱的心，也無形中使我們戴上面具，隱藏自己，不信任他人，最終對世界失去熱情，然而圍牆之存歿，決定權仍操之在己。

第二段次

　　孩提時期，因為身型肥胖，飽受嘲諷，各式各樣的標籤加諸於我，我開始變得自卑、沉默、敏感，心牆逐漸高升，將我隔絕於世界之外。直到我開始正視問題，改變自己，增加自信心，循序漸進，最後在體育方面一展長才，獲得更多認可。

　　心牆可以是我們逃避問題的避風港，但絕非解決問題之道，過度將期待寄託於外在世界，失望也愈大。唯有正視自身問題，接受本身的不完美，心牆也將隨之崩塌，開啟對外窗口。

　　又如人生在世，免不了有憂鬱，對人生感到失落、無望。當壓力無法得到適當之釋放，或許會自傷傷人，以尋求解脫，故不給予過分的期待與關注，不要追求完美，就會降低彼此的傷害。多一分溫柔與同理，由身邊的人做他們的依靠，也才能卸下其防禦的心牆。

第三段次

　　人是群體動物，心牆只能阻絕一時壓力，卻不是長久生活處世之道，故該如何卸下心中的圍牆，可從以下三點做起。

　　其一，改變心態，正視自身。若遭遇挫折便不再敞開心房，未免太過可惜。保持積極樂觀，用心體會生活，驀然回首，會發現已成長許多。

　　其二，經營關係，善待他人。人難免灰心喪志，別忘記家人是堅實的後盾，朋友是一同向前的夥伴，伴侶亦最親密的摯友，建立更穩固的關係，分擔悲傷，共享歡樂。

　　其三，和善待人，富同理心。對待他人應富有同理心，己所不欲，勿施於人，他人陷入危難時，雪中送炭，適時給予協助，建立信賴關係，當越來越多人站在你身旁時，面對世界，其實自己並不孤單。

第四段次

　　禪宗六祖慧能曾云：「菩提本無樹，明鏡亦非臺。本來無一物，何處惹塵埃。」生命中的困頓往往來自執念的「作繭自縛」，先

放得下，才提得起，做一個溫柔的人，世界便傷害不了自己。唯有正視自己，著手改變，心中的高牆才能瓦解，轉變爲對外溝通的橋樑。

寫作者自我批閱項目

（爲節省篇幅，故僅保留序號，詳請參閱第二點「批閱項目」）

---

1. 認識題目

1.1 單軌題。

1.3 三W型。

1.4 以開門見山法解釋題目。

1.5 首尾呼應式結尾。

2. 「結構」批閱重點

2.1

【原文結構】

　　第一段次：以開門見山法解釋何謂「心中的圍牆」。

　　1. 定義何謂「心中的圍牆」。

　　2. 卸下心中的圍牆操之在己。

　　第二段次：舉例說明人的「心中的圍牆」，以及爲何產生此圍牆的理由。

　　1. 舉自身成長面對的挫折爲例。

　　2. 提出正視問題，接受人的不完整，才能讓心牆崩塌。

　　3. 再舉憂鬱症爲例，並提出同理、陪同支持，跨越心牆爲例。

　　第三段次：提出「拆卸心中的圍牆」的方法。

　　1. 改變心態，正視自身。

　　2. 經營關係，善待他人。

　　3. 和善待人，同理他人。

　　第四段次：首尾呼應式結尾作結。

【修訂後結構】

第一段次：以開門見山法解釋何謂「心中的圍牆」。（其餘與原文相同，從略）

第二段次：舉例說明人的「心中的圍牆」，以及為何會產生此圍牆的理由。（其餘與原文相同，從略）

3. 舉人有憂鬱，並提出同理、陪同支持，跨越心牆為例。（修訂後例證）

第三段次：提出「拆卸心中的圍牆」的方法。（其餘與原文相同，從略）

第四段次：首尾呼應式結尾作結。（其餘與原文相同，從略）

2.3　結構分配尚完整，無分配不均的問題。

3.　「文氣」批閱重點

3.1　原文941字。

3.2　連接詞、句意重複的文句。

3.4　修訂後792字。

3.5　代表性修訂文句

例1：

（原文）當憂鬱症患者無法抵擋接踵而至的惡意，沒有心牆阻絕傷害，更沒有方法處理悲傷。

（更正）當憂鬱症患者失卻承受外界壓力的能力，又無處釋放自身情緒。

例2：

（原文）人是群體動物，拒絕與外界接觸，總是違背常理，對於卸載心牆之方法分茲如下：

（更正）人是群體動物，心牆只能阻絕一時壓力，卻不是長久生活處世之道，故該如何卸下心中的圍牆，可從以下三點做起。

4. 「例證」批閱重點

4.1.1 共使用2個例證。

4.1.2 共使用1個自身例、1個學理例（憂鬱症）。修訂後保留1個自身例，其餘不夠完整的皆汰除。

4.2 有清楚表達例證。

5. 「構思」批閱重點

5.1.1 無偏題或離題。

5.2.1 有反面例證，如：孩提肥胖一例。

5.3.1 大致可行，有按照順序排列。

5.3.2 缺乏一個小結彙整分點談到實踐方法的順序。

5.4.1 有。

5.4.2 使用比較級結尾。

6. 其他檢查項目（略）

7. 總檢討

7.1 優點：解釋清楚、結構大致完整。

　　缺點：冗詞贅句稍多，部分例證舉用不當，可再提升內容的深廣度。

7.2 未來將會注意以下幾點：

　　(1)強化正、反面的例證。

　　(2)多體驗人生，多閱讀，從生活中體驗各種人生道理。

　　(3)減少冗詞贅句。

7.3 （略）

總講評

1. 順良〈拆卸心中的圍牆〉除了刪除原文的冗贅、口語，也將部分空疏的內容換成具體的內容。
2. 作者訂正前，已對議論文寫作結構、援引例證為論據、如何修改冗詞贅句有基本認知，故結構層次分明、內容大致完整。
3. 全文主旨明確，唯「『如何』拆卸心中的圍牆」涉及到心理層面的問題，譬如：「改變心態」，但對有心牆的人怎樣才能改變心態？又如：「富同理心」，要如何建立起對他人的同理心？同理可否無限上綱，還是有須遵循的原則？當然，這是吹毛求疵的講評，畢竟單靠一篇短文便欲解決大眾心理的防衛，實在不可能，此係客觀條件的限制。
4. 論說內容符合主流期待，建議可再強化例證的深廣度，彰顯論點可信度。
5. 當敘寫「轉變」時，讀者有興趣的是轉變過程，而非結果。如本文提到作者自身轉變過程：「直到我開始正視問題，改變自己，增加自信心……」彷彿只要下定決心正視、改變，就能得到好結果，如能稍加著墨提過程中面臨的挫折，會更貼近讀者。但也不宜過於鉅細靡遺，因為本文為議論文，得拿捏舉例目的係佐證論點，而非敘述故事。
6. 總結來看，本文已符合基本的修訂水平。

第二篇
作者：王嘉興
題目：如何面對喧嘩的眾聲

原文：

第一段次

　　網路、媒體充斥著現代生活中，一個人的力量與以前已經有大不

同，在社群媒體上，一旦帶起風向，影響的效果可說是匹敵於一般新聞媒體的，以此→【故】「喧譁的眾聲」就這樣誕生，多數人的意見成了一種標準，一種生活的方式。

第二段次

　　每一個人都有發表自身意見的權利，這是人的基本權利，或多或少，少數人服從多數那方式在民主意志下的一個產物，有利也有弊。【利在於當一件事是正確且正當地跟隨，而弊在於是錯誤的卻又盲從於它，自己是否能正確地判斷，取決於個人的想法。】

　　西元二零一八年，一位關心海洋生態的環保人士發現海龜鼻孔裡插著一根吸管，那支影片由於網路而流傳地發常快，導致非常多人提出要政府禁止塑膠的意見，因而在網路上連署了起來，多數人的想法成為了主流，帶動環保的思想，最終在隔年，促成了禁止塑膠吸管的政令。

■ 註解【2】：此例與喧譁的眾聲無甚關聯，提出禁止塑膠非異議之眾聲，故刪除此例，並更改如後。

　　【以一理論來舉例，群聚效應，當某一件事情達到一定程度的關注，成為一個「轉捩點」時，關注人數會有很大的轉變，若淪為其中一名被捲入卻又持不同觀點的人，同時身旁的同伴又不予以支持，甚至惡言相向，成為被多數暴力壓制的受害者，面對如此的壓力，學會處理方式更是重要。】

　　其中又以「廢除死刑」議題為例，大多數人都以廢除死刑為忌，甚至在那之中謾罵主張廢死的人也不在少數，各有個自己的理由，但是多數人運用己方眾多的勢力壓制來自少數人的發聲，兩邊的論點並無是非對錯，每個人的思辨模式都應受到敬重，秉持自我的信念，不為別人所動→在大多數人都同意的價值觀面前，無疑是件勇敢的事，【故少數人在面對大多數人的意見必須擁有堅定的信念】。

　　再者，以同性戀話題為例，傳統觀念對上新一代的觀念，法律也同樣限於傳統，一開始不少輿論攻擊著那些人，就連新聞媒體有些也跟著抨擊，於法律中人權是有著絕對的保障，那些人不應以這樣的

方式來傷害他人，~~不過在那之後公權力展現了他的權能，加上後來陸續挺身而出的年輕世代，做出了一個人權的解釋，這樣龐大的力量，使一個新的世代誕生。~~【近年來頻繁出現的網路暴力事件，人們在電腦桌前當起「鍵盤俠」，對於公眾人物、演藝人員、網紅情感式的批判，無限上綱的語言暴力，逼得某些無法承受的人最後走上絕路。又或者社會常出現的「正義魔人」，以既定的價值觀去涵攝眼前所見的表象，透過群眾壓力迫使他人屈從。】

■ 註解【3】：此例涉及到世代之爭，但並非只有年輕世代挺身而出，不能以傳統、現代或年齡區分，故建議刪除，並更改如後。

第三段次

於是，【身為現代知識分子】要在喧譁的眾聲中，於公於私，找出【該如何立基於】自己的立場，秉持信念，【但又不能強加己意迫使他人接受而成為加害人？】~~掌握原則，~~有以下幾點方法。

一、深入觀察，洞悉全局：為了避免剛愎自用，在斷定一件事、跟風之前好好地思考，~~培根說過：「戴上墨鏡，世界在你眼前就立即失去了色彩。」~~切勿蒙蔽自己，把耳朵蓋了起來。

■ 註解【4】：須留心過分冷僻的引文會否有傳抄的問題，須找出更確切的出處為佐證，否則可刪。

二、發表意見，勇於~~挺身~~【對話】：在眾多同樣想法的人面前，說出不同的意見是別有難度，但是正因為說出來才有被接受採納的可能性，~~就如丹‧佛所述「重要的是，勇敢地嘗試展開一段對話。」~~讓別人信服，否則自己所想的無法傳遞出去。

■ 註解【5】：與前引培根之言狀況雷同，且「丹‧佛」這樣的名字太流於大眾化，無法明確指出他是誰，更何況其所言之效力，故可刪除。

三、勿持己見，勿迫他人：《論語》提到「毋意，毋必，毋故，毋我。」真正地讓他人接受才是一個確實的做法，一味各持己見，強迫他人接受自己，無法坦蕩蕩成為大多數人的標準。

歸納上述，要如何面對喧譁的眾聲，首先需要好好思考、觀察這些眾聲所處何在，再來結論出自己的意見勇於表達，不隨波逐流，切忌勿固執己見，也聽聽別人的想法，柔性變化。

【故從這之中學會了面對喧譁的眾聲後，不容易被他人言語影響，回到每個都是獨立思考的存在，若在教育或媒體上使大眾有所認識，事情的正反兩面，不一味地斷定事實，預先做好功課再來發表自身意見，如此一來社會上無意義的紛爭抑或是不公義將會減少，且將進一步地成長。】

修訂後文章：

網路、媒體充斥著現代生活中，一個人的力量與以前已大不同，在社群媒體上，一旦帶起風向，影響的效果可匹敵於一般新聞媒體，故「喧譁的眾聲」就這樣誕生，多數人的意見成了一種標準，一種生活的方式。

每一個人都有發表自身意見的權利，這是人的基本權利，或多或少，少數人服從多數那方式在民主意志下的一個產物，有利也有弊，利在於當一件事是正確且正當地跟隨，而弊在於是錯誤的卻又盲從於它，自己是否能正確地判斷，取決於個人的想法。

以一理論來舉例，群聚效應，當某一件事情達到一定程度的關注，成為一個「轉捩點」時，關注人數會有很大的轉變，若淪為其中一名被捲入卻又持不同觀點的人，同時身旁的同伴又不予以支持，甚至惡言相向，成為被多數暴力壓制的受害者，面對如此的壓力，學會處理方式更是重要。

其中又以「廢除死刑」議題為例，大多數人都以廢除死刑為忌，甚至在那之中謾罵主張廢死的人也不在少數，各有個自己的理由，但是多數人運用己方眾多的勢力壓制來自少數人的發聲，兩邊的論點並無是非對錯，每個人的思辨模式都應受到敬重，秉持自我的信念，在大多數人都同意的價值觀面前，無疑是件勇敢的事，故少數人

在面對大多數人的意見必須擁有堅定的信念。

再者，近年來頻繁出現的網路暴力事件，人們在電腦桌前當起「鍵盤俠」，對於公眾人物、演藝人員、網紅情感式的批判，無限上綱的語言暴力，逼得某些無法承受的人最後走上絕路。又或者社會常出現的「正義魔人」，以既定的價值觀去涵攝眼前所見的表象，透過群眾壓力迫使他人屈從。

第三段次

於是，身為現代知識分子在喧譁的眾聲中，該如何立基於自己立場，秉持信念，但又不能強加己意迫使他人接受而成為加害人？有以下幾點方法。

於公於私，找出自己的立場，秉持信念，掌握原則，有以下幾點方法：

一、深入觀察，洞悉全局：為了避免剛愎自用，在斷定一件事、跟風之前好好地思考，切勿蒙蔽自己，把耳朵蓋了起來。

二、發表意見，勇於對話：在眾多同樣想法的人面前，說出不同的意見是別有難度，但是正因為說出來才有被接受採納的可能性，否則自己所想的無法傳遞出去。

三、勿持己見，勿迫他人：《論語》提到「毋意，毋必，毋故，毋我。」真正地讓他人接受才是一個確實的做法，一味各持己見，強迫他人接受自己，無法坦蕩蕩成為大多數人的標準。

歸納上述，要如何面對喧譁的眾聲，首先需要好好思考、觀察這些眾聲所處何在，再來結論出自己的意見勇於表達，不隨波逐流，切忌勿固執己見，也聽聽別人的想法，柔性變化。

第四段次

故從這之中學會了面對喧譁的眾聲後，不容易被他人言語影響，回到每個都是獨立思考的存在，若在教育或媒體上使大眾有所認識，事情的正反兩面，不一味地斷定事實，預先做好功課再來發表自身意見，如此一來社會上無意義的紛爭抑或是不公義將會減少，且將

進一步地成長。

寫作者自我批閱項目

（為節省篇幅，故僅保留序號，詳請參閱第二點「批閱項目」）

1. 認識題目

1.1　單軌題。

1.3　三W型。

1.4　開門見山解釋題目。

1.5　總結式結尾。

「結構」批閱重點

2.1

【原文結構】

　　第一段次：以開門見山法解釋何謂「喧嘩的眾聲」。

　　第二段次：說明為何社會會有喧嘩的眾聲，即不一樣的聲音。

　　1. 說明社會上每個人都有表達自己聲音的權利。

　　2. 以關心海洋生態為例。

　　3. 再以廢除死刑為例。

　　4. 再以同性婚姻為例。

　　第三段次：提出面對喧嘩眾聲的方法。

　　1. 深入觀察，洞悉全局。

　　2. 發表意見，勇於挺身。

　　3. 勿持己見，勿迫他人。

　　第三、四段次：合併第三段次小結、全文總結。

【修訂後結構】

　　第一段次：以開門見山法解釋何謂「喧嘩的眾聲」。

　　第二段次：說明為何社會會有喧嘩的眾聲，即不一樣的聲音。

　　1. 說明社會上每個人都有表達自己聲音的權利。

　　2. 以群聚效應為例。（新增）

3. 再以廢除死刑爲例。

4. 再以網路暴力爲例。（新增）

第三段次：提出面對喧嘩眾聲的方法。

1. 深入觀察，洞悉全局。

2. 發表意見，勇於挺身。

3. 勿持己見，勿迫他人。

4. 以一小結整合三點內容。（新增）

第四段次：以總結式結尾作結。

2.3 結構分配尚完整，無分配不均的問題。

3. 「文氣」批閱重點

3.1 原文969字。

3.2 誤入的慣用口語。（大幅度修改內容，因直接汰除段落文句，故未特別刪修冗詞贅句。）

3.4 修訂後1123字。

4. 「例證」批閱重點

4.1.1 共使用三個例證。

4.1.2 共使用三個議題時事例。原本兩個議題時事例偏離主軸，刪除後再補上兩個議題時事例、一個學理例。

4.1.3 無犯相關問題。

4.1.4 有清楚說明學理。

4.2 有清楚表達例證。

5. 「構思」批閱重點

5.1.1 無偏題或離題。

5.2.1 缺乏反面例證，即未能面對喧嘩的眾聲的不良結果。

5.3.1 確實可行，有按照順序排列，但部分引用客觀性不足。

5.3.2 以實踐方法的小結當成是全文結尾。

5.4.1 如前點所述，以實踐方法的小結當成是全文結尾，雖不至偏題，但也未能呼應全文。

5.4.2 使用比較級結尾。

6. 其他檢查項目（略）

7. 總檢討

7.1 優點：解釋清楚、例證多元。

　　缺點：缺反面例證、舉例與題旨不相符、缺乏結尾。

7.2 未來將會注意以下幾點：

　　(1) 強化正、反面的例證。

　　(2) 使用例證、引用時要特別留意是否切合題目。

總講評

1. 作者嘉興訂正前，已對議論文寫作結構、援引例證為論據、如何修改冗詞贅句有大致的認知，結構層次尚且完整。

2. 原文中的部分例證、名言錦句與題旨不符，或有預設不周的疑慮，故作者刪除後再補上新的學理例、議題時事例，強化論點深度。

3. 修訂後尚有一些冗詞，如：「一」很多。還有口語殘留，如：「這之中……」、「那之中……」寬泛來說，這是作者的寫作文氣，可以保留；如欲更嚴謹的表述，得再仔細留意冗詞贅句的問題。

4. 「如何面對喧嘩的眾聲」是很具體的題目，按照「具體的題目抽象化，抽象題目具體化」的解釋原則，可以將題目提升到「公與私」的層面，討論會更深刻。

5. 總結來看，修訂後除了更貼合題目，內容深度也稍有提升，已

達成此階段的學習目標。

第三篇
作者：劉品驛
題目：雅量

原文：

第一段次

　　生活中，人們都有自己喜歡做的事，堅持的看法及觀點和想要實現之理想，在彼此【間】互動過程中，往往會遇到與自己理念不合或習慣不盡相同的人，但我們~~要做的並不~~【不應只】是一味的排斥，而是透過雅量的心，尊重、包容每個觀點不同的人們。除了友善的心之外，雅量也代表「寬宏的心」，意思指【謂】格調較高，看待事情不會計較【些】毫無意義的小事，行事作風較有遠慮，不因微小的變化，~~而~~影響自身的心神寧靜，展現不慌不忙地從容態度~~、~~。綜上所述，~~擁~~有雅量之人能~~夠~~關愛他人，友善接納來自不同立場之觀點，以及展現出較高格調和寬廣的氣度，故雅量確實是人們~~都~~需具備之待人處事~~的~~原則。

第二段次

　　~~內心有~~【胸懷】雅量之人，【能以包容、尊重及換位思考、將心比心之態度對待他人，同時能讓自己從不同的角度去學習成長，】在生活上較他人輕鬆愉快許多~~、~~【。】以人際關係為例，人們大多都傾向能夠傾聽自身意見及想法的人，~~因為人們希望自身~~自身之想法能被他人所接受或認可，在有爭執時，也能以「退一步，海闊天空」之方式和平解決，更重要的是在於尊重並體諒他人。以漢宣帝劉詢（91B.C.-48B.C.）為例，其原名為劉病已，在當時算是常見的名字，而且有規定一般百姓不得與皇帝名重複，若被發現【否則】將會惹來

殺身之禍，但宣帝【其】不但沒有強制百姓改名，反而自己改名，~~原由在於~~【是因】其曾有和百姓一同生活過，知道人民生活之貧困以及【的】不便，故尊重、同理百姓。從上可知~~，~~有時較有雅量之大【人有雅量】，其原因除了先天之個性或後天的教育外，還有可能是曾經為受苦之人，因為了解他人之痛苦，~~因此~~【所以】能比【較】其他人更來的溫柔和友善。~~以自身為例子，在高中時，我曾為服務性社團的社員之一，其主要的事情為疏導交通，特別是在每日上下學，人和車最多時段，除此之外，還需作為糾察隊的角色，將違反校規的同學登記起來，某次上學時，上課鐘已響，原本是要將打鐘後的人登記起來，但我發現有個人雖然急忙地跑來學校，但其看到東西不小心掉在地上的人，還是會盡到公德心，幫忙他撿起，並且還扶了一位老阿公過馬路，然後再到學校，我看到此作為，覺得應該要寬容一些，因此沒有登記他。從自身例來看，雅量的心不僅能幫自己也能幫人。~~

■註解【1】：原例證為自身例證，佐證力道不足，且此例與「雅量」關係不大，故刪除後增補成以下例證。

【再以時事為例，新竹市美術館在疫後時代推出「YOU ARE ME」新地域的展覽，展出多國藝術家的作品，期許打破膚色和種族的限制。由此可知，人際互動間之溫度是冰冷或是溫暖，取決於怎麼看待及學習包容與尊重他人，追求人權、種族及膚色平等是人們當前需共同努力的目標。

倘若心胸狹隘，缺乏包容及與之共存的氣度，將會造成不必要的衝突及對立，且不懂得欣賞，無法透過他人之優點從中學習，若寬以律己，嚴以待人，則會製造緊張嚴肅的氣氛，無法使人信服。】

第三、四段次

要做到有【欲實現】雅量的大，有以下三點可循。

一、尊重他人：每【當】遇到不同的人或意見時，~~我們應該做的就是先聆聽，尊重別人的想法，~~【儘管自己不認同，也應該學會聆聽，尊重別人的想法和發言的權利，】別人自然會尊重自己。

二、多元學習：古文【韓愈〈師說〉】云：「聖人無常師，孔

子師郯子、萇弘、師襄、老聃。」申言之，應客觀多元採納他人之意見，【圓融議題的討論方向，最終意見或許與自身相悖，】而不是【不應】將他人【與自身不同】的想法一律排除。

三、終身學習：不論是年輕或老年【紀】，終身學習的概念應隨時謹記在心，因為科技不斷進步，【許多】知識、社會結構也將隨之不斷改變，故隨時充實自己【，學習不同專業領域，】方能與世界接軌。

綜上所述，【若能尊重他人，且客觀採納他人意見，最後保持終身學習，多元學習充實自己，方能實現雅量，關愛他人且接納不同意見，】若能達到以上三點，雅量即離自身不遠，除了維持友善【良好】之人際關係外，還能提高自身的格調。但最根本的方式，還是應該從小時候的教育開始，透過從小培育正確的觀念和思維，長大後遇事情時，方能較他人從容應對些。

　　■ 註解【2】：原本結尾過於倉促，故以此作為實踐方法的小結，另再補一個結尾作結。

【要實現雅量，須尊重和體諒他人，在社會上，若人們能接納不同的意見，結合各自的優點，反省共同的錯誤，便能有效解決問題，人際互動更加和諧，世界亦更能進步，而這端賴學校的教育，從小就應培養正確的觀念和習慣，將來遇到問題時，方能從容應對。】

修訂後文章：

第一段次

　　生活中，人們都有自己喜歡做的事，堅持的看法及觀點和想要實現之理想，彼此間互動過程中，往往會遇到與自己理念不合或習慣不盡相同的人，但我們不應只是一味排斥，而是透過雅量的心，尊重、包容每個觀點不同的人們。除了友善的心外，雅量也代表「寬宏的心」，意謂格調較高，看待事情不會計較些毫無意義的小事，行事作風較有遠慮，不因微小變化，影響自身的心神寧靜，展現不慌不忙地從容態度。綜上所述，有雅量之人能關愛他人，友善接納來自不同立

場之觀點，以及展現出較高格調和寬廣的氣度，故雅量確實是人們需具備之待人處事原則。

胸懷雅量之人，能以包容、尊重及換位思考、將心比心之態度對待他人，同時能讓自己從不同的角度去學習成長，生活上也較他人輕鬆愉快。以人際關係為例，人們多數都傾向願意傾聽自身意見及想法的人，希望自身之想法被認可，發生爭執時，也能以「退一步，海闊天空」之方式和平解決，更重要的是在於尊重並體諒他人。

以古人為例，漢宣帝劉詢（91B.C.-48B.C.）其原名為劉病已，當時是常見的名字，且有規定百姓不得與皇帝名重複，否則將（會）惹來殺身之禍，但其不但沒有強制百姓改名，反而自己改名，是因其曾和百姓一同生活過，知人民改名的不便，故尊重、同理百姓。從上可知，人有雅量，原因除了先天個性或後天教育外，還可能是曾為受苦之人，因了解他人之痛苦，所以能較他人溫柔和友善。

再以時事為例，新竹市美術館在疫後時代推出「YOU ARE ME」新地域的展覽，展出多國藝術家的作品，期許打破膚色和種族的限制。由此可知，人際互動間之溫度是冰冷或是溫暖，取決於怎麼看待及學習包容與尊重他人，追求人權、種族及膚色平等是人們當前需共同努力的目標。

倘若心胸狹隘，缺乏包容及與之共存的氣度，將會造成不必要的衝突及對立，且不懂得欣賞，無法透過他人之優點從中學習，若寬以律己，嚴以待人，則會製造緊張嚴肅的氣氛，無法使人信服。

欲實現雅量，有以下三點可循。

一、尊重他人：每當遇到不同的意見時，儘管自己不認同，也應該學會聆聽，尊重別人的想法和發言的權利，別人自然會尊重自己。

二、多元學習：韓愈〈師說〉云：「聖人無常師，孔子師郯子、萇弘、師襄、老聃。」申言之，應客觀多元採納他人之意見，圓

融議題的討論方向，最終意見或許與自身相悖，不應將與自身不同的想法一律排除。

三、終身學習：不論年紀，終身學習的概念應隨時謹記在心，因科技不斷進步，許多知識、社會結構也將隨之改變，故應隨時充實自己，學習不同專業領域，方能與世界接軌。

綜上所述，若能尊重他人，且客觀採納他人意見，最後保持終身學習，多元學習充實自己，方能實現雅量，關愛他人且接納不同意見，除了維持良好之人際關係外，還能提高自身的格調。

第四段次

要實現雅量，須尊重和體諒他人，在社會上，若人們能接納不同的意見，結合各自的優點，反省共同的錯誤，便能有效解決問題，人際互動更加和諧，世界亦更能進步，而這端賴學校的教育，從小就應培養正確的觀念和習慣，將來遇到問題時，方能從容應對。

寫作者自我批閱項目

（為節省篇幅，故僅保留序號，詳請參閱第二點「批閱項目」）

---

1. 認識題目

1.1 單軌題。

1.3 三W型。

1.4 開門見山界定、解釋題目。

1.5 總結式結尾。

2. 「結構」批閱重點

2.1

【原文結構】

第一段次：以開門見山法解釋何謂「雅量」。

1. 基本意義，雅量就是尊重、包容。

2. 延伸意義，雅量代表寬宏的心。

3. 小結上兩層，雅量是待人處事的原則。

第二段次：正、反面說明雅量的重要性。

1. 正面論述有雅量者能體諒他人。

2. 正面舉例，以漢劉宣帝同理百姓為例。

3. 小結以上論述、舉例，提出有雅量者態度溫和、友善。

4. 再以自身為例。

第三、四段次：省思如何實踐雅量，並以此作結。

1. 方法1：尊重他人。

2. 方法2：多元學習。

3. 方法3：終身學習。

4. 以總上三個方法當成全篇結尾。

【修訂後結構】

第一段次：以開門見山法解釋何謂「雅量」。（與原文相同，從略）

第二段次：正、反面說明雅量的重要性。

1. 正面論述有雅量者能體諒他人。

2. 正面舉例，以漢劉宣帝同理百姓為例。

3. 正面舉例，以新竹市立美術館突破膚色、種族為例。（新增）

4. 反面說明人若缺乏雅量的結果。（新增）

第三段次：省思如何實踐雅量。

1. 方法1：尊重他人。

2. 方法2：多元學習。

3. 方法3：終身學習。

4. 提出一小結，彙整以上實踐方法。（新增）

第四段次：總結式結尾。（新增）

1. 以須尊重和體諒他人為先。

2. 回歸到學校教育的養成。

3. 最終能從容面對，展望未來作結。

2.3 結構分配不均，第二段次內容過多，且略頭重腳輕。

3.「文氣」批閱重點

3.1 原文1100字。

3.2 「的」過多、修飾過度的語詞、慣用口語、連接詞。

3.4 修訂後1199字。

3.5 代表性修訂文句

例1：

（原文）每遇到不同的人或意見時，我們應該做的就是先聆聽，
尊重別人的想法，別人自然會尊重自己。

（更正）每當遇到不同的意見時，儘管自己不認同，也應該學會
聆聽，尊重別人的想法和發言的權利，別人自然會尊重
自己。

例2：

（原文）綜上所述，若能達到以上三點，雅量即離自身不遠，除
了維持友善之人際關係外，還能提高自身的格調。

（更正）綜上所述，若能尊重他人，且客觀採納他人意見，最後
保持終身學習，多元學習充實自己，方能實現雅量，關
愛他人且接納不同意見，除了維持良好之人際關係外，
還能提高自身的格調。

4.「例證」批閱重點

4.1.1 共使用4個例證。

4.1.2 共使用1個歷史例、3個時事例。

4.1.3 無犯相關問題。

4.2 有清楚表達例證。

5.「構思」批閱重點

5.1.1 無偏題或離題。

5.2.1 缺乏反面例證。

5.3.1 確實可行，有按照順序排列。

5.3.2 將實踐方法的小結與全文結尾的總結合併成一個結尾，略顯倉促。

5.4.1 結尾大致有首尾相應，但因合併在實踐方法的小結之中，結尾不夠完整。

5.4.2 使用比較級結尾。

6. 其他檢查項目（略）

7. 總檢討

7.1 優點：解釋清楚、有例證及引用。

　　缺點：冗詞贅句稍多，缺反面例證，段落內容分配不均。

7.2 未來將會注意以下幾點：

　　(1) 文章內容的字數分配均勻。

　　(2) 強化正、反面的例證。

　　(3) 多閱讀與參考不同資料，務必使例證種類多元。

　　(4) 減少冗詞贅句。

7.3 （略）

總講評

1. 品驛的〈雅量〉一文採用完整修訂模式，逐項逐條檢視問題，並作出回應，這是經過前面各講學習訓練後的總成果展現。

2. 由於已經歷過多次寫作訓練，故其冗詞贅句問題不多，但品驛仍仔細檢視可刪除的字句，使表達更俐落。

3. 唯原文採用「自身例」佐證效力不足，且一個段落放入大量內容，層次性不明，不便於閱讀。修訂後，刪除自身例，又加入議題時事例，並細分段落，提升了文章的可性度。

4. 在第二段次對「若缺乏雅量」論述稍少，與正面內容相比，比重不均，可再多加著墨。

5. 總結來看，這樣的訂正已非常清楚。誠然，懂得批閱不等於將來寫作就完全沒有問題，但能掌握各種寫作原則，知其然並知其所以然，未來透過不斷的書寫、修訂，定能大幅提升語感敏銳度，且能應用在生活中的聽、說、讀、寫，成為終生技能。

第四節　議論寫作佳文共賞

第一篇
作者：陳姿君
題目：〈論糧食危機〉
題型：單軌題

第一段次

「糧食危機」意指糧食生產遠低於人類需求造成全球性的糧食短缺、饑荒的發生，且又因人類開始搶糧，暴動不斷，糧價持續上漲，造成了近四十年來前所未有的糧食恐慌與危機。《漢書・酈食其傳》曾言：「王者以民為天，而民以食為天。」糧食是人民賴以生存，維繫生活最重要的物質，但近年來因種種因素導致人民連最基本的需求都難以滿足。糧食問題的不斷延燒，小至每位民眾，大至各個國家都意識到免於食物匱乏是現代人類社會中極需重視的議題。

第二段次

糧食危機成因大致分為兩大方向：「自然的因素」及「人類的作為」。詳細則可再歸納成六個層面。

第一，氣候的變遷造成主要糧食生產國減產，出口量大幅下降，如俄羅斯和烏克蘭的糧食生產地，因為高溫和森林大火，導致俄羅斯決定禁止糧食出口；中國和加拿大也因豪雨釀成水災。

第二，由人口層面來分析，早期英國人口學家馬爾薩斯便提出糧食危機的警告，全世界糧食生產量，趕不上人口增長的速度。近世紀來，人類由於營養改善，醫藥進步，人類平均壽命增加，糧食生產雖

持續增加，人口卻以倍數急速成長，目前全球人口已達七十五億人。

第三，隨著經濟的起飛，人類對肉類需求日益增加。全球超過十億的人口生活在飢餓中，而世界上大部分的穀物卻用來餵食牲畜，大量的土地用於種植餵養牲畜的作物。

第四，人們的過度浪費，然而食物的浪費不只發生在消費者，在整個生產、運送、分配的過程也會發生浪費行為。

第五，世界石油價格不斷上漲，提高了農業生產的成本，造成糧食價格上漲。同時，石油上漲也促使生質燃料的生產，致使大量糧食耕地轉作能源作物，農產品如小麥、玉米、大豆提煉成生質燃料，因而導致糧食收成減少。

由此可知，以上種種因素都顯示出糧食危機與人類的關聯性。

第三段次

食物、空氣、水，三者皆是人類賴以維生不可或缺的物質，如今糧食的短缺，是人類生活的一大危機，如何減緩糧食危機有賴以下三點實踐：

（一）推己及人的精神。《孟子・離婁篇下》有言：「禹、稷、顏回同道，禹思天下有溺者，由己溺之也；稷思天下有飢者，由己飢之也。」當自身看到糧食問題所引發一系列的暴動或死亡，應懷有同理心，不去隨意批評謾罵，且應於自身作一些反省與檢討，省思自我並感同身受。

（二）克制物質的欲望。時代的進步，人們開始重視物質上的享受，講求精緻生活、飲食，然而過多的奢侈與欲望造成許多不必要的浪費與破壞。浪費可使用的食物、破壞了整個地球的環境。老子《道德經》曾言；「知足不辱，知止不殆，可以長久。」因以知足常樂的心，不過度追求不必要的欲望，不要求全然禁止，只希望能適當索取。

（三）親自實踐與推廣。宜以身為地球村一份子而盡一份心力，如：減少對石油的依賴，鼓勵食物在地化，減少食物進口或移動

而衍生的碳排放量。夫如《舊唐書・憲宗本紀》有言：「凡好事口說則易，躬行則難。卿等既言之，須行之，勿空口說。」這些方法不只需靠每個人的支持，也需靠大眾的力量去影響其他人，使之成習。

綜上所述，應由自身想法開始實行，擁有推己及人、人飢己飢，人溺己溺的精神，並且要克制自己的過多的私欲，最後親自實踐推廣，進而影響眾人的觀念，冀能減緩糧食危機。

第四段次

1948年聯合國通過的《世界人權宣言》明確揭示：「人人皆有權享有足夠維持個人及其家庭健康與幸福的生活水準所需，包括食、衣、住、醫療照護與必要的公共服務……。」雖然此《宣言》發表迄今已逾七十年，但現今人類社會仍未能使每個人享有基本的糧食人權。然而糧食危機也顯現了人類生產糧食與使用糧食之間的失衡，種種因素讓人需重新思考並採取行動來改正全球農業與貿易間供需的不平衡。除了透過每個人自動自發的努力，亦需透過各國政府共同合作，糧食危機絕非一人之事，此為國際性的重要問題，應跨越各個國界，共同面對這全球性的危機。

結構分析

第一段次：說明何謂「糧食危機」。（what）

1. 開門見山定義「糧食危機」。
2. 引用《漢書・酈食其傳》說明糧食於人的重要性。
3. 申明「糧食匱乏」對人類生活的影響，並點明此議題的重要性。

第二段次：解釋產生糧食危機的成因。（why）

1. 將糧食危機區分成「自然」、「人為」兩大方向，再細分五個層面剖析問題成因。
2. 從五個層面歸納指出糧食危機對人類產生的影響。

第三段次：分點提出減緩糧食危機的具體作爲。（how）

1. 從「道德精神層面」說明糧食短缺引發的災難，具備同理心及推己及人的行動。
2. 從「物質欲望層面」點出人們需克制私欲，知足常樂，以減緩過度浪費。
3. 從「實際行動層面」推廣飲食在地化，並應實際付出行動。
4. 用一「小結」貫串上面三點具體作爲，由己而人，層層遞進。

第四段次：總結式結尾。（ending）

1. 以「世界人權宣言」爲引言。
2. 透過個人的努力及各個國家的合作進而連結全球，依次作結。

總講評

1. 「糧食危機」是當前世界面臨的危機，尤其是氣候變遷、人爲因素導致問題愈益嚴重。本文作者姿君一開始先界定什麼是「糧食危機」，而後舉列出各種導致問題的成因，再提出能夠減緩問題的方法，最後引用《世界人權宣言》將危機列爲人類基本生存權，反思除了如何實踐以外，又透過個人角度呼籲從個人到國家，再到國際都應正視問題的嚴重性作結。
2. 本文以三W結構撰文，從定義到說明成因，清楚分析糧食危機的嚴重性，並提出解決問題的辦法等，分析清楚，簡單俐落，且頗能令人深思。
3. 善引用歷史名言強化正文深度，儘管這是論說文寫作的充要條件，但善加引用既能增添文采，亦可展現作者文學、文化水平與旁徵博引的能力。
4. 建議可再援引實際數據或研究報告，方能展現「糧食『危機』」的嚴重性、迫切性。

5. 第三段次「如何減緩糧食危機」較屬於個人能執行的層面，若欲真正解決或探討如何減緩糧食危機，並達成共識，得朝向國家政策，或國際公約的討論，已非一篇文章便能解決者，這是篇幅的客觀條件所限。

第二篇
作者：尤家妤
題目：〈以史為鑑，可以知興替——兼論歷史教育的重要性〉
題型：單軌題

第一段次

　　時間的流逝是連續性的，即「現在」不斷變成「過去」。但過去的時間所遺留的事件資料卻不具備連續性，而是零碎與時間斷裂的大量各式資料，人們稱這些資料為「史料」。而歷史學家整理這些史料，由過去的諸多遺存取材，書寫或論述而成為「歷史」。因此，「歷史乃論述過去，但絕不等於過去」。然而，僅是知道歷史是不夠的，還需深入了解整個時空背景的脈絡走向，每個事件的前因後果，才能透徹明瞭而非人云亦云，並從中知道錯誤，儘量避免再一次重蹈覆轍。此時，歷史教育便扮演極其重要的角色。「歷史與我們切身相關，勝過其他的主題，而無論我們現今的社會是美好、可怕、還是兩者兼有，歷史都記載著我們走到今日的過程。了解過去，才能了解自己與周遭的世界。」綜上所述，歷史教育是連接過去，認識世界進而了解自己。

第二段次

　　唐太宗（598-649）在魏徵（580-643）死後曾感嘆道：「夫以銅為鏡，可以正衣冠；以史為鏡，可以知興替；以人為鏡，可以明得失。」因此透過歷史，吾等能夠明白時代的分合與時代的起落。
　　除此之外，歷史還有其他重要的功能，例如：啟發智慧、認識

人性、培養人文素養、鍛鍊思辨能力等。故在不同人眼中，歷史有著不一樣的意義。在文學家筆中，歷史是他們靈感的泉源，是素材的寶庫；在哲學家心中，歷史能帶領他們追求心理的真理；在科學家的眼中，可透過歷史呈現的數據，作為他們能探索茫茫宇宙的基石；在政治家手中，歷史是勝利者書寫的桂冠；在教育家手上，歷史是過去的足跡，能讓人們知曉過去，進而避免重蹈覆轍。

　　但在我眼裡，歷史是「人」之所以存在的根本。一個人如果拋卻了過往，他將不再完整，而一個人過往的產生，是依循著歷史的軌跡，因此，歷史在人一生扮演著不可或缺的角色。

第三段次

　　茲舉鄰國日本對於歷史教育詮釋為例。他們的世界史主要講述包括公元前的中國在內的世界四大文明，而在日本史方面，則重點講述自天皇居於政治中心的八世紀到十二世紀的奈良時代、平安時代。由於在這些內容上花費了大量教學時間，現代史就被一筆帶過。因此，世界史課程以十八世紀末的法國大革命結束，而日本史則以十九世紀後半葉的明治維新結束。故現今有許多日本人大多不甚了解1931-1945年期間的侵華戰爭和二次世界大戰及其他現代史。因此日本人民不明白，為何只要他們的政治家或皇室去靖國神社參拜，會引發如此多的爭議？故有人批評日本政府在其歷史教育上，只會一味的掩飾曾經發生過的事情，不會去承認自己犯下的錯誤。

　　儘管日本政府在現代史上的教育存在諸多缺陷，但其在課堂外所投入的歷史教育頗值得借鏡。他們的「修學旅行」目的在於促進學校內外自然體驗活動，培養尊重生命和自然的精神與保護環境的態度；並正確理解本國和鄉土的現狀與歷史，尊重傳統和文化；還有，在培育對自己的國家和鄉土的態度的同時，還要培養理解國外文化、尊重別國以及對國際社會的和平與發展做出貢獻的態度。透過修學旅行，日本的學生從小便認識自己生活的土地，因此對於自己國家文化有著高度認同感，這也造就其強大的國家凝聚力，也是他們能在災後迅速

重建的一大因素。

第四段次

反觀臺灣因經歷過不同國家殖民、統治，以及外籍移民、移工的遷入，在文化融合過程中，歷史顯得異常豐富且精彩，但歷史教育的缺憾往往表現在以下幾個面向。

一是意識形態主導歷史的詮釋。不同的政治立場形成不同的意識形態本無可避免，不應作為政治工具或族群對立。如能尊重不同角度的詮釋，將能看見不同族群如何在這片土地上，如何勤懇踏實、胼手胝足開創出今日的美好。

二是過於強調與周邊國家關係。儘管我們生活在東亞文化圈，但歷史不該只停留於此，譬如歷史上許多的移民遷徙，都橫越了國界、洲界的限制，因此，歷史不僅要接軌東亞，還要放眼世界，才能讓學生開拓視域，有更廣闊的胸襟。

三是現代社會缺乏對歷史尊重。當實用、技術性的知識成為主流，歷史教育常淪為第二、三線的知識，並不受到重視。但歷史本非技術性型的學問，而所謂的實用與否也不應只根著於眼前。歷史的大用便在於唐太宗所言的知興替、明得失，但社會若缺乏歷史的認知與尊重，不了解歷史上許多悲劇都是人性貪婪的不斷重演，又怎能知興替？又何以知人？

四是當今歷史教育缺乏吸引力。這也是最重要的一點，經由上述可知，歷史應當是豐富多元且有趣的，但遺憾的是，我們的教育模式卻經常將歷史變成瑣碎的記憶性學科。故如何以活潑方式取代背誦歷史；或者在記誦之餘，如何理解歷史事實的前因後果與脈絡，使能知其然更要知其所以然。當改善與提升了學習歷史方法與目的，自能提升學生對歷史的好感。

第五段次

總上四點所述，欲提升臺灣的歷史教育的環境與品質，應顧及三個層面。

一、走出政治意識形態。對於歷史解釋不插手，但對於歷史走向應有大概明確劃分，且站立於客觀事實來詮釋，例如：來自東南亞的外籍移工與新住民在臺比例越來越高，但部分民眾仍帶著偏見和歧視，因此在歷史課本上，應對東南亞有更多了解，以消弭誤會與成見。

　　二、社會保持多元心態。對於歷史教育必須秉持著冷靜客觀之心態，不應夾雜私心、私利，或「為反對而反對」，才能創造和諧友善的教育環境，對歷史也不會有所偏頗或無視、漠視。

　　三、正視歷史的重要性。對於歷史大事件發生的前因後果，應有深入認識，並學會換位思考，如此一來，不但判斷力有所增加，對曾發生的錯誤也能儘量迴避。

　　要言之，教育乃是一國之本，歷史教育是重中之重，而不該被邊緣化。歷史代表時間和整體環境的變遷，歷史教育則是解讀歷史之濫觴。然歷史容易因為不同立場的主觀詮釋產生歧見，也許不能達成共識，但一定要尊重他人對歷史的詮釋。

第六段次

　　除了上述所言，還可借用清代史學家章學誠（1738-1801）曾在唐代史家劉知幾（661-721）的三史觀：「史才」、「史識」、「史學」之外，再加上「史德」，這原本是對史學家的要求，但亦可作為討論歷史教育的四項基本態度。儘管人人都能成為歷史學者，但若想要建立一客觀的歷史詮釋態度，就必須建立在此四點，即：「掌握與分析史料的能力」、「具有豐富的歷史知識」、「形塑對歷史的詮釋觀點」，最重要的，是要有「剛正不阿的品德」，不能受利益誘惑而刻意曲解歷史，扭曲史實。若缺乏這四項基本態度而想要討論歷史教育，無疑只是鏡花水月，浮光掠影，而不能深究到歷史教育的核心，更不可能提升歷史教育的地位。因此，我們宜以史為鑑，以他山之石為鑑，以上述四史觀為基本態度，將歷史走出「學科」而成為生活中的一部分，如此一來，歷史教育才算真正成功。

第一段次：從定義何謂「史料」到「歷史」，再到「歷史教育」。（what）

1. 定義何謂「史料」。

2. 定義何謂「歷史」。

3. 定義何謂「歷史教育」，進一步說明其重要性「連接過去，認識世界進而了解自己」。

第二段次：進一步說明「歷史」的功能，並說明個人對於歷史的態度。（what）

1. 引用唐太宗之言，歷史最主要的功能在於鑑往知來。

2. 提出歷史的其他功能，並從不同學術角度說明歷史的重要性。

3. 提出個人對於歷史的態度。

第三段次：以日本歷史教育為例，說明「歷史教育」對人乃至全社會的影響。（why）

1. 教學不足之處，缺乏二戰對世界造成影響的歷史詮釋，無法從中學到教訓。

2. 歷史可借鑑處，以「修學旅行」加深對土地的認識和感情，團結民心。

第四段次：再以臺灣的歷史教育為例，表明目前歷史教育的缺憾。（why）

1. 意識形態主導歷史的詮釋。

2. 過於強調與周邊國家關係。

3. 現代社會缺乏對歷史尊重。

4. 當今歷史教育缺乏吸引力。

第五段次：如何提升臺灣的歷史教育的環境與品質之方法。
（how）

1. 走出政治意識形態。
2. 社會保持多元心態。
3. 正視歷史的重要性。
4. 小結：強調歷史不該被邊緣化，更要尊重所有人對歷史的詮釋。

第六段次：延伸式結尾。（ending）

1. 引用章學誠的四史觀，提出進一步的討論方向。
2. 如果缺乏四史觀而討論歷史會造成的影響，
3. 透過歷史、他山之石（指日本）、四史觀爲鑑，使歷史成爲生活中的一部分作結。

總講評

1. 一直以來，「歷史課」的重要性總不如國文、英文、數學等主流學科，但「歷史教育」卻能主導一整個世代對「我是誰」，「我從何處來」、「我將往何處去」等一系列「哲學問題」的提問，進而對某些價值觀產生認同感，長遠看來，重要性未必低於這些主流學科。
2. 作者家妤一開始就先定義並比對「史料」、「歷史」、「歷史教育」的關係，再進一步從不同專業角度對於歷史的認知，彰顯歷史教育的重要性，並提出自己對歷史的態度。接著，舉例並檢討鄰國日本對近現代日本歷史詮釋的問題，也舉列其歷史教育的優點，可以此爲鏡。而後從個人的觀察，提出當前臺灣歷史教育的四大缺憾，並提出三個提升臺灣的歷史教育的環境

與品質的方法。最後，帶出清儒章學誠的四史觀，以反思如何將歷史走出學科，並成爲生活中的一部分作結。

3. 整篇文章從多角度省思歷史教育的問題，並清楚表述對「歷史教育」的立場、態度，亦能結合當前臺灣歷史教育面臨到：政治意識形態、與周邊國家關係、新住民新移民的課題。尤其能超然於當前社會經常只有「非A即B」二者擇一的選擇謬誤，客觀且平心靜氣點出原則性的問題。

4. 結尾使用章學誠的四史觀，更是回歸到「歷史詮釋」的基本態度，以誠懇態度告知無論是歷史學者，或是一般想要解讀、詮釋歷史的人，都應謹守不能扭曲歷史，把歷史當成操控社會工具的原則。也點出沒有好的歷史，又何來優質的歷史教育？又怎能將歷史落實於生活？一連串的反省、反思，頗有振聾發聵之效。

5. 第三段次日本歷史教育的得失有何可借鏡之處？往後段落缺乏更深入詮釋或說明，這個段落就顯得有些突兀。後文可略作對比，方能使讀者從中領會舉此例的目的與用心。

6. 題目子題是「兼論歷史教育的重要性」，但全文核心是探討「臺灣的歷史教育」，故其他段次都是爲第四、五段次鋪陳。這無可厚非，因爲歷史教育過於抽象，定然要設定更明確的討論對象，方能點出歷史教育的重要性。若從嚴檢視題目則略顯偏題，可改爲「以史爲鑑，可以知興替——兼論歷史教育的重要性：以臺灣的歷史教育爲核心的討論」或直接改成「論當前臺灣歷史教育之得失」將更切題。

第三篇

作者：許佳恩

題目：〈論全球化與多元文化〉

題型：雙軌題

第一段次

「全球化」是世界透過交通運輸、資訊科技、傳播媒體因素的發達、快速連結，形成超越國界，相互關連的共同體的過程。「多元文化」是由不同信念、行爲、膚色。語言等文化組成，彼此相互支持且均等存在，在全球化之過程中對經濟、政治、文化等層面有著不同的影響。故全球化與多元文化爲主從關係。

第二段次

在歷史發展的長河中，人類會透過戰爭、殖民等方式，跨越原本國界、地域限制，將自身文化與其他文化融合，並使單一文化逐步兼容並蓄而成爲多元文化。

如亞歷山大（356B.C.-323B.C.）東征打通東西商路，促進東西方在經濟上及文化上的交流互動，將西亞、埃及和希臘文化加以保存和創新，融合出希臘化文化。至十字軍東征，十五世紀大航海時代的來臨，使得重商主義推行，全球貿易發展；十八世紀工業革命，科學發展日新月異，資訊交流更是快速；殆及十九世紀到二十世紀初歐西列強的殖民潮，將科學與新知帶到古老的非洲大陸與東亞諸國，使得許多傳統文化得以轉型爲現代文化。

再如日本幕府時代的鎖國政策因美國叩關，福澤諭吉（1835-1901）所提出的「脫亞入歐論」正是使之西化的證明，而在這過程中，文化有適應與轉型，使得文化融合，傳統與現代交互發展與正向互動。西服流行的同時，和服被當作華麗的禮服；酒吧興起，茶室依然是人們的精神境地；西洋劇開始唱響，歌舞妓也走向極致；油畫開始絢麗奪目時，日本的浮世繪也成爲世界畫派的一大流派。今日日本的動、漫畫原爲其文化的主要特色之一，角色扮演的流行，在法國、

西班牙舉辦變裝活動吸引數萬年輕人參加，形成「文化全球化」現象。

從上古到近古時期透過海路、陸路的交通聯結；再到二十世紀以降因交通、網路的串連，走進全球化時代，當中包括：經濟的跨國化，科技的標準化……，各種文化以不同方式進行融合，將世界連成不可分割的整合體。正因如此，一旦任何一個環節出現問題，便會如「蝴蝶效應」般影響全世界，如：全球性金融風暴；時疫透過交通蔓延至全世界，到如何共同防疫……這都重新定義了傳統的國界限制，也跨越真實距離而產生鄰近感。

第三段次

相反的，全球化亦讓資本主義發達的國家，挾其經濟優勢，同時亦將其文化強勢地推銷至世界各地，並且進一步影響甚至想同化其他國家的文化。如美國有線電視新聞網就不時以美國觀點傳播新聞給全世界；美國電影工業更是傳遞時尚、消費觀、美國精神的利器，此種以美國看天下的立場，影響全球甚鉅；以效率為導向的美國速食文化影響各國，現代城市生活節奏急促，往往希望縮短用餐時間繼續工作而影響身體健康。當連鎖店分布世界各地，很多時候都會因應當地材料的供應問題而做出相應的配合，加入當地的文化色彩，如印度因宗教文化因素，不以牛肉做餡料的漢堡出售，日本推出照燒口味適應當地人口味，臺灣從前就以米為主食，亦也推出米漢堡。

但全球化非單一面向的文化發展，當國與國之間互相影響的同時，亦會激起地方文化的自覺，對於弱勢文化而言，並非一味接受強勢文化的灌輸，很多時候會引起弱勢文化的本土化建設，為「全球在地化」。

第四段次

因此多元文化的相互影響與發展是歷史的事實。三千餘年來，希臘文化、中國文化、希伯來文化以及阿拉伯伊斯蘭文化和非洲文化，不同文化之間的交流過去已被多次證明是人類文明發展的里程碑，希

臘學習埃及、羅馬借鑒希臘、阿拉伯參照羅馬等，歐洲發展至今仍有強大生命力正因為它能吸收不同文化的元素，可以得到豐富和更新。

又如印度佛傳入中國後，近二千年來，除了使印度佛教中國化，也融入到中國傳統思想、文學、藝術、宗教之中，並成為儒家、道家以外，對華人影響至深的哲學思想，更流播至東亞諸國，形成東亞佛教、佛學文化圈。

正是不同文化的差異構成一個文化寶庫，經常誘發人們的靈感而導致某種文化的革新，沒有差異，沒有文化的多元發展，就不可能出現今天多采多姿的人類文化。而全球化更加速了物質進步和文化豐富，使原本貧困地區的人們在創造發展物質文化的同時，也發展自身精神文化的條件。正因科技與經濟的發達，人類的相互交往從來沒有像今日這樣頻繁，譬如：旅遊事業的開發遍及世界各個角落，一些偏僻地區、不為人知的少數民族文化正是由旅遊和傳媒的開發才廣為人知和得到發展，因此全球化與多元文化為主從關係。

第五段次

文化得以保持需有國民對自身文化的認同，在保有自身文化的同時也從別的文化上汲取、效仿。蘇東坡：「橫看成嶺側成峰，遠近高低各不同；不識廬山真面目，只緣身在此山中。」造就一種遠景思維空間，構成一種外在的觀點，真正認識自身文化，除了以本國文化作為主體，要有這種外在觀點外，還要參照不同角度、不同文化環境對自己的看法。有時太過習以為常的生活，既可能消蝕我們對自身的肯定，另一方面，也有可能因過於自我而成井蛙之見，若能透過他人視角以檢視自身，往往會得到意想不到的發展。

結構分析

第一段次：解釋何謂「全球化」、「多元文化」，並定位二者的
　　　　　關係。（**what**）
1. 說明何謂「全球化」。

2. 說明何謂「多元文化」。

3. 確立二者為主從關係。

第二段次：以「歷史發展」之縱例，開啟討論全球化與多元文化
　　　　　的開端。（**why**）

1. 提出分論點：人類會透過戰爭、殖民等方式融合自身與其他文
化，開啟走向全球化的端緒。

2. 以西方文化擴張與融合為例。

3. 以日本吸收西方文化，進而再影響全球文化為例。

4. 小結：因交通、網路的聯結逐漸形成全球化，各種單一文化因
此融合成多元文化，使世界成為一個整體而不能分割。

第三段次：反面說明強勢文化輸出對弱勢文化的影響，進而反省
　　　　　「全球在地化」的相互影響。（**why**）

1. 資本主義發達之國家強勢推廣其文化至各地，並想進一步同化
其他文化。

2. 全球化亦可激起弱勢文化對自身文化的認同感，形成「全球在
地化」。

第四段次：各種文化間的交流，開啟自身文化的豐富多元性。
　　　　　（**why**）

1. 以希臘、中國……等古文明的交流、彼此學習為例。

2. 以佛教傳入中國、影響東亞文化為例。

3. 小結：文化的革新與融合，才會開啟多元發展。而全球化是加
速革新與融合的媒介。

第五段次：延伸式結尾。（**ending**）

1. 要認同自身文化，還要包容、汲取其他文化的優點。

2. 延伸出不同角度、環境反身思考。
3. 能認同自身文化，兼從不同角度、環境思考，會有意想不到的發展。

總講評

1. 「全球化」、「多元文化」二者似是對立卻又相互影響，而交通與網際網路的發達，開啟了全球化，使世界是平的，知識與文化得以無遠弗界的傳播。但這是否真正利於文化的平行交流？還是形成強勢文化向弱勢文化輸出？多元是否可能？作者佳恩援引各種不同的論據，欲以證明二者為主從之間的關係。

2. 作者於第一段次定義全球化、多元文化以及二者關係後，接著透過大量的歷史例證、時事例證，分別從古文明、近代史、美國資本主義與大眾文化、佛教傳播等不同方向，討論全球化如何影響在地文化的發展，並提出文化融合能延續文化新生命的觀點，證明二者相互影響，豐富且貼近生活的例證，頗能引發討論與共鳴。且橫跨歷史縱軸與空間橫軸的多元例證，足見作者知識與關懷視域的廣泛。

3. 自第二到第四段次為止，從不同角度討論全球化、多元文化的關係，內容豐富多元，然而，段次之間的脈絡為何？但若能序列出一條主線，內容層次將更為分明有序。

4. 「全球化」如同近現代中國文化受到西方文化衝擊，從傳統走向現代化，廣泛觸及各個領域，因此，一篇文章要探討整個全球化的衝擊，並不容易。故本文是從弱水三千中，汲取一些面向來解說，不能完全涵蓋全球化的所有面向，這是篇幅的客觀限制。結尾的反思，似是有些抽象，但唯有如此方能涵蓋更多的面向。

第四篇
作者：陳嘉敏
題目：〈論性別平等與女權主義〉
題型：雙軌題

第一段次

　　歷經多年努力及發展，現今社會中仍深受性別刻板印象影響，其中女性權利備受矚目及討論。「性別平等」又稱性別平等主義，指不同性別之人應享有平等的公民權利，在政治、經濟、社會和家庭中應受到平等對待，反對性別歧視。「女性主義」，則指主要以女性經驗為來源與動機，追求性別平權的社會理論與政治運動。而社會發展與運作皆如牽一髮則動全身，於是性別平等與女權主義為相輔相成之並立關係。

第二段次

　　於十七世紀，女性權利甚為低落，於西方國家，已婚婦女基本談不上有何權利，除非丈夫自願地讓給她權利，財產和她的人身完全供丈夫擁有，如英國基督教會禮儀認為：「女人的意志應服從男子，男子是她的主人。」女性不持有投票權利、及任何集會或決策之參與權，亦缺乏受教育權。而中國自古即對女性灌輸「三從四德」的觀念，其中「三從」是指未嫁從父、既嫁從夫、父死從子，「四德」指婦德、婦言、婦容、婦功。這些皆是傳統女性所應具備的德性，服從男性，家事是女性的天職，並認為「男主外，女主內」，女性無工作與自我發展之機會。

　　而瑪麗・居禮（1867-1934），放射性研究的先驅者，唯一獲得二種不同科學諾貝爾獎之人，且為首位獲得諾貝爾獎的女性，對科學醫療予極大貢獻，卻因其性別而屢受批評、甚至受到偏激人士攻擊及迫害，但其仍不改對科學之熱誠，日以繼夜地埋頭於實驗與研究，其研究放射性物質之成果，影響後世甚大，應用於癌症治療，造福後人。可見不同性別之間並無本身資質之差距，卻因社會影響而浪費其

八斗之才，於是許多人才因性別而遭埋沒、無機會嶄露，進一步延遲全體人類之發展。

第三段次

傳統觀念中，衡量男性是否為成功人士的關鍵往往為狹隘且極具壓迫性，例如：男子氣概、強悍、不能示弱、壓抑情緒、必須養家活口等，皆造成世代男性背負極大社會壓力。對男性陽剛、堅強且「男兒有淚不輕彈」之要求及標準下，蔚為迫害，過度壓力造成情緒控管、自殺、精神疾病等問題，刻板印象亦造成如玫瑰男孩葉永鋕事件，因其陰柔氣質不同於傳統社會中男性而慘遭霸凌致死等悲劇。

第四段次

西蒙波娃（1908-1986），眼見社會對於性別不同等之待遇，結合歷史學、生物學、哲學等多方位研究，著作稱為女權主義聖經之《第二性》，其於書中寫道：「解放女性，即為解放男性。」可見性別平等，需靠不同性別共同合作爭取，女性除獲得其應該權利，亦應負應當之責任，而男性則非勞動力之唯一來源，也同時擔負家庭責任，改變傳統社會觀念，使得人之價值與所作所為不再拘限於刻板印象牢籠，不僅止女權之提升，誠為性別平等之展現。

第五段次

如何促進性別平等及女權主義，應掌握以下四點原則。

首先，剖析問題。當今社會仍存在嚴重性別刻板印象及性別歧視，如職場玻璃天花板、女性溫柔婉約、男性陽剛氣魄等，往往伴隨校園霸凌、職場霸凌、性騷擾等問題，其刻板印象及歧視為人自小學習而得，滲入社會化過程，而造成排除與迫害、畫上正常與否的界線，此現象不應視為日常、甚至逃避，必須正視其問題所在，方始解決。

其次，屏除歧視。歧視來自深植人心的刻板印象及社會化過程之學習，而失去客觀理智之判斷，時常為校園霸凌之起因，孩童自幼

時遭輸入偏頗觀念則難以改變，並導致不良結果，於是落實學齡孩童正確觀念實為重要，透過教育等方法，於國中小健康、社會課程中教導，並同時針對非學齡人口實施宣導，或透過大眾媒體傳播正確訊息，竭力消弭歧視。

復次，擬法保障。面對性別相關問題，我國至今立定性別工作平等法、性別平等教育法等，保護不同性別於教育環境、工作領域中不因其性別而遭受不平等待遇，以及修法民法繼承編及親屬編等，修改過往婦從夫姓、妻之財產歸屬於夫、兒子具遺產繼承權而女兒不具等因性別而生的不平等規定，以法律保障不同性別的權利。

最後，落實平等。致力於學齡兒少及社會教育，並改善大眾媒體品質減少性別歧視或刻板印象之資訊傳達，透過媒體亦能達到傳播正確觀念之效果，藉由教育及傳達等方法，於社會中落實性別平等之理念。

綜上所述，首先意識問題所在，並重視而非忽視或逃避，進而設法消除歧視他人或刻板印象之觀念，並立法或修改現有法律缺失處，以法律保障人權，最後透過教育及大眾傳播等方法改善社會風氣，方能實際造就性別平等之社會。

第六段次

性別平等與女權主義之提升為同籌並共之關係，性別平等促進女權主義之理想，女權主義於發展中亦需注意與不同性別間平衡與本身所應盡之責任，方能實質平等，小至生活日常及談話，大至工作職涯、人命攸關、人類發展，對每人生活皆影響甚大，人生而平等，亦不因性別而異，盼藉教育導正觀念、發揚平等理念，共創更友善及美好之社會。

第一段次：解釋何謂「性別平等」、「女性主義」，並定位二者的關係。（what）

1. 說明何謂「性別平等」。
2. 說明何謂「女性主義」。
3. 確立二者爲「並立關係」。

第二段次：舉例說明傳統對女性地位刻板印象，以及女性對於世界的貢獻。（why）

1. 舉傳統西方、中國社會對於女性社會地位的刻板印象。
2. 舉居禮夫人之例，證明性別不該作爲社會地位的標準。

第三段次：論說傳統社會對男性特質的刻板印象。（why）

1. 傳統社會對於男性特質的刻板印象。
2. 以葉永鋕事件爲例，社會霸凌造成的悲劇。

第四段次：小結上述兩個段次，強調性別平等的重要性。（why）

第五段次：如何促進性別平等與女權主義的原則。（how）

1. 剖析問題。
2. 屛除歧視。
3. 擬法保障。
4. 落實平等。
5. 小結上述促進性別平等與女權主義的原則次序。

第六段次：首尾呼應結尾。（ending）

1. 再次闡明性別平等、女權主義的關係，以呼應首段內容。

2. 點出「人生而平等，不因性別而有不同」之精義。

3. 以教育導正，共創友善、美好社會作結。

總講評

1. 「性別平等」是近年來相當流行的議題，在以父系為主的社會型態，女權的興起象徵了追求性別平等的重要指標。本文作者嘉敏先分別定義二者內涵，再確立二者的關係，接著分別駁正傳統對於女主內、男主外的刻板印象，並指出性別平等前提下，無論何種性別，皆應肩負共同責任，再提出促進性別平等與女權的原則，最後以首尾呼應作結。作者超越性別限制，只要身為社會的一份子就應兼負起社會責任，頗能達成平等要義。

2. 文章結構分明，層層遞進討論女權、男權、性別平等，文章雖短，但內容緊密度高，充分傳達出性別歧視、霸凌等常見的社會問題。

3. 當前對性別的認知已超越生理上的男、女之分，或可再加入「多元性別」的討論，將能更完整思考性別平等之精義。

4. 有關性別平等、女權主義的例證相當多，不妨多援引相關社會活動為論據，可更進一步說明此議題的重要性，獲得多共鳴。

第五篇

作者：黃世濤

題目：〈論科技與人性〉

題型：雙軌題

第一段次

　　「科技」是改變資源以滿足人類需求之知識總和，是人類生存的

一種策略。人們透過運用科學、材料以及人力資源，以達成人類期求目標的歷程。而科技也是社會變遷的主要動力，利用我們的知識、工具、和技能來解決實際問題並擴展人類的能力。並在以此為基礎的前提上使用工具、資源、和程序來解決問題或擴展人們的能力。

「人性」在心理學的觀念上將人性定義成為一個人類區別於動物本質的特性，人性有三類屬性，即精神屬性、生物屬性、社會屬性，三種屬性相輔相成，相互制約。

其中，精神屬性就是為了生存和發展而去對外界環境探究和反應，與外界環境進行信息交換的一個過程；生物屬性就是有關人作為個體與外界進行物質交換的過程；社會屬性就是個體與群體之間進行利益交換的過程。然而，對於科技來說，人性如同母體，因為科技始終來自人性，而科技則是人性的產物。

第二段次

舉例來說，拜科技日新月異的福，現代人可以使用網際網路了解天下大小事，透過動動手指敲打鍵盤，網路搜索引擎便可以將所有可能需要的資料依序羅列出來，充分體現出秀才不出門，能知天下事的實質意義。不過，隨著科技資訊的普及，網路犯罪的技術也開始五花八門起來，從網路誹謗、網路詐欺、網路恐嚇、網路煽惑他人犯罪到網路販售他人個資、侵害著作權、販售軍火以及毒藥管制品、以及從一直以來都存在的駭客犯罪。網路科技的目的是為了使知識更為普及，那為何反而造成更多的新興犯罪手法？

透過網路的便利性，人們開始探索他人隱私，利用社群網站上的好友權限私自搜索他人個別資料甚至透過販售個資用來自我獲利以滿足個人私欲。例如：使用惡劣且混淆視聽的釣魚陷阱網站，將其偽裝成具有高知名的商城或影音網站，利用欺騙粗心的點閱者來大範圍搜刮個資或是偷偷存放病毒於網站連結中，透過被害人點擊而盜取他人帳密，再透過他人個資進行更深入的侵害，甚至透過加密他人軟件用於勒索他人財物。

最典型且著名的便是發生於2017年5月WannaCry勒索軟體。這是一種利用程式漏洞並透過網際網路對全球執行Microsoft Windows作業系統電腦進行攻擊的加密型勒索軟體兼蠕蟲病毒，它開始作用時會立即將你電腦裡的所有資料用新生成的2048位元的RSA金鑰鎖住，而解密的私鑰在攻擊者手中。要想安全拿回資料，就要在時限內交付贖金匯入攻擊者指定的帳戶中，但其實這樣並不保證沒有下次，所以專家建議平時就要準備一個硬碟將重要的資料再備份一次，以阻絕攻擊者可以輕易地索取被害者的財務。

第三段次

上述的案例，是人性貪婪衍生出的科技濫用問題，而我們又該如何在發展科技的當下保護自己的權益？我認為以下四點原則最為重要。

其一，使用而不濫用。在這個資訊爆炸、科技日新月異的世代裡，各方各界的新知不斷更新湧入，雖然網路搜索引擎方便好用，但是透過以不法為目的而任意使用網際網路，例如非法下載、竊取個資等等，都是網路濫用的情況。

其二，方便但不依賴。透過網路，我們每天發出與接收的訊息已遠遠超越過去沒有網路時代的人們一生所收到的資訊量，故現代的我們十分依賴網路的力量，但事實上，將所有時間使用在網路上是危險且浪費的，用路人上路時因使用3C產品而發生的事故案件層出不窮，都是人們太過依賴網路的結果。

其三，切勿囫圇吞棗。近期因為影音和社群網站過於發達，有些商人便將廣告張貼於各大知名網站內部，透過大量的點閱率來增進公司受益。有些不肖廣告商為了賺點擊率，甚至利用誇大不實的標題與內容吸引人們點閱，這種稱為標題黨，而裡面不實的文章統稱為農場文，專門飼養著只一味相信而不求證的人們。所以，所謂謠言止於智者，對於網路上散布的資訊應透過理智判斷並多方查詢了解，透過各種角度切入以及多方評論來佐證這項資訊的可信度。

其四，勿做非法勾當。由於網路無遠弗屆且有些甚至具有匿名性，一樣如同前陣子很夯的比特幣，這是一種在暗網中所使用的交易媒介，其特性便是具有高度匿名性，因其是透過一系列高階運算的程式所得到的，所以在交易過程中很難被抓住實質的交易位置，也是因為如此才使暗網中充斥著諸多常理無法解釋的殘忍非法交易，並一再持續著。所以，大家應該培養一個觀念，網路是為了科技創新，造福人群的資訊觀，而非為了一己之私而做出傷人害己的勾當。

透過上述四點，我們應該認識到盡信書不如無書、水能載舟，亦能覆舟，網路給了我們方便，但若不會正確使用，只是將他人與自身置於險境而已。

第四段次

綜觀以上，現代人是十分幸運且便利的。透過科技，我們可以迅速更新資訊、快速處理複雜運算、完成交易、了解世界正在發生什麼、過去有過什麼等等，可以說是包羅萬象，無所不能。但我們要學會去理解一件事，那就是人類的歷史已經歷過上千年，然而科技網路的存在只有一個世紀，所以人們更應該透過人性來了解處理生活，倘若一味地只使用科技，將有可能會失去與常人應對相處的能力。

總體來說，科技因為人性，所以有了生命；相對的，人類因為造出科技，所以使社會進步。兩者的關係相輔相成，缺一不可，同時也不可以本末倒置。不然，整個現有的社會體制可能會因此崩解。

結構分析

第一段次：定義「科技」、「人性」，並說明二者的關係。
　　　　　（what）
1. 定義何謂「科技」。
2. 定義何謂「人性」。

3. 說明科技、人性為並立關係。

第二段次：舉例說明科技發達與人性道德的拉扯，點出此議題的重要性。（why）

1. 以網路犯罪為例，說明科技日新月異，但為何網路犯罪益發盛行。
2. 指出人性私欲，致使網路犯罪盛行的理由。
3. 再以WannaCry勒索軟體為例，指出網路犯罪對人的影響。

第三段次：提出面對人性在科技發展下的貪婪，應如何自保的四個方法。（how）

1. 使用而不濫用。
2. 方便但不依賴。
3. 切勿囫圇吞棗。
4. 勿做非法勾當。
5. 小結上述四點。

第四段次：總結式兼首尾呼應式結尾。（ending）

1. 總結上述，指出人應該以人性而不能一味使用科技來處理生活。
2. 以首尾呼應科技、人性的關係結尾。

總講評

1. 當科技日新月異，背後衍生有關人性對於其他人隱私窺探，或利用科技知識以牟不法與個人之私，成為當今個人乃至於國家、國際都不得不正視的問題。作者世濤以其科技相關知識背景撰寫本文，於第一段次先界定何謂科技、人性，以及二者關

係。次以「網路犯罪」與「人性」間的關聯、舉例說明，表明科技犯罪危害個人，乃至於社會的嚴重性。而後就原則層面，提出如何在科技發展下保護自己權益的方法。最後以總結式兼首尾呼應的方式結束本文。內容兼顧專業與實用且層次分明，表述清楚。

2. 本文預設讀者群為普羅大眾，而非學術論文專給特定知識背景的人士閱讀，故文章字裡行間遣詞用句相對平易近人。

3. 第一段次結尾特別提到「科技始終來自人性，而科技則是人性的產物」，則「科技與人性」不僅是科技犯罪的，還可能是科技產品如何人性化，使能更加聰明輔助人類，改善環境等其他面向的討論。由於篇幅所限，自不可能一網打盡各層面的討論，建議第四段次可改成「延伸式結尾」，期於未來有機會再從不同面向討論「科技與人性」之種種問題。

4. 題目是「科技與人性」，但內文主軸偏向「網路犯罪」，儘管於第二段次一開始已標明這是「舉例來說」，但由於第三段次「解決問題的方法」係接著第二段次討論網路犯罪而來，嚴格來說，有「大題小作」之疑慮，因為科技不等於網際網路，科技衍生的問題亦不等同於網路犯罪。

本講重點回顧

- 有關於閱讀批評的禮節，莫提默・艾德勒、查理・范多倫在《如何閱讀一本書》中，提出三個原則：一是「有禮貌」，即評論前要能懂得修辭、暫緩評論、別自以爲是的評論。二是「不爭強」，無論同意或反對，一定要提出理由。三是「化解爭議」，要化解寫作者、讀者間的爭議，而爭議的來源可分成「情緒的爭議」、「資訊不對等的爭議」、「理性的爭議」等三種。

- 作出「同意」評論時，需注意兩點：首先，不可盲目依附作者；其次，同意要能說出理由，可以是部分同意，作者與讀者可有不同立足點。

- 作出「反對作者的觀點」時，要先注意自己的禮貌，有三個參考點，分別是：一、留意情緒化的問題。二、先提出自己的前提與假設，也就是了解自己的偏見。三、派別之爭不可避免，但還能站在對方立場來想，具有同理心。接著，便可以開始在「我了解（作者觀點），但我不同意」基礎下，展開以下四點批評，如：一、作者的知識不足，二、作者的知識有誤，三、作者的不合邏輯，四、作者的分析不夠完整。

- 讓學習者自我批閱寫作的兩個優點：一可降低閱卷負擔，讓學習者自己找問題，寫評語；二是讓學習者得到帶著走，且終身受用的寫作知識。

- 教學者進行自我批閱的教學時，學習者應具備以下四項條件：一是必須具備基本的讀寫能力。二是先教導相關寫作先備知識。三是逐步落實，不求一步到位。四是嚴格要求，不能得過且過。

從論說文到論文：從論說文打下寫學術論文的基礎

教學目標

1. 指引該如何學習論說文的方法。
2. 知曉論說文與學術論文的關聯。

摘要

　　本講將總結論說文的寫作方法，並說明如何從一篇論說文過渡到一篇學術論文的寫作，共分成兩節，說明如下。

　　第一節，如何學好論說文寫作。自第七講定義論說文、說明學習論說文的重要性，接連數講則分別說明說明文、議論文的寫作方法，本節將總結各章內容，提出七點如何學好論說文寫作的方法。

　　第二節，從論說文到學術論文寫作。學術論文是論說文的延伸，但二者仍有些許異同。學術論文的表述比論說文更為嚴謹，故學好論說文將是進入更專業的學術論文寫作的前哨。

第一節　如何學好論說文寫作

一、增廣見聞

　　欲學好論說文，增廣見聞乃首要條件。論說文是以理性的方式呈現寫作者的價值觀、世界觀，若寫作者「四體不勤，五穀不分」，又怎能理性客觀的分析事理？因此，增廣見聞是學習好論說文的第一步。如何「增廣見聞」有以下三種方法。

　　一是行萬里路，開拓視野。走出生活圈，看看世界有多大。未必一定得出國才是行萬里路，而是願意跨越出習以為常的生活模式，去觀察、體會其他不同的人事物，或地方的不同特性，亦能拓展視野。

　　二是勤勉閱讀，孜孜矻矻。閱讀也是增廣見聞的方法，想學好論說文，應多涉獵「非文學」的著作，諸如：科普類型、歷史詮釋、時事議論、政治與社會、自然與人文、技藝、新聞時事……等各領域的書、文章。其目的有三：一是作為知識來源的基礎；二是此類型的內容經過一定的說明或論辯過程，這正符合學習論說寫作所須；三是習得相關語句使用技巧。文學創作、非文學寫作的語句使用差異甚大，

文學創作的目的是情感的交流，而非文學寫作的目的是理性溝通，因此，閱讀不同類型的書籍，習得的語句應用亦異。

三是具好奇心，求知旺盛。好奇心與求知欲，是增廣見聞最重要的條件，若將天底下一切事物的發生視為理所當然，就無法觀察到廣袤宇宙天地中，蘊藏著無窮盡的知識正等待著我們挖掘。那麼，縱使能行萬里路，又勤勉閱讀，最終卻是「學而不思」或「思而不學」，自不能將所見所聞銘記於心，又怎能期待有周延綿密的思考與說明論述？

二、潤飾語句

關於論說文的潤飾語句，有以下三點得注意。一是簡、淺、明、確。論說文的語句修飾與撰寫公文的四字訣一致，即簡單、淺顯、明白、確實，以清楚、正確傳達訊息為要，以別於記敘、抒情、描寫等文體可透過各種修辭技巧增進情韻。這看似簡單，卻非如此。因為簡、淺、明、確不等於口語，也不等於粗鄙，更不是不加潤飾就能達成；而是文句經淬煉後的結果，即能用一個字就不用兩個字，能用一句話就不用兩句話；從語詞到文句，再從文句到段落，再從段落到成篇，都可符合劉勰《文心・論說》所講：「義貴圓通，辭忌枝碎，必使心與理合，彌縫莫見其隙」的標準，即文意既要通達，文詞不能瑣碎，還要使內心想法與道理合而為一，不讓敵人有可趁之機，這真不是容易的事。

二是配合讀者程度需求。為能如實傳遞訊息，面對不同程度的閱讀者需使用的文句，也有不同，譬如：對象是普羅大眾時，用語要淺白；對象是專業人士時，則可用專業術語展現專業度。

三是掌握論證指示詞（argument indicators）。「論證指示詞」指透過不同的詞彙或短語，在論證過程中，找出論證重點的方法。讀者可根據不同的論證指示詞洞悉文意走向與意涵，既有利於迅速掌握重點，也能讓寫作者梳理出寫作脈絡，使文章更具層次性，篇章結構更

加緊密。①

　　綜上所言，想學好論說文，就得知道論說文語句使用的特點與其他文體之間的差異。

三、辨識語言

　　敏銳的語言辨識能力是學好論說文的條件之一。舉筆成文時，能清楚知道自己所使用的任何語彙、文句理由；此外，亦能識別、識破他人在話語、書寫過程中，企圖帶往的風向與目的。

　　如楊士毅以「中性語言」（neutral language）、「情緒語言」（emotive language）、「臆測性語言」（speculative language）區分語言表達的特性。其中的「中性語言」是指不摻雜主觀價值判斷，嘗試表達真實的語言。而「情緒性語言」、「臆測性語言」則屬於主觀價值判斷的語言，表述時，通常會帶有誇張的性質。②譬如：當寫作者或說話者過度使用副詞、形容詞作修飾；又或者使用過多的動態動詞表達某些行為動作；又或者使用不確定性高的或然性、推測性詞彙等，都會造成表述流於情緒化或流於臆測而不夠徵實。

　　然而，這是否意味抽離掉情緒、臆測性的語言後，就是中性語言？實則不然。若虛構出事實，然後運用中性語言詆騙聽眾與讀者，就很難讓人辨別得出真偽。因此，該如何透過中性語言闡述個人見解？關鍵在於能否提出強而有力，且符合客觀事實依據的論據作支撐。當能提出堅強的論據，又能以中性語言作表述，自能帶出客觀性的思考。相對的，若有足夠論據，但言語或書寫過於激動煽情、情緒化，無疑是自我削弱了表述的可信度，難取信於他人。③

　　所以，我們若能具有敏銳的辨識語言能力，將有助於寫出一篇條理清晰的論說文，也可以辨別他人在說話、書寫時的意圖，達成獨立

---

① 有關論證指示詞的分類，可參見本書「附錄　中英文寫作『論證指示詞』對照表」。
② 楊士毅：《邏輯與人生──語言與謬誤》，頁102-122。
③ 楊士毅：《邏輯與人生──語言與謬誤》，頁112-113。

思考之最終目標。

四、擬定結構

「結構」是書寫論說文的骨幹，以往論者多有寫作是否需先擬定結構，或是結構有否束縛了個性的爭辯，或有視爲八股形式之觀點。常見的狀況是：看到題目便開始書寫，不顧文體特性，將臨時想到的想法一股腦全端上來，想到哪裡寫到哪裡，後果是內文前後不一，內容破綻百出。因此，寫作應先有一「中心思想」，然後根據此中心思想，思考出寫作脈絡，一如章衣萍所說：「有了中心思想的人，應該想如何用文字把這個中心思想寫了出來，由句成段，由段而成篇，段段相接，句句相聯，這一篇文章中的段與段、句與句的聯接，就是結構。」[4]但如何使句子、段落相互相聯，方能使結構緊密，使說明周詳嚴密，讓他人論無法攻克？這才是問題核心。

論說文尤其在乎是否有嚴謹的結構。相較於其他文體的結構可千變萬化，在變化中舒展情韻，表達情思，或透過複雜多變的情節，增添內容的多變性、懸疑性、豐富性。論說文不是靠結構的變化展現個性情思，而是透過嚴謹的結構向他人說明、論辯某事理。因爲當我們透過理性思維說明、論辯時，結構呈現出了我們的對事物的認知程度與思考脈絡。

比方說：當我們說明什麼是「地球暖化」時，該如何界定暖化的意義、程度？發生原因爲何？將造成哪些後果、影響？其中又包含哪些層面的問題？是否有根據數據統計、圖表證明暖化正在發生中⋯⋯如何鋪排這些提問方能周延的解釋何謂地球暖化，靠得就是嚴謹的結構。又如：當論辯某些議題時，如：「是否應廢除死刑」，支持的理由有哪些？反對的理由有哪些？支持與反對者是否站在同一基準點上討論，還是各彈各調？該如何達成共識，有無具體解決問題的進程？這也有待縝密的結構，方能暢抒己見，以與他人討論論辯。

---

[4] 章衣萍：《作文講話》，頁64。

就論說文而言，寫作者透過結構表達中心思想，而閱讀者則可藉由寫作結構的形式規範，理解寫作者觀點、寫作目的。此外，形式與內容不必然得對立，我們亦反對徒具形式，內容空洞的文章；若結構、內容兼備，是否更相得益彰？

因此，如何擬定結構之於論說文確有其必要性。了解各個結構的組成成分與功能，還有各結構之間相屬相銜的關係，方能精確表達寫作者欲傳達的訊息。

五、基本邏輯

論說文是寫作者透過紙筆展現寫作者個人的邏輯思考，這不能與口語言說的邏輯等概而論。因為口語表達不僅只靠口語內容，還可透過視覺、聽覺傳遞訊息。如：外貌衣著，表達時的姿勢、手勢、聲音表現的抑揚頓挫、高低起伏，都是說服聽眾的方法。再者，為表現內容的生動靈活，口語表達會夾雜各種修飾語增添情韻，但其內容的徵實性就會相對降低。譬如說：「很多人都不喜歡運動，因為在公園運動的人數寥寥可數，都只有一些長輩。」這是很常見的口語表述，但「怎樣界定很多人？」「為何定得在公園運動才稱之為運動？」「人數與天氣、休閒日是否有關？」都可提出懷疑。善於言說者卻可透過肢體、聲音移轉聽眾對於其話語邏輯的檢視。

且口語若非被刻意錄音錄影存證，說過便罷，文章卻是可被反復檢驗者。同時，寫作是透過文句與讀者的間接溝通，寫作者的想法是否能如實被筆述？還得看寫作者的表達能力而定。

此外，與文學創作偏重讀者的想像力相比，論說文之非文學類的著作更注意邏輯力的展現。因為文學創作是經由讀者的想像，達成與作者、文本的交流，同時，文學也賦予讀者自由的自我解讀、詮釋的空間。但論說文非用於想像，而是條理分明先提出定義或論點，再根據實證，經由各種解說、論辯方法，達成向他人溝通或說服的目的。

除了嚴謹的結構可提升寫作邏輯的可信度，其他如論證的過程、論據的效力等，都能看出一位寫作者的邏輯能力。

六、設計教材

　　進行論說文教學須有次第，除了寫，亦可從生活中的閱讀、口語表達，從聽、說、讀、寫等各個層面，練習如何增進理性思考、據理說明與議論的能力，如曾多聞便提出「十個批判性思考與查找性寫作的教學策略」，頗值得借鏡，羅列如下：

（一）出作文題目時，要考慮到讓學生有機會連結課堂上新學到的知識，以及生活中的經驗，或是過去已經學習過的知識。

（二）要求學生練習將課堂上學到的新知，用自己的語言，傳授給別人。

（三）找一些在本科領域有爭議的論文，讓學生研讀，並在課堂上分為正反雙方進行辯論。

（四）讓學生就特定議題發表意見。

（五）給學生一些原始資料，例如圖表、數據、表格等，讓他們根據這些資料寫成一篇論說文。

（六）用一個開放性的問句作為文章的起頭（例如：我如何看待廢除死刑？）讓學生根據這句話，寫出一篇短文，文章要有清楚的結論以及支持該結論的種種細節證據。

（七）讓學生「角色扮演」，從不熟悉的觀點出發來做論述，例如「我是小狗，我認為……」、「我是外星人，我認為……」。

（八）選一些本科目領域裡重要的文章，讓學生研讀並練習寫摘要。

（九）找一個本科目領域裡有爭議的話題，讓學生創造兩個持相反觀點的角色，練習寫一段這兩個角色的對話。

（十）編造一個衝突或困難發生的場景，讓學生想像，他

們若是處在這樣的情況下，要如何達成共識或解決衝突。⑤

從以上的教學策略可知，在我們的生活中，說明、議論無所不在，本書偏重書寫的方法，但還有更多表述方法亦值得學習，諸如：如何理性與他人溝通，如何講出一場情理兼備的演講等。⑥對教學者而言，亦可從中歸納、分析學習者的表達問題，再提出完整的教學方法與反省。

七、終生學習

學習論說文寫作是一個永無止盡的學習歷程。當從本書習得諸多論說文寫作技巧後，便應運用在實際的寫作之中，寫作技巧容易學，唯語文得經常應用、練習，寫得愈多，技巧愈純熟，慢慢就會體會出什麼是「語感」，知道什麼樣的情況用哪些方式表達為宜，更可藉由這些技巧檢視他人的文章著作。

光知技巧而不精進內涵也不行，「語文」是表達工具而非目的，除了極少數語文研究者、教學者能以語文為目的之外，其他人不宜以此為目的。

用語文工具來炫耀者有兩種情況：一是光說不練，只懂得利用工具批判卻不願動筆。表面上可說出各種大道理，但因太久不寫作，而無法同情理解寫作者遇到的各種條件限制，批判易流於形式，說大話卻不切實際，觀點或評論自難與寫作者產生共鳴。

二是只掌握工具而缺乏內涵。這種所思所寫所論就真八股了，想要寫好文章，便得時時刻刻增進自己的學思能力，也就是回歸第一點的「增廣見聞」以厚實自己的內涵，而內涵的提升，又豈是三天打魚兩天曬網可得？自是要終生學習的。

---

⑤ 曾多聞：《美國讀寫教育改革教我們的六件事》，頁76。

⑥ 李智平：〈如何經營一場好演講——口語表達的教學方法與實踐〉，《警察通識叢刊》第6期，2016年8月，頁54-82。

● 第二節　從論說文到學術論文寫作

一、學術論文的特性

「學術論文」是論說文的延伸，而更偏重議論文的延伸，二者有許多相通處。所謂「學術論文」是在人文、社會、自然等不同領域中，運用科學的、學術的研究方法，對某些論題進行研究的成果展現。其形式甚多，如有：學期報告、單篇論文、學位論文、會議論文、論文集論文、期刊論文、專門論著等。

學術論文的價值往往體現在知識的創新、知識的應用等兩方面，譬如：理論的創新，或理論具有某些價值。又如：提出一些真正可行的解決方法與策略，或這些方法與策略具有一定的價值等。因此，葉晗等人認為學術論文應具備科學性、學術性、獨創性、理論性、實踐性、規範性等六大特點。前五點跟論文特性有關，第六點的「規範性」跟形式有關，何謂規範性？葉晗等說：「論文具有統一的書寫格式和語言規範……為了便於交流和應用，論文必須運用規範的語言文字系統和符號系統進行表述。」[7]由此可知，論文寫作需使用的語文具有統一性、規範性的特質，不能任意表述。

彭明輝也認為一篇好的學術著作，特別是「實證科學領域」的著作宜具備七項基本要件，依序是「原則性與貢獻」、「可靠的證據」、「批判性的驗證」、「理論性、系統性與一致性」、「客觀性與可重複性」、「跟學術界的明確關係」、「文體的清晰性」。同時，他彙整上述七項要件裁化成以下三點：

（一）學術論文必須具有原創性的發現與貢獻，並且經過嚴謹的自我批判。

（二）在明確給定的條件下，這些發現的有效性具有可重複性，經得起專家從各種角度反復的檢視與批

---

[7] 葉晗主編：《大學寫作》，頁308-310。

判，並藉此排除偶然性和個人的主觀性。

（三）論文是以學術界慣用的概念、術語和文體寫就，清晰陳述各種發現、論據、論證與結論，便於讀者的批判性閱讀和各種角度的檢視。[8]

儘管彭氏預設是在「實證科學領域」前提下的研究條件，但他也表明理工領域以外，其他社會科學、人文科學領域也在追尋上述三項目標，即「它們都期望研究的成果具有『不因人、時、地而異的有效性』，以及『受過專業訓練的人都不得不認同』的客觀性。」[9]至此可知學術論文除了創新性貢獻，更重要的是其中論點、論據、論證能否經得起他人反復驗證，且能否使用該研究領域的論文文體、概念、術語等表述。而這些嚴謹且客觀，不夾雜主觀情感的寫作態度，是否與說明文、議論文的寫作遙相呼應？差別只在於檢視態度愈趨嚴格，且更得符合科學的驗證、邏輯。

又任遂虎等人總結學術論文表述嚴謹的眾多特點如下：

表述的嚴謹性，使得論文的語言以精確、縝密見長，與文學文體的語言迥異，與一般評論文章也有區別。論文的語體風格表現為：大量使用學術性的概念和單義性的專業術語；以概念準確、判斷精密、推理嚴謹見長，有定量、定性的分析；句式單一，泛指句、存現句等無主句使用廣泛；為限定內涵和外延而拉長句式，狀語、定語等成分十分豐富；關聯詞使用得多，用複合句構成完整的表意單元；句子之間的邏輯關聯緊密；符號語言、圖形語言使用多；一般不用象聲詞、語氣詞，不用誇張、借代、擬

---

[8] 彭明輝：《研究生完全求生手冊——方法、祕訣、潛規則》（臺北：聯經出版社，2017年9月），頁43-46。

[9] 彭明輝：《研究生完全求生手冊——方法、祕訣、潛規則》，頁48。

人、擬物、設歧等積極修辭手法；句子中插入成分多等。論文的語言所追求的是有效地表達學術的信息量，句式要平實、準確、縝密，不能留下歧義理解的彈性空間。論文中的語言所表述的信息流量，要有一定的信度、深度和密度，力避浮淺。論文中的術語的使用，要標準化，甚至細小的符號、字母、圖式的表示，也要嚴格按本學科規範的方式使用。[10]

這段緊湊的文字充分表達學術論文寫作的特點，但夾雜許多文法學術語，以下簡單分三點說明。

其一，大量使用專業術語、概念與圖表。學術論文的專業術語、概念不能模稜兩可；且可善加利用圖表、符號來表意。而且都必須朝向精準化、標準化、規範化來使用。

其二，句式單一，多加利用長句、緊句。學術論文句式單一，且儘量使用「無主句」，少用如「我認爲……」等爲主詞（語）的句子，以求客觀。[11]同時，要善加使用長句式，因爲長句式可以表達複雜而嚴謹的邏輯，而緊句式則是指文句的結構要緊湊，不能留有歧異的空間。如果一句話難以完整表述，則可以使用關聯詞，也就是連接詞，形成複句結構，以完整表述。故任氏指出學術論文「句式要平實、準確、縝密」、「語言所表述的信息流量，要有一定的信度、深度和密度」，正是如此。

其三，修辭單一化，毋需使用積極修辭。「積極修辭」功能在凸顯意境，強化表達效果，兼有美化之效。但學術論文著重徵實，這些

---

[10] 任遂虎主編：《大學寫作訓練（第三版）》（北京：中國人民大學出版社，2016年8月），頁176-177。

[11] 關於學術論文在內的非文學寫作，是否該用，與如何使用「我」作爲主詞（語），可參見本套書《精進書寫能力1──遣詞用句掌握文氣篇》第三講第二節「個人主張與他人對話」。

修辭技巧正與之要求適反。

綜觀學術論文的寫作技巧，無論是語彙，或是文句表達的表現，是否都與論說文相近似？主要差異在於嚴格的程度。

二、從論說文到學術論文

「說明文」組成結構下定義、各種解釋的方法，可作為學術論文如何定義研究論題的前哨。只是學術論文的要求更繁複，資料蒐集得更全面且完整，等一切蒐集妥當、思路釐清後，才能先從「說明」開始，進入論文細節的研究、討論。

「議論文」同樣是學術論文的前哨，但還是有別，朱艷英從內容、讀者、作者比對議論文、學術論文寫作間的異同如下：

（一）從內容看，一般議論文是對現實生活中的現象或問題發議論，具有普遍性，而學術論文則專門就某一學科領域裏的某一問題系統地闡述自己的見解，具有專門性。

（二）從讀者對象看，一般議論文是針對廣大群眾，使讀者信服，並付諸行動，學術論文則是針對具有一定專門知識的人，使其理解和相信。

（三）從作者看，一般議論文只要有一定文化的人都可以寫，學術論文則必須是具有專門知識的人才能寫。⑫

當逐條檢視上述內容，更能觀察從議論文到學術論文寫作要求愈趨嚴格的過程。

綜合來看，「論說文」是一般人對生活現象的說明解說、議論，議論對象廣泛含括生活中的各種問題，任何人只要具備一定的議

---

⑫ 朱艷英主編：《文章寫作學──文體理論知識部分》，頁128。

論能力都可以書寫，且其閱讀對象是普羅大眾。而議論文也能讓我們多一些客觀理性的思維，獨立思考問題，不再單純受制於內在情感與外在環境操控。「學術論文」是一般論說文提升到專門領域的學術寫作。其論題具有專門性，閱讀對象從一般人轉移到與自己同專業領域，具備相關知識背景的人，若要說服他們使之理解、相信自己的論點，唯有透過更嚴謹的寫作要求方能達成。

本講重點回顧

- 如何學好論說文的七個條件：一是增廣見聞，二是潤飾語句，三是辨識語言，四是擬定結構，五是基本邏輯，六是設計教材，七是終身學習。

- 「學術論文」是論說文的延伸，而更偏重議論文的延伸，所謂「學術論文」是在人文、社會、自然等不同領域中，運用科學的、學術的研究方法，對某些論題進行研究的成果展現。其形式甚多，如有：學期報告、單篇論文、學位論文、會議論文、論文集論文、期刊論文、專門論著等。

- 學術論文的價值往往體現在知識的創新、知識的應用等兩方面，譬如：理論的創新，或理論具有某些價值。因此，葉晗等人認為學術論文應具備科學性、學術性、獨創性、理論性、實踐性、規範性等六大特點。彭明輝也認為一篇好的學術著作，特別是「實證科學領域」的著作宜具備七項基本要件，依序是「原則性與貢獻」、「可靠的證據」、「批判性的驗證」、「理論性、系統性與一致性」、「客觀性與可重複性」、「跟學術界的明確關係」、「文體的清晰性」。

- 學術論文表述方法有三個特性，分別是：其一，大量使用專業術語、概念與圖表。其二，句式單一，多加利用長句、緊句。其三，修辭單一化，毋需使用積極修辭。

- 論說文與學術論文的異同在於：「論說文」是一般人對生活現象的說明解說、議論，議論對象廣泛含括生活中的各種問題，任何人只要具備一定的議論能力都可以書寫，且其閱讀對象是普羅大眾。「學術論文」是一般論說文提升到專門領域的學術寫作。其論題具有專門性，閱讀對象從一般人轉移到與自己同專業領域，具備相關知識背景的人，若要說服他們使之理解、相信自己的論點，唯有透過更嚴格的寫作要求方能達成。

○　○　○

第十四講

結論暨未來展望

總結《精進書寫能力1——遣詞用句掌握文氣篇》、《精進書寫能力2——思辨與論說文寫作篇》，這是一套強調「非文學寫作形式」的寫作書。先從詞句到段落，再從段落到篇章，一步步指引寫作方法，並逐一分析、闡釋在教學、寫作過程中所遇到的各種疑難雜症。因此，整套書既可精進教學者的自學、教學能力，還可作為大學生、研究生、職場各種專業、實務寫作前的基礎教材，亦可作為高中生的進階寫作教材。

　　從閱讀角度來看，如能熟悉基本的遣詞用句原則、寫作形式與規範，便能洞悉寫作者的寫作形式。再從寫作角度觀之，若能掌握基本原則與形式、規範，則能在符合思考邏輯、寫作需求的前提下，演變出無窮盡的組合變化，亦可洞悉他人的寫作邏輯、問題所在，給予中肯客觀的回饋。所以，透過外在形式學習寫作不是束縛思想，而是將天馬行空的想法、觀念去蕪存菁，透過約定俗成的表述規範，達成雙向或多向溝通目的。

　　最後，我將從反思「語文教學的前瞻」、「精進書寫的能力」兩路並進，提出七個思考面向暨未來展望作結。

一、**概念上，正視語文與文學教學異同**

　　誠如本套書「緒論」所言，「語文（language）」、「文學（literature）」是不同的概念；「非文學寫作」、「文學創作」也是不同的概念。「語文」、「非文學寫作」重視反復的訓練；而「文學」、「文學創作」是寫作者與讀者間的心靈交流與溝通。[1]因此，不宜合併教學，或以某方取代另一方，最常見的就是以「文學」、「文學創作」取代「語文」、「非文學寫作」。如此一來，既是窄化了語文、寫作的範疇，又無端擴張了文學、創作的領域，彷彿一切語文表達都必須與文學劃上等號，實際卻非如此。

　　我們應正視語文與文學各有畛域。文學是語文表達的內涵之

---

[1] 詳請參見本套書《精進書寫能力1——遣詞用句掌握文氣篇》，頁4-5。

一，缺乏文學作爲內涵，語文表達將顯空洞蒼白；語文則是表達工具，不懂得如何運用工具，難將自身思想、感情傳遞於外，與他人溝通。所以，二者非以優劣計，而是各有不同教學目的，宜分別給予獨立的教學定位。誠如溫儒敏所述：

> 語文課不等於文學課，人文精神不等於文人精神。語文教學不能以培養文人、培養作家爲目標，連大學中文系都不能以此爲目標。學語文主要是學會表達，學會熟練、準確、得體地使用漢語。

> 語文課要解決讀寫能力，實踐性很強，必須有反復的訓練和積累，訓練的過程不可能都是快樂的，甚至也不可能都是個性化的。

> 現在的語文教學過於偏重文學性，很在意文筆，所培養的學生思考力、分析力可能偏弱。以爲文筆好就是語文好，這是誤解。[2]

由此可知，文學、創作的文筆文采非必然是每個人都應具備的能力，語文則是每個人都應懂得的表達、溝通方法。又，文學寫作是個性化情感的揮灑；非文學寫作是客觀思考、分析的訓練，非個性的表述。所以，若要穩紮穩打學習語文，每一個步驟都必須落實，再三錘鍊而後成。

二、態度上，教學者的自我覺醒與提升

當前「非文學寫作」最直接的困境是缺乏相關師資。一向被視爲應該負起語文教學責任的中文相關科系，在養成教育過程中，得面對

---

[2] 溫儒敏：《溫儒敏論語文教育二集》，頁113-115。

傳統與現代，文言與白話，傳統經史子集，兼及詞章、義理、考據，與新興的文創發展等各類型專業知識的學習，而非著重於寫作的訓練與教學。

此外，這種寫作教學也不該視作是中文系之專責，進入專業寫作階段後，各領域都有不同的寫作要求，商務、公務寫作亦然。那麼，這些領域的學者專家、長官領導者，都應肩負起教學責任，唯「怎麼教」才是關鍵。因此，如欲解決寫作與表達的問題，當從教學師資培訓著手，一些當務之急的問題，諸如：「增進教學者自我語文能力」、「正視非文學寫作教學的重要性」、「理解語文教學方法」、「洞悉學習者寫作問題與障礙」等，咸待教學者的自我覺醒與提升，才能成為推動改革的推手。

三、方法上，建構閱讀與寫作方法論

近幾年，「閱讀與寫作」一詞廣為流用，各級教育體制都在推廣「閱讀與寫作」，卻甚少關注混同「閱讀」與「寫作」後的教學偏向，以及應分殊「語文的閱讀與寫作」、「文學的閱讀與寫作」的差異。

先就前者而論，混同閱讀與寫作的結果，經常是把寫作當成閱讀的附屬品，而缺乏完整的寫作教學指引。若欲學好寫作，必須將寫作獨立於閱讀之外，單獨教學。

再就後者而論，「語文的閱讀與寫作」重視方法論，而「文學的閱讀與寫作」則偏向寫作者或作家、閱讀文本、讀者三方的對話與詮釋。當我們討論重點是「語文」時，便該強調方法論的教學。也緣於「語文」、「非文學寫作」簡淺明確、結構穩固的特性，如何有效率的簡擇訊息、知識，摘其重點以精準表達，實屬重要。但凡懂得如何寫的人，便知如何捉重點、找出關鍵；相對的，善於閱讀的人，亦能迅速找到關鍵，或直指寫作問題所在。這都得經過長時間的訓練，以及大量的閱讀、寫作的經驗而成。

這種閱讀與寫作方法論的教學，在英語世界早行之有年，本套

書也不斷徵引以作為中文寫作之借鏡，但中西語境有別，不能一概嫁接，而目前中文的寫作方法論教學仍需投入大量心力來建構。

四、教材上，推行語文教材研發與編寫

「語文」、「非文學寫作」強調扎實訓練，此類型課程通常較枯燥，難引起學習興味，除了建構方法論，還要活化教材吸引學習者的注意，譬如：針對時事議題的正反辯論、設計自行批閱方法、擬定各種場合演講文稿……。故承以上第二、三點所述，宜從師資、方法論、教材研發與編寫以有效推行相關教學。而語文教材亦不限於寫作，其他如閱讀方法、口語表達方法、思維方法等，都是可繼續開拓研發的領域。

五、傳意上，會表達並不等於有效溝通

語文教學過程中，教學者往往不是聽不懂或讀不懂學習者的想法或觀點，而是在乎他們能否精準表達以達溝通之效。因此，學習者得要認清不是已經表達過了，別人就應該要理解我的意思，而要學習如何有效溝通，使表述者與閱聽者之間達成共識。如本套書便是針對語文、非文學寫作溝通能力之著，而前述的第二至四點也都要以有效溝通作為目標。

六、視域上，科際與議題導向間的整合

語文是表達工具，是學習其他專業知識的基礎，故應由各專業知識領域界定所學的內涵，並透過語文教學，輔助從閱讀到寫作，再到口語表達的方法，落實語文教學的社會價值。

以論說文寫作為例，知識儲備量宜廣而深。因為論說範疇常超越科際限制，而可拓展至所有可論辨、說明的議題，若閱讀不深，識見不廣，思慮不精，立場搖擺，品行不端，都不足以評正誤、斷是非。譬如：常見的環保與經濟發展之爭，已經不是某一種專業知識便足以解決者，而需透過跨領域對話，多方意見的討論。因此，無論是想教導還是想學好論說文寫作，都應打破學科的藩籬，吸收、整合多元知識。

七、應用上，先掌握原則再激發創造力

創造非憑空而生，而是經由模仿再衍生出變化。故模仿是第一步，創造才是目的，如：論說文「論辯型」、「三W型」、「總提分論型」三種基本結構係根據思維模式順序下的排列，當未來遇到各種專業、實務性質的閱讀或寫作會因實際需求，像是因為書寫原因、目的不同，而必須調整、挪移寫作形式或結構順序，如：議論文本以定義、解釋論點或論題的「是什麼（what）」為先，其次才是追溯成因的「為什麼（why）」。或謂「不該先有『提問（why）』而後才有『定義、解釋（what）』嗎？」若我們稍加思考，便會發現放在定義、解釋之前的「提問（why）」，如同學術論文寫作的「問題意識」，係先萌生一概念、想法；而放在定義、解釋之後的「為什麼（why）」，才是說明論點或論題的重要性。

又好比商務寫作偏好先總結後說明，先提出預期成果效益，誘發對方的興趣與動機後，再視狀況詳述細節。或如麥肯錫思考法提出的「金字塔原理」，莫非是在「是什麼（what）」、「為什麼（why）」、「如何作（how）」的原則下，組合出金字塔式的各種邏輯思考與寫作、解決問題的方法。

故創造始於模仿，變化起於守經通權。模仿不是一味抄襲，而是將構思、內容化裁於寫作形式中，這就得仰賴閱讀與個人識見的養成了。唐代柳宗元〈斷刑論〉嘗云：「經非權則泥，權非經則悖」，正指作任何事情不能僅守常道不知變通，也不能不依附常道而亂變，這將導致悖亂。此用於創造亦然，缺乏基礎的創造不過是片刻的靈光乍現，很難走得長遠。

筆走至此，全書終將告一段落。綜觀上述七點，可知這不是語文或非文學寫作教學的結束，而是嶄新的開始，我希望能藉此激發更多學術先進、讀者們的多面向思考，共同提升高等教育階段的寫作教學水平。

附　錄

中英文寫作「論證指示詞」對照表

「論證指示詞（argument indicators）」指透過不同的詞彙或短語，在論證過程中，找出論證重點的方法。

因為語言的差異，英文、中文論證指示詞的使用有些許不同。其一，文法不同。英文文法規律性強，何時該使用哪些論證指示詞，有一定的限制；中文文法較複雜，既有文言、白話，還有某些詞類可省略問題，一旦當作論證指示詞的詞彙被省略，就需要自行辨別該段文意所述者為何。二、語彙不同。與中文相較，英文詞彙量有限，當能掌握這些關鍵的論證指示詞彙時，文章脈絡便呼之欲出；中文受到文言、白話，甚至方言影響，論證指示詞種類繁多，比如：「應該是……」又可寫成「應是……」、「該是……」，任何詞彙都可衍生出各種不同的組合變化，難一網打盡。

所以，在英文指引文法、論文寫作、邏輯論辯等相關書籍多有歸納標示不同意義的論證指示詞，如：前提指示詞（argument indicators）、結論指示詞（conclusion indicators），還有各種細節的論證指示詞用語。反觀中文的相關書籍卻甚少留意論證指示詞的重要性，或是直接翻譯英文書籍有關論證指示詞的介紹。

有鑑於此，本附錄蒐集、歸納相關書籍有關中英文寫作常見的論證指示詞，表列各種關係詞的類型，以示不同關係下，可使用哪些論證指示詞銜接子句。①當然，中文相關的論證指示詞的同義詞甚多，實在不可能蒐羅到所有的詞彙，僅能點出一二供作參考，更待讀者自行補充。

使用「論證指示詞」有兩點需要注意：一是「指示詞」非必然是

---

① 以下內容參見Stwlla Cottrell著、鄭淑芬譯：《批判性思考：跳脫慣性的思考模式》，頁80、295-304。尼爾・布朗、史都華・基里著，羅耀宗等譯：《看穿假象、理智發聲，從問對問題開始》，頁62、78-79。劉增福：《基本邏輯》，頁11-13。張乃心編著：《管理類、經濟類聯考寫作高分突破》（北京：清華大學出版社，2019年2月），頁154-156。

「論證指示詞」。在非論證的文章、文句、段落同樣會使用這些指示詞，譬如：記敘文、抒情文、描寫文，還有論說文用來敘述而非論證的文句、段落，但這些指示詞不具備論證效力，故不能看到某些詞彙就逕以此為論證指示詞，必須兼顧上下文意作判定。二是中文某些詞類有可省略的特性，為求文意清楚，便於讀者閱讀、掌握重點，與利於讀者與寫作者間的溝通對話，則不宜省略關鍵文句、段落中的論證指示詞。

以下分別分成「前提指示詞」、「結論指示詞」、「導入論述的指示詞」、「發展論述的指示詞」等四類，羅列各種指示詞。某些詞彙在英譯中後，在中文看來無別，但放在英文文法、語句中，仍有差異，故將分別舉列。

一、前提指示詞

指示位置	中英文寫作常見指示用詞
表達前提、 理由的指示詞	因為、由於（since） 因為（because） 因為（for） 因為（as） 因為（in that） 因為、鑑於（seeing that） 從……跟隨而來（follow from） 如同……顯示的（as shown by） 由於（as a result of） 由於（in as much as） 由於（owing to） 設有（given that） 因為事實顯示（because of the fact that） 由……支持（is supported by） 研究報告顯示（studies show that） 理由是（the reason is that）

指示位置	中英文寫作常見指示用詞
	基於……的理由（for the reason that） 因為證據是（because the evidence is） 可從……推論（may be inferred from） 可從……導出（獲得）（may be derived from） 可從……推出（may be deduced from） 由於……這個事實（in view of the fact that）

二、結論指示詞

指示位置	中英文寫作常見指示用詞
表示結果與後果	因此（as a result） 最後（as a consequence） 結果（hence）、因此（thus） 因為這樣（consequently, because of this） ◎其他常見的還有： 由此看來、告訴我們、可見、不難看出、故曰、啟示、啟迪、由此可見……
表示結論的字詞 .	因此、因而、所以說（therefore） 因此（hence） 於是（accordingly） 所以（so） 所以（thus） 結果（as a result） 結果（in consequence） 結論是（in conclusion） 顯示為（proves that） 這麼一來（consequently） 意指（suggest that） 我想說的要點是（the point I'm trying to makes is）

指示位置	中英文寫作常見指示用詞
	接下來就是（shows that） 證明（proves that） 指出（indicates that） 事實眞相是（the truth of the matter is） 應該是（this ought to be） 這應該是（this should、this must） 這會（this will、this would have） 這表示（this means that） 實際上（in effect） 絕對不應該（this ought never to、this should never） 因此，我們可以知道（thus, we can see） 基於這個理由（for this reason） 基於這些理由（for these reason） 跟隨而來的是（it follows that） 我們可結論說（we may conclude） 我下結論說（I conclude that） 必定是（it must be that） 顯示爲（which shows that） 意味說（which means that） 涵包說（which entails that） 涵蘊說（which implies that） 允許我們推論說（which allows us to infer that） 指出結論說（which points to the conclusion that） ◎其他常見的還有： 總之，綜（總）上所述、昭示、折射、不難看出、由此看來、事實證明、唯其如此、倘能如此、讓……願……、只要……就……、只有……才……、與其……不如……、一言以蔽之、指日可待、拭目以待……

三、導入論述的指示詞

指示位置	中英文寫作常見指示用詞
論述開場白	首先（first） 首先也是最重要的（first of all） 一開始（to begin with） 最初（first of all） 我將……開始（at the outset、initially、I will start by……）

四、發展論述的指示詞

指示位置	中英文寫作常見指示用詞
強化論述的文字	也；同樣地（also） 也（too） 此外（in addituon） 除……之外（besides） 而且（furthermore） 再者（moreover）
加入類似的理由	同樣地（similary、equally、likewise、in the same way）
加入不同的理由	不只、不僅、除了……（in addition, besides, as well as, not only……bot also……）
強化論述	而且（furthermore） 此外（moreover） 確實（indeed） 例如（what is more, such as）
提出其他觀點	另一種看法是（alternatively） 有人認為（others argue that） 可能有人會說（it might be argued that）

指示位置	中英文寫作常見指示用詞
反駁其他觀點	然而（however） 另一方面（on the other hand） 但是；仍然（nonetheless） 儘管如此仍然（notwithstanding this）
對照與反駁	雖然（although） 相反地（conversely） 相對地（by contrast） 一方面……，另一方面（on the one hand……；on the other hand……） 事實上（in fact）

後　記

從「教寫作」到「寫作教學體系」的建構——我如何寫出一本寫作教學的書

從覓尋一本「寫作聖經」開始

從教寫作再到建構出一套寫作教學的體系建構，一路走來，倍是艱辛。

二十六歲那年剛進博士班，也開始在大專校院兼課。第一次站上警專講臺，臺下盡是弟妹年紀般的學生，我問學生期待教哪些內容，他們異口同聲說道：「老師，教作文，作文很重要，未來國家考試要用到。」很直接且現實的目的，也看得出他們對如果通不過國家考試的茫然與焦慮。可是作文該怎麼教？儘管在中文系讀了這麼多年書，但所學實與教作文無關，突然被要求教作文，還真不知所措。

該從哪兒找資料？誰最會教國家考試作文？我想，肯定是補習班老師。買了幾本國考參考書當寫作聖經，內容不外乎是教導文章結構布局，我也依樣畫葫蘆，讓學生背結構、分析歷屆考題的結構概念。

但這種作法並未解決問題，學生縱使勉強有了結構概念，但尚有更多疑惑，諸如：行文冗詞贅句甚多，內容缺乏深度，該怎樣立論、找論據，再到如何論證，通通都有問題，我卻不知從何教起。

寫作書很多，但哪一本才是寫作聖經？

既然市售的考用書無法符合需求，我回憶起中學、大學時，老師們經常推薦朱光潛、夏丏尊、王鼎鈞等人的寫作教學書，這也許會是我想找的書，只不過買來後總沒耐心讀完，翻了幾頁便束之高閣。一來，當時缺乏實戰教學經驗，很難體會這些寫作原則、理論、寫作教學經驗的總結。二來，學生寫作問題遠超過書中所述，無法一體適

用。最終，這些書也不是心目中理想的寫作聖經。

遍尋不著適合的寫作書情況下，我只得土法煉鋼，根據學生作文，自行歸納統計他們的問題，從錯別字、卷面形式，再到文詞、結構等，到了第二年教學結束，寫作講義從原本幾頁紙擴編到四十餘頁。

教學過程中，我很鼓勵學生提問，只是一開始常被問倒，但我不怕難堪，總回應道：「這問題我沒想過，容我下周回覆。」學生知我有問必有答，提問也從一開始的大方向再到各種細瑣的提問。而愈瑣碎的問題也愈能檢視教學的功力，我把師生間的問答當成一次次的自我挑戰，這些來自教學現場的提問，也是最貼近學生寫作疑難者，不同的程度、學習背景的寫作問題都不一樣，唯有親自面對才能找出問題成因。後來我發現，問題沒有被解答完的一天，當我回答愈仔細，學生又會從中衍生出新的提問，直到現在，我都還在不斷接受挑戰，不斷自我修練。

到了第四年，因應不同課程，原本三周左右的寫作單元變成十八周的學期課，編寫的講義也擴編到二百餘頁，二十萬字的篇幅。此時我不再依賴哪本寫作書，有問題就自行解決，不會就到處請益，務必要找出答案。

投石問路，從發表寫作教學再到語文表達的教學論文

累積二十萬字講義寫出來後，我有些獨到見解很想分享於眾卻不知如何發表，寫慣了學術論文，如何分享教學心得，內心當真一點譜都沒有。

先是投石問路，寫了一篇約三千字短文〈作文面面觀：漫談勵志散文與論說文的不同〉投稿至警專《樹人期刊》，當中只解決一個問題，即為何學生喜歡用提問，或反詰語氣，或呼告語氣作結，如說：「相信你一定會認同我的，是嗎？」「讓我們攜手向前，共創人生美好的未來！」「縱使狂風暴雨的來臨，我們都要不畏險阻，正面迎向它的摧殘，人生無完美，就讓我們一起面對這暴風雨的肆虐吧！」

我想寫作經驗不外乎來自閱讀，以此反推學生中小學時期的閱讀經驗，便恍然大悟勵志散文經常作為此學習階段的優良課外讀物，而學生寫作經驗正是來自大量閱讀這些文章的結果。可是他們鮮少被提醒寫作者身分、文體、閱讀對象不同，不宜以相同方式為文，反正管他什麼題目，什麼文體，都以同樣方式寫作。殊不知勵志散文的作者往往是擔任讀者的「心靈導師」，有種上對下的意味，學生既非老師的心靈導師，採行勵志散文行文與結尾自然不倫不類。

　　又好比修改學生的冗詞贅句，千篇一律的問題，每年重複上演同樣狀況，我心想，何不教導學生如何修改？花了三個月從學生文章中找出各種導致問題的蛛絲馬跡，於2010年在輔仁大學《全人教育學報》發表〈談中文寫作贅字贅句與我手寫我口的問題成因與解決之道〉一文，分別從「虛詞」、「實詞」、「文句」等三大類，歸納出十四條問題。

　　往後幾年，我以此作為教導學生如何自我刪修作文的教材。上課時，我每講完一大類就停下來讓學生修改自己的作文，自己則走下講臺從旁協助刪修。對學生而言，積累十餘年寫作的問題一下子便豁然開朗，有人刪得很高興，下課還來追問，定要我再看看有無問題；有人刪得很焦慮，因為每多講一條問題，又不知要被刪掉多少內容。但無論如何，當冗詞贅句被刪除後，他們才會知道自己的文章竟如此空洞，也會明白寫作不單靠別人，該講的寫作技巧都傳授以後，自己不多閱讀，不從各種管道充實知識、人生經驗，寫作又怎會進步？

　　操作此法近十年，但我總覺得這只是消極刪除，而非真正改變表述方式。經過數年構思，2019年我在警專提了一個研究案〈文以氣為主：從鍛字鍊句論中文寫作文氣提升之道〉，補充「掌握精準表意方式」、「調整句式改變文氣」、「以修辭法強化氣勢」等三大類，共十六條積極提升文氣的方法，此時已蒐集了共三十個問題，解決了更多語詞、文句使用的問題。而以上三篇文章都經過刪修與更仔細校閱後，放入了本套書中的第一本《精進書寫能力1——遣詞用句掌握文氣篇》中。

然後，我從談寫作爲端，陸續關懷閱讀方法、口語表達方法、語文與文學的異同、大學國文課走向的問題，還主編《警專國文選》一書。每一次的研究都在建立我的自信心，也樹立了獨到的教學模式，建構出我的語文教學體系。

● 從教學論文到第一本寫作書的完成

　　2013年，我在五南出版《國家考試作文——得分技巧及寫作要領》一書，至今七年時間出到第七版。當初是因爲教了好幾年相關課程，每次授課教材都是那二百餘頁的講義。當時心想，講義內容是殫精竭慮的成果，足以成篇者，已發表成單篇教學論文；不足成篇者，只能放在講義中；還有過於厚重者，一篇教學論文實難盡述。難以抉擇如何處理的狀況下，就出版成冊吧！

　　經與出版社磋商，我根據考試用書的特性，從二十萬字講義中，抽出與國家考試有關的十萬字內容，又增補十萬字，以二十萬字竣稿。內容除了將國家考試作文考題分類，還運用了中國哲學概念詮釋各類型的題目，並提出各種寫作的訣竅。

　　對讀者而言，此書如何能幫助自己考上國家考試最重要，但我身爲作者，每修訂一個版次，不僅僅是增補考題、修改錯別字，更重要的是不斷增補教學時看到的問題。譬如：當我認定該這樣寫最妥當，學生偏往其他方向寫，其寫法反而超乎預期，我就會趕緊記下來，增補在新版次中，幾年下來，已增補數萬字之篇幅。因此，從現在的視角再回過頭看最早初版的內容，眞是很陽春，而一版版的內容正記錄了我寫作教學的過程與成長。

　　十餘年的寫作教學過程中，除了教，自己也不斷在寫。2015年完成了約四十萬字的博士論文，後來得了臺灣中文學會的博士論文獎，居中遇到很多寫作瓶頸，師長們對我寫作問題的誨正指點，都成爲後來自我改變、往後教學的養分。走過這段路，也讓我明白教寫作不能單靠他人的寫作書，得靠自己的教學體認；同樣的，學寫作也得自己去寫去磨，還要多寫多磨，再配合老師或前輩專家的點撥，逐次改

進，自會有所成。

寫出屬於自己的寫作書

　　市面上，不乏各類型寫作教學的書，我總好奇教學者買了以後，是否能像該書作者一樣會教？想從任一本寫作書完全得到作者的教學精華真不容易，畢竟，每個教學現場遇到的問題都不一樣，每個人的教學方式也大相逕庭，唯有邊教邊學，邊學邊看，才會理解每本寫作書的精彩。有的問題已被解決者，可直接取經；若發現尚未被找到、解決過的問題，那就是創見了。

　　這兩年來我為了寫這套書，重新翻閱自晚清民初再到現當代兩岸的寫作教學書，方能明白這些語文學者、作家們的苦心。像朱光潛、夏丏尊、葉聖陶……等學者，他們善於以一篇數百字的短文來解決某一個寫作問題，看似輕描淡寫勾勒出的寫作技巧，背後是蘊含幾十年教學功力的總結，只有當自己教學面對相同狀況時，才能與之心靈相通。至此方能明白為何當年總讀不下去這些書的理由，空拿著寫作書當教材，這些內容成了一條條的教條與束縛，自然讀不下去。

　　唯有當自己願意從教學中學習如何教寫作，願意傾聽學習者的問題，再把零散的教學經驗變成系統性的內容，自能寫出屬於自己的寫作教材。若能說服更多人接納自己的觀點，發掘其他人所未見，出一本寫作教學書便指日可待。

　　我很喜歡現代新儒家唐君毅先生〈說學問之階段〉一文。文中把學問分成六個階段：第一階段是先學不疑；到第二階段提出疑惑；再到第三階段的開悟；再是第四階段從點滴心得連成點、線、面、體，學問逐漸圓融；再到第五階段知言，不僅知他人對錯，還能解人疑惑，隨機講學；最後第六階段是無知，當學問到達一定高度後，才會了悟所知所學只是滄海一粟，還有更多未知學問等待去學習。回首這一路走來的教與學，這套書承載了十餘年來寫作研究、教學經驗的階段性總結，在寫完的剎那，頓時有種被掏空的疲憊，面對浩瀚無垠的寫作教學，無知正是此刻的心情，唯有無知，方能體會到寫作教學的博大，也才能讓自己歸零，謙卑以對，重新出發。

參考書目

一、古籍資料（按時間順序編排）

先秦・老子、陳鼓應註譯：《老子今註今譯》，臺北：臺灣商務印書館，2004年5月

梁・劉勰著、王更生注釋：《文心雕龍讀本》，臺北：文史哲出版社，1997年10月

南宋・朱熹：《四書章句集註》，臺北：鵝湖出版社，2000年9月

明・吳訥、明・徐師曾：《文章辨體序說　文章明辨序說》，臺北：長安出版社，1978年10月

二、現代書籍（按姓名筆劃編排）

Bruce E. Gronbeck、Kathleen German等著，陳淑珠、張玉珮譯：《演說傳播原理》，臺北：五南出版社，1998年1月

Gerald Graff、Cathy Birkenstein著，丁宥榆譯：《全美最強教授的17堂論文寫作必修課They say/I say：The Moves That Matter in Academic Writting》，臺北：EZ叢書館，2019年3月

Irving M. Copi著、張身華譯：《邏輯概論》，臺北：幼獅文化，1998年10月

Stella Cottrell著、鄭淑芬譯：《批判性思考：跳脫慣性的思考模式》，臺北：寂天文化，2015年12月

于為蒼編著：《大學寫作新稿》，南京：南京大學出版社，2017年8月

方東美：《中國人生哲學》，臺北：黎明文化事業公司，1993年8月

中華日報主編：《大學文學教育論戰集——中文系和文藝系的問題》，臺北：中華日報社，1973年3月

王力：《中國現代語法》，上海：商務印書館，1947年2月

元雅染、章嘉凌等：《動物星球小百科——極地驚奇之旅》，臺北：銳訊多媒體股份有限公司，2005年11月

巴克（S. F. Barker）著，石元健編譯：《邏輯引論》，臺北：臺灣商務印書館，1992年11月

尼爾‧布朗（M. Neil Browne）、史都華‧基里（Stuart M. Keeley）著、羅耀宗、蔡宏明等譯：《看穿假象、理智發聲，從問對問題開始》，臺北：商業周刊出版社，2019年4月

立緒文化選編：《百年大學演講精華》，臺北：立緒文化，2003年10月

朱光潛：《談文學》，臺北：智揚出版社，1986年

朱自清：《寫作雜談》，北京：北京教育出版社，2014年3月

朱榮智：《文氣論研究》，臺北：臺灣學生書局，1986年5月

朱德熙：《作文指導》，北京：北京教育出版社，2014年3月

朱艷英：《文章寫作學——文體理論知識部分》，高雄：麗文文化公司，1994年11月

任遂虎主編：《大學寫作訓練》，北京：中國人民大學出版社，2016年8月

余秋雨：《文化苦旅》，臺北：爾雅出版社，2003年4月

沐紹良、方健明：《寫作指引》，上海：大成出版社，1949年8月

何萬順、蔡維天等著：《語言癌不癌——語言學家的看法》，臺北：聯經出版社，2016年1月

李天命：《語理分析的思考方法》，臺北：鵝湖出版社，1993年3月

李尚文：《作文七七法》，上海：世界書局，1946年5月

李家同：《大量閱讀的重要性》，臺北：五南出版社，2016年5月

李智平：《國家考試作文——得分技巧及寫作要領（第7版）》，臺北：五南出版社，2020年9月

李蓬齡：《閱讀與寫作》，臺北：臺灣警察專科學校，2019年7月

克利斯汀‧舒茲－萊斯（Christine Schulz-Reiss）等著、陳中芷等譯，《向下扎根！德國教育的公民思辨課》系列叢書，臺北：麥田出版社，2020年8月

阮真：《作文研究》，北京：北京教育出版社，2014年3月

吳亭宜、李炫宇編著：《國文科綜覽‧下》，臺北：華逵文教科技公司，2006年12月

吳媛媛：《思辨是我們的義務：那些瑞典老師教我的事》，臺北：木馬文化，2019年7月

林明進：《起步走笨作文（基礎篇）》，臺北：天下文化，2020年6月

林明進：《起步走笨作文（進階篇）》，臺北：天下文化，2020年6月

林語堂：《生活的藝術》，臺北：遠景出版社，1979年3月

杰拉德‧葛拉夫（Gerald Graff）、凱西‧柏肯斯坦（Cathy Birkenstein）：《全美最強教授的17堂論文寫作必修課：150句學術英文寫作句型，從表達、討論、寫作到論述，建立批判思考力與邏輯力》，臺北：日月文化，2019年3月

金振邦：《文章體裁辭典》，高雄：麗文文化公司，1995年9月

侯貝（Blanche Robert）等著，梁家瑜譯：《法國高中生哲學讀本3：我能夠認識並主宰自己嗎？——建構自我的哲學之路》，臺北：大家出版社，2017年7月

侯貝（Blanche Robert）等著，梁家瑜、蔡士瑋等譯：《法國高中生哲學讀本5：人認識到的實在是否受限於自身？探索真實的哲學之路》，新北市：大家出版社，2019年11月

胡懷琛：《作文門徑》，北京：北京教育出版社，2014年3月

威廉‧金瑟（William Zinsser）著、劉泗漢譯：《非虛構寫作指南》，臺北：臉譜出版社，2020年8月

約翰‧杜瑞（John E. Drewry）著，徐進夫翻譯：《書評要門》，臺北：幼獅文化，1973年1月

唐弢：《文章修養》，北京：北京教育出版社，2014年3月

唐君毅：《青年與學問》，臺北：三民書局，1992年6月

傑伊‧海因里希斯（Jay Heinrichs）著，李祐寧譯：《說理I——任何場合都能展現智慧，達成說服的語言技術》，臺北：天下文化，

2018年12月

夏丏尊、葉聖陶：《文心》，臺北：如果出版社，2011年3月

夏丏尊、葉聖陶：《文話》，臺北：如果出版社，2011年3月

夏丏尊、葉聖陶：《七十二堂寫作課》，北京：中國友誼出版公司，2019年7月

徐芹庭：《修辭學發凡》，臺北：中華書局，2015年11月

孫有蓉：《笛卡兒的思辨健身房》，臺北：平安文化，2020年7月，頁31

孫俍工：《論說文作法講義》，北京：北京教育出版社，2014年3月

莫提默‧艾德勒（Mortimer J. Adler）、查理‧范多倫（Charles Van Doren）著，郝明義、朱衣譯：《如何閱讀一本書》，臺北：臺灣商務印書館，2003年10月

梁啓超：《作文法》，北京：北京教育出版社，2014年3月

梁實秋：《雅舍小品》第一冊，臺北：正中書局，1998年2月

教育部國語推行委員會編著：《重訂標點符號手冊（修訂版）》，臺北：教育部國語推行委員會，2008年12月

教育部發布：《十二年國民基本教育課程綱要：國民中小學暨普通型高級中等學校：語文領域——國語文》，2018年1月25日

許世瑛：《中國文法講話》，臺北：臺灣開明書局，1996年10月

許德鄰：《最新作文指導法》，廣州：崇文書局，1920年6月

章衣萍：《作文講話》，北京：北京教育出版社，2014年3月

褚斌杰：《中國古代文體概論（增訂本）》，北京：北京大學出版社，2003年8月

國家發展委員會：《中華民國人口推估2018年至2065年》，臺北：國家發展委員會編印，2018年8月

華特‧西諾－阿姆斯壯（Walter Sinnott-Armstrong）：《再思考——一堂近百萬人爭相學習的杜克大學論辯課，你將學會如何推理與舉證，避免認知謬誤》，臺北：麥田出版社，2019年3月

張乃心編著：《管理類、經濟類寫作高分突破》，北京：清華大學出

版社，2019年2月

張中行主編：《文言常識》，北京：人民教育出版社，1988年5月

張中行：《作文雜談》，香港：三聯書店，2000年7月

張攻非主編：《大師教語文》，廣西：廣西師範大學出版社，2018年1月

張志公：《讀寫一助》，北京：北京教育出版社，2014年3月

張志公：《讀寫門徑》，北京：北京教育出版社，2014年3月

張壽安主編：《晚清民初的知識轉型與知識傳播》，北京：北京師範大學出版社，2018年6月

曹載春：《作文秘訣》，上海：普文學會，1914年6月

彭明輝：《研究生完全求生手冊——方法、秘訣、潛規則》，臺北：聯經出版社，2017年9月

黃永武：《中國詩學‧設計篇》，臺北：巨流圖書有限公司，1996年5月

黃永武：《好句在天涯——我怎樣寫散文》，臺北：三民書局，2012年4月

黃永武：《字句鍛鍊法（新增訂本）》，臺北：洪範書店，2002年7月

黃慶萱：《修辭學（增訂三版）》，臺北：三民書局，2002年10月

陳必祥：《古代散文文體概論》，臺北：文史哲出版社，1995年10月

陳平原、季劍青主編：《五四讀本》，臺北：大塊文化，2019年5月

陳正治：《修辭學》，臺北：五南出版社，2013年3月

陳汝東：《修辭學教程》，北京：北京大學出版社，2019年4月

陳美芳主編：《精進大學寫作指引》，臺北：國立臺灣師範大學出版中心，2014年1月

陳望道：《作文法講義》，上海：民智書局，1924年10月

陳望道：《修辭學發凡》，臺北：文史哲出版社，1989年1月

陳滿銘：《作文教學指導》，臺北：萬卷樓出版社，1994年10月

曾多聞：《美國讀寫教育改革教我們的六件事》，臺北：字畝文化，

2018年8月

曾多聞：《美國讀寫教育6個學習現場，6場震撼》，臺北：字畝文化，2020年6月

曾漢唐、陳張培倫：《邏輯與生活》，新北市：國立空中大學出版社，2013年1月

楊士毅：《邏輯與人生——語言與謬誤》，臺北：書林出版社，2001年5月

溫瑞峰：《白話文作法》，臺北：廣文社，1947年2月

溫儒敏：《溫儒敏論語文教育二集》，北京：北京大學出版社，2012年7月

葉晗主編：《大學寫作》，浙江：浙江大學出版社，2014年8月

葉聖陶：《給中學生的十二堂作文課》，臺北：如果出版社，2010年4月

蔣伯潛：《中學國文教學法》，北京：北京教育出版社，2014年3月

蔡柏盈：《從段落到篇章：學術寫作析論技術》，臺北：臺大出版中心，2014年2月

蔡柏盈：《從字句到結構：學術論文寫作指引（第二版）》，臺北：臺大出版中心，2017年2月

熊琬：《文章結構學——文章運思結構之藝術》，臺北：五南出版社，1998年3月

劉月華、潘文娛等著：《實用現代漢語語法（增訂本）》，北京：商務印書館，2006年4月

劉半農等：《怎樣教作文》，北京：北京教育出版社，2014年3月

劉美君：《英文寫作有訣竅！三句話翻轉英文寫作困境》，臺北：聯經出版社，2014年10月

劉承慧主編：《大學中文寫作》，新竹：國立清華大學出版社，2007年10月

劉承慧：《寫作文法三十六講》，臺北：春天寫作股份有限公司，2016年10月

劉福增：《基本邏輯》，臺北：心理出版社，2003年5月

謝亞非主編：《大學寫作》，北京：高等教育出版社，2014年10月

薛金星主編：《文言文基礎知識手冊》，北京：北京教育出版社，
　2017年2月

譚正璧：《文章體例》，北京：北京教育出版社，2014年3月

蘭迪・歐爾森（Randy Olson）著、朱怡康譯：《怎樣談科學：將
　「複雜」說清楚、講明白的溝通課》，臺北：遠足文化，2020年1
　月

三、論文、單篇文章（按姓名筆劃編排）

王德威：〈文學，經典，與現代公民意識〉，《中國時報》，2009年
　8月4日

王萬儀：《現代白話文寫作類型研究》，新竹：國立清華大學中國文
　學系博士論文，2010年7月

李智平：〈作文面面觀：漫談勵志散文與論說文的不同〉，《樹人月
　刊》第366期，2009年5、6月

李智平：〈談中文寫作「贅字贅句」與「我手寫我口」的問題成因與
　解決之道〉：《全人教育學報》第7期，2010年12月

李智平：〈他山之石，可以攻錯——專訪香港中文大學陳世祈教
　授〉，《警察通識叢刊》第3期，2014年10月

李智平：〈如何經營一場好演講——口語表達的教學方法與實踐〉，
　收入臺灣警察專科學校，《警察通識叢刊》第6期，2016年8月

李智平：〈「專業閱讀」教學策略與方法之建構——以臺灣警察專科
　學校國文課程爲例〉，《警察通識叢刊》第9期，2018年8月

李智平：〈在語文與文學之間——高等教育之國文教學定位芻議：兼
　論警專國文領域課程未來發展的可能面向〉，《警察通識叢刊》第
　11期，2019年9月

李智平：〈是「義理」？還是「哲學」？——以現代新儒家馬一浮與
　熊十力學術思想爲進路的討論〉，《宗教哲學季刊》第87期，2019
　年3月

林秀姿、張錦弘等報導：〈「進行一個XX的動作」你得了語言癌嗎？〉，《聯合報》，2014年12月19日

林秀姿、張錦弘等報導：〈語言癌解方／升學考試導正 小學恢復說話課〉，《聯合報》，2014年12月19日

通識在線編輯部：〈主題論壇：大學國文教育的省思〉，《通識在線》第75期，2018年3月

商業周刊編輯部：〈越寫越聰明系列報導〉，《商業周刊》第1012期，2007年4月

國文天地雜誌社：〈大學國文問題會診專題〉，《國文天地》第15期，1986年8月，頁12-39

黃俊傑、萬其超等：〈美國的大學通識教育考察報告〉，《通識教育季刊》，第4卷第1期，1997年6月

喬衍琯：〈是大一國文還是高四國文？〉，《國文天地》第5期，1985年10月，頁52-55

陳明柔：〈淺談以「敘事力」為載體的跨領域教學實踐及知識產出〉，《通識在線》第79期，2018年11月

經理人月刊編輯部採訪：〈磨練故事力專號〉，《經理人月刊》第141期，2016年8月

劉承慧：〈何以「大學國文」是一門獨立的課程〉，《通識在線》第75期，2018年3月

薛荷玉、林秀姿：〈看問題／別再「無意識」地說話〉，《聯合報》，2014年12月19日

四、網路資料（按姓名筆劃編排）

Lynn：〈大學生讀什麼經典？香港中文大學的經典閱讀課程〉，https://philomedium.com/report/79590

王爍翻譯：〈經濟學人寫作法〉，「羅輯思維網頁」，https://luogicshow.wordpress.com/2017/05/02/%E3%80%8A%E7%B6%93%E6%BF%9F%E5%AD%B8%E4%BA%BA%E3%80%8B%E5%AF%AB%E4%BD%9C%E6%B3%95/

林本源園邸（板橋林家花園）網頁有關「汲古書院」的介紹，https://www.linfamily.ntpc.gov.tw/xmdoc/cont?xsmsid=0G245369121497981164&sid=0G249435341993479581

陳健民：〈從死刑執行方式論死刑存廢〉，「財團法人國家政策研究基金會」網頁，https://www.npf.org.tw/2/621，2007年1月

陽明山國家公園網頁對陽明山四季風情的介紹，https://www.ymsnp.gov.tw/main_ch/docDetail.aspx?uid=2083&pid=106&docid=11236&rn=-30541

樊攀、魏夢佳：〈「寫作與溝通」將成清華本科生必修課〉，「新華網」，2018年5月22日，http://big5.xinhuanet.com/gate/big5/www.xinhuanet.com/2018-05/21/c_1122865388.htm

蕭富源：〈蔣勳：忘不掉、捨不得，是幸福的開始〉，「天下雜誌網頁」，https://www.cw.com.tw/article/5039545，2012年7月3日

顏聖紘：〈大學生寫作與論述能力低落的根本原因是什麼？〉，「鳴人堂網頁」，https://opinion.udn.com/opinion/story/7492/1204690

國家圖書館出版品預行編目資料

精進書寫能力2——思辨與論說文寫作篇／李
　智平著. —— 初版. —— 臺北市：五南圖
　書出版股份有限公司, 2021.05
　面；　公分
　ISBN 978-986-522-713-5（平裝）

1.漢語　2.作文　3.寫作法

802.7　　　　　　　　　　　110006253

1XJZ

【大學寫作課】

精進書寫能力2——
思辨與論說文寫作篇

作　　者 — 李智平（81.6）

發 行 人 — 楊榮川

總 經 理 — 楊士清

總 編 輯 — 楊秀麗

副總編輯 — 黃文瓊

責任編輯 — 吳雨潔

封面設計 — 王麗娟

美術設計 — 姚孝慈

出 版 者 — 五南圖書出版股份有限公司

地　　址：106台北市大安區和平東路二段339號4樓

電　　話：(02)2705-5066　　傳　　真：(02)2706-6100

網　　址：https://www.wunan.com.tw

電子郵件：wunan@wunan.com.tw

劃撥帳號：01068953

戶　　名：五南圖書出版股份有限公司

法律顧問　林勝安律師事務所　林勝安律師

出版日期　2021年5月初版一刷

定　　價　新臺幣420元

經典永恆‧名著常在

五十週年的獻禮 —— 經典名著文庫

　　五南，五十年了，半個世紀，人生旅程的一大半，走過來了。
　　思索著，邁向百年的未來歷程，能為知識界、文化學術界作些什麼？
　　在速食文化的生態下，有什麼值得讓人雋永品味的？

歷代經典‧當今名著，經過時間的洗禮，千錘百鍊，流傳至今，光芒耀人；
　　不僅使我們能領悟前人的智慧，同時也增深加廣我們思考的深度與視野。
　　我們決心投入巨資，有計畫的系統梳選，成立「經典名著文庫」，
　　希望收入古今中外思想性的、充滿睿智與獨見的經典、名著。
　　　　這是一項理想性的、永續性的巨大出版工程。
不在意讀者的眾寡，只考慮它的學術價值，力求完整展現先哲思想的軌跡；
　　為知識界開啟一片智慧之窗，營造一座百花綻放的世界文明公園，
　　　　　　任君遨遊、取菁吸蜜、嘉惠學子！